海外小説 永遠の本棚

第三の魔弾

レオ・ペルッツ

前川道介＝訳

白水 u ブックス

DIE DRITTE KUGEL

by

Leo Perutz

1915

第三の魔弾＊目次

第三の魔弾

序曲——クレモニウス博士の葡萄酒

寒けがする。焚火は消えかかっている。吹きつける秋風がおれの外套をふくらませ、つづくろったいくつもの穴が、悪魔がしかめ面をして四方を睨んでいるように見える。おれの廻りでは、強く、また弱く、太鼓を叩くような雨音がしている。まるで世界が牛の革を張った太鼓になったような感じだ。陣屋の焚火にあたり、老兵たちの団欒《まどい》のなかで、過去の数々の武勲に思いを馳せるのにふさわしい夜だ。だが、ああ、今日はいっこうそんな気になれない。なにしろ十五時間もの間、びっこの駄馬の背で揺られっぱなしだったのだ。新教を奉じる諸侯に反皇帝同盟を結ばせ、ボヘミア人たちを叛乱に蹶起《けっき》させた張本人で、法王の不倶戴天の敵、ルッター派のザクセン侯をとらえ、ここ皇帝の陣営に引っ立ててきたのだから、ザクセン侯は明日カルロス五世の御前に跪《ひざまず》き、わが皇帝陛下よ、と恭《うやうや》しく呼びかけねばならないのである。

いまザクセン侯の大臣や顧問官たちが縄を打たれたまま連れていかれるところだ。ミュールベルク(エルベ河畔の町。一五四七年、カール(本作品ではカルロス)五世が、当地でのシュマルカルデン戦争で新教派を制圧した)近郊でおれがサーベルで頭に一撃食らわせた老人もいる。額に血のにじんだ繃帯を巻きつけて頭を垂れ、いかにも悲しげに肩を落としているが、おそらく両肩に頭を乗せていられるのもそうながくはない、と覚悟を決めているのだ。そうだ、兄弟たちよ、お前たちはいまは絶望のどん底にいる。だが、そのお前たちに、インゴルシュタット（ミュンヘンの北方ドナウ河畔の町）から皇帝カルロス五世にむかって次のような不遜な絶縁状を認《したた》めさせたのは、いったい誰だったのか。「われわれは、自ら神聖ローマ帝国第五世皇帝と称するカルロスに通告するものなり。皇帝は神に対する義務を忘れ、国民に対し宣誓違反の振舞いをなせり」と。そうだ、いまこそ皇帝がお前たちに正しい答えを出してくれるだろう。可哀そうなやつらよ、お前たちをそそのかし、このような紛争に手だしをさせたのはいったい誰なのか。おれを見るがいい、兄弟たちよ。このおれもルッター派だが、皇帝軍に馳せ参じて、皇帝が突け、撃てと命じ給うたやつらを突いたり、撃ったりしていても、なんの痛痒も感じない。自分の信仰のことで大仰に騒ぎ立てたりはしない。おれは黒い僧服を着た坊主どもとも仲良くつき合うし、何はともあれ、いま陣中到るところを闊歩《かっぽ》し、道化のような衣裳をまとって、皇帝のお側《そば》で大法螺《ぼら》を吹いているスペインの伊達男たちにも挨拶する。だが、兄弟よ、お前さんたちときたら、まるで鬨《とき》の声でもあげるように、終始得意げに自分の信仰のことを吹聴している。そのお返しに、いま自分の首を刑吏に差しだすというわけだ！

やつらは通り過ぎていった。兵士たちが突いたり、殴ったりして駆り立てていった。辺りはまたしんと静まり返った。おれは疲れた。いい加減に眠りが訪れないものか。

だが、ああ、眠りのやつが、いまをときめく高慢なスペインの伊達男になったような気がしてならない。えらく横柄で、おれが呼んでもやってこようともしない。それなら、眼を閉じて、過ぎ去った歳月のことでも考えるとするか。いまおれは自分の生涯の日々と時間を送りだす。さあ、お前たち、鷹のように時間を縫って飛んでゆき、おれが知り合った人々、味わった歓び、嘗めた苦痛、行なった罪業と善行を運んでくるのだぞ。それらをつなぎ合わせて、自分の生涯のうちの一年をつくるとしよう。その一年をこの両手でつかまえ、自分の昔の顔と、おれが愛し、あるいは恨んだ人々の顔を、鏡に映すように見てみたい。でも、おれが会った、この世でときめく人物は数多い。フルンツベルク（ゲオルク・フォン・フルンツベルク、一四七三―一五二八。皇帝軍の将軍）、賢いロアン（ピエール・ド・ロアン、一四五一―一五一三。フランスの元帥）、デンマークの乱暴なクリスチァン（クリスチャン一世、一四二六―八一。デンマーク王）、フェルディナンド・コルテス、それにニクラス・ザルム（一四五九―一五三〇。将軍。トルコ軍のウィーン攻撃を防いだ）だ。このなかから一人、おれの回想に客人として招待し、いつ果てるともない夜の慰めとしたい。

ああ、おれの過去の日々と時間は空手で帰り、人々の顔も姿も連れてきてはくれない。おれの呼んだ連中は誰一人やってこようとしない。みんな記憶から消え失せ、残っているのはその名前の空《うつ》ろな響きだけだ。おれの人生からして色褪せ、自分の姿ももはやそこには見あたらない。歳月は立ち現われるものの、まるでこのおれが生きてこなかったとでもいうように突如として空《むな》しくなってしまうのだ。何百という出来事が溢れるくらい満ちていたはずだのに。また、別の歳月が立ち現われる。今度は物事が何もかも混乱して、昨日と今日が逆、復活祭の前に五旬節がくるといった具合だ。まるでおれの人生の時間を数珠つなぎにしている黄金の糸が引きちぎられたかのようだ。おれの考えが過ぎ去った人生を通ってゆくとき、人の住まぬ家のなかを通るようで、空っぽの部屋がいくつもあるかと思うと、ほかの部屋には、つまらぬがらくたや虫の食った家具、埃《ほこり》の積もった道具がいっぱい意味もなく散乱している。

ときどき魂のなかで忘れられ、失なわれた一日が甦ることがある。そんなときふと、おれは莫迦げたことや残酷なことをやっている自分の姿を見るのだ。なんの意味も目的もない行為なものだから、自分で自分が不思議になり、吹きだしたり、腹を立てずにはいられなくなるほどだ。イエスよ、昔おれが遠い国で一人の高貴な国王を殺したのは、どういうめぐり合わせだったのだろうか。あんな悪業をしたのは、このおれだったのだろうか。国王が市の高い城壁の上に、甲冑をつけた多くの男たちに取り囲まれて立っているのが見える。国王がおれに会釈を送っている。しかしそんなことは委細構わず、おれは従僕のメルヒオル・イェクラインに命じて国王の胸を狙わせ、自分で火縄に火をつける。耳を劈《つんざ》く銃声……国王が転がり落ちる……

あれは怒りに任せてのことだったに違いない。だがそれにもかかわらず、おれがあんなに残酷な仕打ちをするほど国王が悪いことをしたとは思えないのだ。ああ、われわれの肉はいつも悪魔《サタン》に取り憑かれているのだ。

それから、おれが剣で木の扉を滅茶苦茶に毀《こわ》しているのが見える。薔薇園がたくさんある町でのことだ。水路には小舟が走っていた。しかし、なぜあんなことをしたか、何があんなに猛り狂って木の扉に斬りつけるほどおれの精神を錯乱させたのか、わからない。だが、あのような莫迦げた振舞いをしたことを思い出すたびに、自分で自分を嗤《わら》わずにはいられないのだ。いまにしてみれば、あの気違い沙汰は酩酊した男の埒《らち》もない仕業のように見える。そんな男が奇妙に笑ったり、泣いたり、罵ったり、両手をふり廻したりする意味など、誰一人わかる者なんかいやしない。あんな気違いじみたことをしたのが恥ずかしい。ときどき、記憶にとどまっているのは、おれの過ごした日々のうちごくわずかで、たいていの日が、びっこの駄馬の背に揺られて一生をとぼとぼ歩んできたかのように、耳には荒々しい喧噪と、四肢には疲労困憊の思い出しか残していないように思われてならないのだ。

それでも客人が一人現われたようだぞ。いまは亡きマティスコーナ、あの誇り高い男、学問の真髄に通じ、かつておれにヘブライ語の呪文で肉体と精神の病気という病気を祓う秘法を教えてくれようとした男の姿が、急に浮かんできた。闇のなかからヴェニス風の衣裳を身にまとっておれの前に現われ、効能のある秘薬をいまこそおれに教えてやろうというように唇を動かしている。だがなんということだ！　聞こえているのは彼の声ではなく、十日前にエルフルトの木賃宿でおれの財布を盗んだ、目の窪んだカプチン僧の嗄《しゃが》れ声なのだ。忌々しい！　今度は不意に狡《ずる》いユダヤ人が囁き、鼻息を荒げる音が聞こえてくる。昨日、銀をちりばめた剣帯を新しい三グロッシェン銀貨で、おれから騙し取ろうとしたやつだ。だが今日は、いまは亡き岳父、〈白薔薇〉と呼ばれていたリチャード・ノーフォクという貴紳の顔をしている。

そうだ、地上の権力者である彼らとは旧知の仲だったのだ。そうだ、おれもかつてはそういう人間の一人だったのだ。だから賢い連中はおれの忠告を、強い連中はおれの助力をほしがった。世界の面《おもて》を変えようと働いている将軍や聖者、哲学者におれは会った。だが今日からすれば、さながら王侯の生活を夢見た荷役人夫のうたかたの夢のごとく、こんなことは一切心の暗がりに沈み、混乱してしまっている。

かつて新大陸で天に聳《そび》える岩のそばを通り過ぎたことがある。その岩に、とっくの昔に忘れ去られた民族が異教徒らしい情念と思想を奇妙な絵にして描いていた。二人ずつ何列にも連なっている婦人たち、二つの喇叭《らっぱ》に激しく交情を迫られている一人の処女、ベッドで聖ジョージの龍と交歓している王の姿がそこにはあった。だが、これらの絵に秘められた意味を解ける人間は一人としていなかった。とめどもなく降り続く雨に、言葉という言葉、記号という記号が洗い落とされ、半ば消えかかりながら、何も聞こえない耳にむかって忘れられた知慧を語りかける絵だけが残っていた。過ぎ去った人生のことを思い出そうとするたびに、おれは再びあの遠い国の岩の前に佇《たたず》んでいるような気がする。かつて感じたり考えたりしたことが、何もかもおれの記憶から洗い流され、誰一人解釈できぬ消えかかった絵以外に何も残ってはいないのだから。

だが——一人いるのだ、おれの生涯を解き明かせそうな人間が。口のきけない従僕メルヒオル・イエクラインがそれだ。いま彼はおれの体の上に身をかがめ、自分の羊毛の外套を脱いでかけてくれている。今日はまたしても怒りを露わに歯軋《ぎし》りし、両拳を握り締めている。きっとまたスペイン人と喧嘩でもしたのだろう。連中を好まぬ彼はこの陣営にはスペイン人が多すぎると思っているのだ。この口のきけない従僕の心には、世の悪計によって火をつけられた数々の憎しみが生きている。自分や主人のおれに悪事を働いた人間が何人いようと決して忘れず、いまでも恨み、どうすれば復讐できるかということしか考えていないのだ。ところがおれときたら、もう誰が誰やらわからず、自分が馬でその人のそばを通り過ぎても、いったい誰なのか、自分がどんなことをされたのか、思い出せない始末だ。

口のきけないこの従僕は一つとして忘れたものはないのだ。おれの全生涯はこの男の頭のなかに恐ろしい血の色で、まるで百姓たちが殉教の聖者の像を描くように写し取られている。しばしば、とっくに忘れていることをこの男がおれの記憶に呼び戻そうとしているような、おれが失念していることを思い出させてやろうとしているような、そんな気がする。そういうとき、この男は猛り狂い、やり場のない怒りに駆られて莫迦みたいな絶望した態度を取る。おれが真意を摑みかねているからだ。いまだにこの男を激怒させ、苦しめ抜いているものが何なのか、さっぱりわからず、感じもしないから、悲しくなってしまう。

突然、これはまたなんと騒がしいことだ。なんという哄笑だ。謝肉祭でも行なわれているのだろうか。いや、あれはマスケット銃兵たちで、いままで外套を敷いて寝そべり、賽《さい》をふっていたのだ。それがいま骨製の骰子《さいころ》を放りだし、皇帝の錬金術師クレモニウス博士を取り囲んでいる。

「お偉いさんよ、大先生よ、香具師《やし》の先生よ！」と口々に叫ぶ声が囂《かまびす》しい。

皇帝の錬金術師であり、天文学者でもあるその人物は立ち停まり、深い夢想から覚めた人のように頭をもたげて、「何かご用かな」と訊ねる。この言葉の調子が妙におれの心を打ったが、なぜだかわからない。彼の後ろからついてきた皇帝の親衛隊士が二人、いまその両側に歩みより、監視の目を離さなくなる。

銃兵たちは吠えるような声で、「やんごとないお方よ、癲癇《てんかん》に効く薬はないかね」

「おい、お前、そこのながい外套を着てるの、ペストの斑点に効く薬を知らんか？」

「顔にできたペストの瘢痕にはサントリソウという薬草を用いることじゃ」とクレモニウス博士は答える。「癲癇にはニオイアラセイトウが実によく効くぞ。じゃ、ご機嫌よう。道を開けてくれんか」

一人が地面に寝ころんだまま、「よう女衒《ぜげん》の大先生、ヴュルツブルクで一人の処女の精神《こころ》を狂わせたのは、お前さんじゃなかったのかい？　その娘《こ》はまっとうな男には見むきもせず、性《たち》の悪いユダヤ人の情婦《おんな》になっちまったんだぜ」と叫ぶ。

また七面鳥の肉垂のような髭を生やした若い男が、老人の前にすっくと立つと、「こん畜生、藪医者め！　お追従者《ついしょうもん》や頭のいかれた三文書記につける薬は知らんかね。やつらは鐚銭《びたせん》一枚ほしさに尻尾をふり、犬ころみたいに一切れのパンをねだるくせに、黄金のつくり方を知っているとかなんとか、たわけたことを皇帝の耳に吹き込んでいやがる」

老人は頭をふって低い声で、「わが子よ、玉葱の汁を使いなされ。そのうち少量はお前さんの耳に入れるといい！　賢明さを失なった者が賢明さを取り戻すのはいいことじゃからの」

そう言うと、老人は歩きだす。ほかの連中はどっと笑ったが、若い男は満面朱を注いで吠えるように、「おい、こらっ、待て、停まらんか」

老人は立ち停まると、疲れているようだが、誇りを失なわない声で、「いったいなんの用じゃ」

その言葉を聞いて、またしてもおれは悲しくなる。おどおどした悲しそうな声でそう言われるのを聞いたことがあるような気がする。その声を聞くたびに、おれは心が切り裂かれる思いがした。いつどこでだったかは、もう覚えていない。

その傭兵はまたおとなしくなった。腰をおろすと、唸るように、「お前さんの忠告なんざ、寝小便をたれる子供むきなんだよ。とっとと逃げるがいい！　近いうちに、畏れ多くも皇帝陛下が麻の首飾りをご下賜なされるだろうよ。お前さんが木賃宿〈四つの風〉で哀れな死刑囚の輪舞を踊っているのが、ありありと目に見えるようだぜ」

老人は黙って歩いてゆき、いまおれの前を通り過ぎる。二人の親衛隊士は相変らず後ろからついてくる。だが、その声、その言葉を聞いて誰のことが思い出されるのかわかるまでは、そのままいかせたくない。「先生！　しばしお待ちください」

老人はギクッとした。おれが聞くたびに悲しい思いをしてきた「なんの用か」という言葉を聞くのは、これで三度目だ。ほんの一瞬のことだが、誰がこのような悲しい声で話しかけてきたのか、わかったような気がする。だが、おれの心臓を激しく鼓動させた思い出は、臆病な小鳥のように飛び去り、つかまえることもかなわず、空しい夜のなかを瞳を凝らして追うばかりだ。

「あなたはどなたかな」というクレモニウス博士の言葉が、思いに沈んでいるおれを現実に引き戻す。

「ハンガリー騎兵隊の大尉です。義眼を入れているので、ガラスの瞳の大尉と呼ばれております」

「それで、どんなご用かな」

「先生、飲み薬や膏薬がほしいのではありません。いただきたいのはほかのものです。あなたは学問、ことに招霊術《ネクロマンチア》に精通していらっしゃいますから。わたしはある男から、過去の歳月は忘却《スタグヌム・オブリヴィオニス》の湖と呼ばれるある場所で、雲のように空虚な世界空間をさまよっているが、それらに呼びかけたり命令したりして、戻ってこさせたり消え去らせたりできる人はかなりいる、と教えられました。先生、あなたは過去の時間を思いどおりにできますか。とっくに墓のなかで腐っている人間を、わたしの目の前に顕わすことができますか。とっくの昔に消え失せた言葉をまた響かせることができますか」

「あんた！　それは望みが過ぎるというものじゃ。そんなことができるのは、神か悪魔のやつだけじゃよ」

「先生！　でも、わたしは、呪文を唱え、ヒヨスの葉を燻蒸して暴君ネロの幽霊を墓から招きよせ、わたしたちの宴会の余興に、歌ったり、リュートを弾かせたりした男を知っております」

錬金術師は身をかがめ、ながい間じっとおれの顔を見つめていたが、低い声で、「あんた、そんなことができたのは、マティスコーナ伯爵だけだな。あのお方はよく存じあげておる。つい七週間前、偉大な天文学者にして錬金術師であるあのお方に使者を遣わしたところじゃ。神秘に満ちた不思議な呪文を一つ教えてほしいとな。このわしには見つけられんのだが、非常に重要なことを成し遂げるのにぜひ必要な呪文なのじゃよ。たったひとことにすぎんのだが、それには人間一人の生命がかかっているのじゃ。ああ、返事が間に合えばのう。さもなくば、身につまされる悲嘆の場面に立ち会わねばなるまいて」

「先生、ごらんの通り、わたしは非常に驚いております。地面を這う小さな子供のほうが、あなたの使者がマティスコーナ伯爵の許に着くよりさきに、天上の楽園か聖地を発見してしまうでしょう。申しあげますが、マティスコーナ伯爵は亡くなりました。このわたし自身が枝の主日（復活祭の前の最後の日曜日）の前の金曜日にハンガリーのグラーン城で、伯爵の臨終の床に立ち会っていたのです。どんな病も熱もヘブライ語の呪文で祓うことのできた伯爵は、後にも先にも罹《かか》ったのはあのお方だけという前代未聞の病気に負けたのです。本当に、神の秘密を窺うのはいいことではありませんね」

老人はおれの前に立ち、頭を両手のなかに埋める。風が白髪を吹き乱している。

それから体をしゃんと伸ばす。顔面が蒼白だ。「あんた、ありがとう。これでわしの心は晴れてほっとした。あんたと会わなければ、このさき何日も不安と焦躁に駆られていたことだろう。不安のために夜ごとうなされていただろう。偉大なマティスコーナ伯爵の返事の到着がほんの小一時間遅れるやもしれぬ、という不安のためにな。何分にも一人の人間の生命がかかっていることなんじゃ。だが、これでわしはまた、安心立命の境地を取り戻した。あんた、どうもありがとう。さあ、もう一度望みを言ってくれんかな」

「わたしの過去の生涯のうち、ある一年のことを再現させていただきたいのです。その年に関係のある声が、この一時間で三回も聞こえました。先生！　もしこの望みをかなえていただけましたら、あなたの冥福のため、我等ノ父ヨ（Vaterunser）と唱えましょう」

錬金術師は帯につけていた瓶から杯にいっぱいに注ぐと、「あんたの望みを神がかなえてくれますように。これを飲みなされ——我等ノ父ヨをお忘れなくな」

その液体は硫黄の火のような味がして、息が止まりそうな感じだった。「先生、このお酒はハンガリー産でもブラバント産でもありませんね。畜生、心臓が燃えるようだ」

老人は微笑み、「燃ユルコトノホカ、何ヲ欲センヤ（Et quid volo, nisi ut ardeat）。心臓にまた火がつくことこそ、わしの狙いなのじゃ！」と言って顔を頷かせる。

おれはそれ以上飲めなくなった。喉のところが地獄の火のように熱く燃えている。おれは杯を地面に投げ棄てる。

「あなた！　なぜ最後の一滴まで飲みほさないのかな。ちょっと残し過ぎたようじゃの」

「この杯の底に何があったのですか」

「わしは知らんの。おおかた、ひどい苦痛か、あるいは至福のおわりじゃろう。じゃあ、ご機嫌よう。お祈りをお忘れなくな」

血がこめかみのところを凄い勢いで流れ、心臓の鼓動はアンジェラスの鐘（カトリックで、聖母の受胎告知の記念に朝、昼、晩に行なう祈りの時刻を知らせる鐘）のごとくガンガン鳴っている。若い時代から絶えてなかったほど、心臓が苦しく、不安になった。「先生、亜鉛と粗悪な銅を純金に変える秘法を皇帝に教えたのはあなただ、とみんな言っています。先生、どうかそんなことはなさらないでください。黄金を皇帝の手に渡してはいけません。わたしは黄金のために多くの民族が死に、多くの国家が瓦解するのを見ました。あなたが口を噤《つぐ》んでおられないと、人々に大きな不幸をもたらすことになります。神の愛にかけて、皇帝にはその秘密を洩らさないでください。さもなければ、全世界が炎に包まれ、滅び去ることになります」

老人は微笑み、夢見るように遠くを望んでいる。やがて低い声で、ひとりごとのように、「燃ユルコトノホカ、何ヲ欲センヤ」と呟く。

すると二人の親衛隊士が彼のほうへ歩みよる。彼は歩きだし、夜の闇に消える。

しかし、あの銃兵が飛び起き、後ろから怒鳴る。「えらい鼻息の法螺吹きがいくぞ。畜生、刑吏のところへゆこうとしているのに、邪魔なんかするな。聖ニコラス祭までに、錆びた蹄鉄の山から三万枚のドゥブローネ金貨とハンガリーのドゥカーテン金貨を拵《こしら》えなければ、朝にやつを絞首台に送る、と皇帝が黄金の冠にかけて誓われたじゃないか。ちぇっ、こん畜生、そうなりゃ自分の首にかかわるんだからな、せいぜい鼻息を荒くして、髭でも撫でながらおべっかを使っとくんだな」

「よせ、もうやめろ」と、隣にいたほかの男が叫ぶ。「もういい加減、毒づいたじゃねえか」

「あんなやつ、雹《ひょう》にでも打たれてくたばっちまえ。やつはインチキとイカサマしかできないんだ。まともなことなんか、一つとして知りやしない。立派な兵士が剣や槍を受けても皮膚に擦り傷一つ負わないようにしてくれたことは一度もないし、撃った弾がはずれぬように祝福してくれても、命中したことなどありゃしない」

「てやんでい！　魔法で擦り傷一つ負わない皮膚がどうしたってんだい。おれなんざ、〈聖母の職務日課〉《オフィツィウム・サンクト・ヴィルギニス》や〈聖母の七時課〉の護符を肌身離さずもち歩いているが、剣や槍に効くのはこいつだけさ。悪魔の馬車に同乗するのはごめんだな、おれは」

一人の白髪のスペイン人が身を起こし、頭をふる。「諸君、刀槍を受けつけないような体にしたり、百発百中の銃弾をつくるのは、何も悪魔の仕事《わざ》ではなく、祖先から伝わる古い戦争《いくさ》の慣わしなのだ。わし自身、そうしたことができた男を一人知っておる。ガルシア・ノバロという男だ。敬虔なキリスト教徒で、われわれが天国の秘書官と呼んでいたほどだが、まるで悪魔の冶金鍋を覗いたように、百発百中の銃弾を鋳造することができたものさ」

「その男なら、わたしも知っている。だがなんとも惨めな最期だったぜ」と叫んだ男がいる。

「そうだ」と老人は言った。「あの男は麻縄で首を括《くく》られて惨めな最期を遂げている。ドイツ人の従僕と賭けをして火縄銃を巻きあげられ、懸命に頼んだり、金を積んだりしたが聞き入れてもらえず、コルテスに首吊りにされたってわけだ。だが、絞首刑になる前に、あの男が片目のドイツ人の三発の銃弾に呪いをかけて照準を狂わせたものだから、一発目は市の城壁の上にいた異教徒の王に、二発目は罪もない娘に、三発目はそのドイツ人本人に命中したのだ」

「違うぞ」ともう一人が叫ぶ。「命中したのはドイツ人じゃない。あのドイツ人はまだ生きている。だが、やつはキリストの御影《みえい》の前で脱帽しようとしなかったものだから、呪われて永劫の罰を受け、死ぬことができないまま、従僕を連れて狂ったように森を狩して廻っている。そして夜にスペイン人かカトリックの僧侶に出会おうものなら、首をひねって殺すんだ」

「おい、あのドイツ人が口のきけない従僕と一緒にベラクルスに葬られていなかったら、おれは悪魔につかまって真っ逆様に地獄に墜ちたって構わんぞ」

「阿呆ぬかせ。やつは生きてるんだ。おれのほうがよく知ってらあ」

わいわいがやがや口論しているのは耳に響いているが、まだ続いているドイツ人とその三発の銃弾の話は、もう聞こえない。なんだか、以前にもこの話を聞いたことがあるような気がする。漠然と頭にあったが、どうして知っているのかよくわからない。ひょっとして、くだらぬ小説『アマディス』か『騎士レーヴ』で読んだのかもしれない。いったいどんな話だったたっけ。三つの銃弾——一発目が高貴な王で、二発目が罪もない娘《こ》で——それからどうだったたっけ——三発目は誰にあたったたって？

ふん、それがおれになんの関係があるんだ。錬金術師の硫黄のせいで頭が重くなった。額に鉄の箍《たが》を嵌められたようだ。瞼が鉛の錘《おもり》のように重い。眠りはすぐそこに立っている。眠り、いや彼は実に誇り高いスペイン人で、肩で風を切って歩き、おれなんか知らんという顔をしている。首の廻りの白い衿《えり》と、一歩あるくたびに兜の黒と白の羽飾りが揺らぐ。——その胸甲《むねあて》には、辺りの風景が映っている。両手で何をもっているのか——ぎらぎらする白刃だ——その刀身に炎の文字で、剣ハ敵ノ血デ赤シ（Rubet ensis sanguine hostium）と記されている。いま、彼がおれの前に立つ。——おれの手足から冷汗が滴る——その体が巨人のごとく伸び、星々にまで達する。空の黒い雲が額をかすめて流れてゆく——その拳から血が雨のように降る——おれの胸に山が一つのったようだ——助けてと叫びたい——あれはフェルディナンド・コルテスだ、神よ、助け給え！　彼がおれに言う——その口から殷々《いんいん》と雷鳴が轟く。「火縄銃を返せ、ラインの暴れ伯爵よ」

誰だ——名前を呼んだのは？　誰かがラインの暴れ伯爵と呼んだぞ。あいつはとっくに死んでいる。おれになんの関係があろう。皇帝は町という町の通りや広場であいつの追放を大々的に布告させた。あんなやつは知らない――おれは義眼《いれめ》の大尉だ――ほかに名前なんかない――また――また誰か、「ラインの暴れ伯爵！」って呼んだぞ。

銃兵たちの一人で、そいつがとっくの昔に忘れられ、消え失せたこの名前を呼んだのだ。スペインの騎兵で、灰色の巻毛と髭をもつ、すらっとした体つきの老人だ。銃兵たちがぐるっとこの男を取り囲んで横になっている。男が話す。一人が低い音で太鼓を叩いている以外は、みな黙って聞き惚れている。

「きみたちドイツ人がラインの暴れ伯爵を忘れただなんて！　ちぇっ、恥を知れ。悪党でも大物になったやつには称讃と感嘆を惜しまないくせに、幸運の星の守護もなく大勢と立ちむかう者のことは考えないんだから。まことに、戦死した者などは構わず世界は動いてゆくものだな。われわれスペイン人はグルムバッハの敵で、やつの部下たちを打ち殺し、多大の危害と損害を与えてきた。それでも、グルムバッハとその三発の銃弾の話をしてくれと言うのなら、諸君、その前に、わしが彼にカスティリア式に敬意を表するのを許してほしい。

ラインの暴れ伯よ、あなたに挨拶を送る！　孤独の人よ、海を越え、時を越えて、あなたに挨拶を送る。あなたはコルテスの逆鱗に触れても逃げださず、三発の銃弾で勇敢にスペインの全無敵軍《アルマダ》と渡り合った。いまあなたは異郷の地に安らい、誰一人ドイツの国では思い出す者もいないから、このわしが異国の墓から呼び戻して、あなたのことをドイツの歌物語にしてやろう」

三発の銃弾……火縄銃……スペインの無敵軍――そうだ、何もかも、突然思い出したぞ……人や物の姿が浮かびあがる……小舟を肩に担いだ褐色の男たち……意地悪い目でおれを睨みつける石の偶像……山という山に燃える合図の篝火《かがりび》……自分が木の扉を打ち砕いている姿がまた見える。だが、今度はそれを笑う気になれず、なんとも悲しくなる――人々の姿でいっぱいになった霧がおれの廻りに立ち籠める。両手をあげて灯に近づこうとしているが、おれが正体を見究める前に消えてしまう……一つの名前がおれの耳のなかで鳴っている――そうだ、あの娘《こ》はダリラといった――あの娘《こ》の子供のような声がはるか彼方から、「いったいなんのご用?」と悲しそうに言っている。

もう結構だ！　彼は何を躊躇《ためら》っているのだ？　なぜそんなところに立って雲を見ているのだ？　いまこそ好機、星々が天にかかっている……三発目まで長い距離、馬を駆らねばならない……もうすぐ夜になる！　そうだ、あれはおれだ。おれがグルムバッハだ、ラインの暴れ伯爵なんだ。さあ始めろ、友よ、始めろ！

しいっ！　彼は話し続ける。かすかに打つ太鼓の音のように耳に聞こえてくる。すぐ近くで牛の革の太鼓と枹《ばち》が、おれの過ぎ去った生涯のことを低い声で話しているような気がする。

グルムバッハとその三発の魔弾の物語

兄弟

わたしは、フランツ・グルムバッハが神聖ローマ帝国の名において追放され、国を失なうまで、彼を〈ラインの暴れ伯爵グルムバッハ〉と呼んでいたこと、はじめてその姿を見かけたのはゲント（ベルギー、東フランドル州の州都）市の南にある野原で、若いメンドーサ公爵が決闘で相手のカスティリアの貴族を刺殺したあとでのことだったことを覚えている。この野原でわたしはグルムバッハが、その友人の上に身をかがめているのを見たのだ。軍医がその友人の蒼く、血のついた頭の下に手を差し入れていた。しばらくの間、辺りはしんと静まり返り、公爵が石の胸墻《きょうしょう》に凭《もた》れていたが、その様子は悲しげで、竹馬の友であり、よき仲間であったカスティリアの貴族の喉元を刺したことをひどく後悔しているように見えた。彼は言葉もなく立ち尽くし、視線をあらぬ方に注いでいた。ただ、わたしが端綱《はづな》を取っていた彼の馬だけは棹立ちになり、いっこうに静かにしようとしなかった。

そのとき突然、（シュパイエルの大司教と争い、皇帝に司教のことを訴えて、厚顔な浮浪人のような坊主と罵ったため）当時その名が世人の口の端にのぼっていたグルムバッハが沈黙を破り、最後まで聞いてもらえるか恐れるように大急ぎで、瀕死の人にむかって、「安心してくれ」と、メンドーサ公爵のほうをちらっと見ながら言った。「きみの許嫁は自分の妹のように守って、ほかの男など絶対に寄りつけんようにしてやるからな」

死んでゆく人は、彼の言うことをよく理解し、血が喉から噴きだしていたが、軽い調子で滑らかに、「フランツ君、もう手遅れだ。わたしの家にこういう格言がある。『メンドーサが接吻した女は娼婦になる』とね。女なんて秋の蒼鷺《あおさぎ》のようなもんだ。自分の道を知っていて、どこかへ飛んでゆく。無駄なことはよせ。あの女は抑えられやしないよ。では、さようなら。神の母、慈悲深い処女マリアがきみを守ってくださるように祈る」

公爵はじっと動かず、何も聞こえないかのように野原のほうを見つめていた。しかしわれわれはみな、何日か前に皇帝の食卓の給仕人たちの一人から、決闘の原因、つまりメンドーサ公が大食堂の壁《へき》龕《がん》のなかでカスティリアの貴族の許嫁カタリーナ・ファレスを抱擁し、接吻したという話を聞いていたが、それが本当であることを知った。

カスティリアの貴族の従僕で、金髪のドイツ人メルヒオル・イェクラインは、頬に潸々《さんさん》と涙を流していたが、主人の体の上に身をかがめ、「旦那さま、お宗旨の歌か、お祈りをされてはいかがでしょう。でも、もうだめだとお考えになってはいけません。我等ノ父ヨはメディチ家の秘薬とは違います。その秘薬は、時ならぬ時に使うと生命にかかわりますがね」と言った。

カスティリアの貴族は目を開けて、「メルヒオルよ、お前がついこの間リュートに合わせて歌ってくれた薔薇の花びらの歌はどんなんだったかな?」と言い、軽い震える声で歌いだした。

卯月の空と
乙女の愛と雲雀《ひばり》の歌と
薔薇の花びらと
すべてはいと甘く、移ろいやすし

致命傷を負った男がこのような物悲しい恋歌を歌う様子に、一同は心を打たれた。「きみの従僕のメルヒオル・イェクラインのことは、わたしが引き受けよう」と、グルムバッハがしばらくして言った。すると、従僕は威儀を正し、「わたしのご主人は勇敢に闘いました。いま、こうして無残なめに遭い、ここに横たわっておられるのは、ご主人の責任ではありません。最近のまやかしの剣法をご存知なかったのです。自分が刺されたように剣をだらりとさげて、それから一撃で騙し討ちをするようなね」

「黙れ、メルヒオル」と負傷した男が叫んだ。「お前の頭は妄想でいっぱいなんだ。数えきれないくらい妄想が体に詰まっているんだ」

だがメンドーサ公は突然冷静さを失ない、鞭で自分の河原毛馬の頭を叩いて、「誰か、その下郎の口に鞭をくれてやれ。その莫迦野郎の口から舌を引っこ抜いてやれ!」

グルムバッハは一歩公爵のほうに歩みよって、威嚇するように頭から爪先までじろじろ眺めた。だが、公爵はくるっと背をむけると、身を震わせている河原毛馬の首と鬣《たてがみ》をやさしく撫でだした。

わたしの後ろには、公爵の介添えをしていた二人のフランドルの貴族が立っていたが、そのうちの一人が、国の言葉でそっと、「まるで狼と犬のようだが、二人とも同じ鉢で練られた捏《こ》ね粉なんだぜ」と囁いた。

「同じ鉢で練られた捏ね粉って?」と相手が訊ねた。

「どういうことかわからんのか? 宮中の料理人だって、馬丁の小僧だって、暴れ伯爵と公爵の二人がどんなにいがみ合おうと、亡き国王フィリップ陛下の母親違いの私生児だってことは、知らん者はいないぞ」

「こりゃたまげたなあ! これほど似ていない兄弟も珍しいな」

「驚いているのか?」と最初の男があらためて言った。「おれは驚かんね。公爵が故王のスペイン人らしい矜持《きょうじ》をもっているとすれば、暴れ伯爵のほうはドイツ人の精神《こころ》をもっているのさ」

その間に、軍医は瘦せた腕をカスティリアの貴族の頭の下から抜き、黙って身を起こした。金髪の従僕は大声で祈りを捧げ始めたが、グルムバッハは脱帽して死んだ友人に敬礼した。

そのときはじめて、わたしはグルムバッハの顔を見たが、後年その顔を恐ろしく醜くした斑点や傷痕は、当時はまだなかった。すぐあと、新世界で彼を何回か見ている。あるときは、フェルディナンディナ島で重傷を負い、熱でよろよろしていたし、あるときは、コルテスの陣屋で、スペインの隊長たちと福音書の教えをめぐって侃々諤々《かんかんがくがく》議論しているところを、またあるときは、イエスの像の前で深く懺悔し、激しく後悔しているところといった具合だ――今日、彼のことを思うと、あのときゲント市近郊の野原に立っていた姿が目に浮かぶ。真剣な面もちで心から悲しそうに死んだ友人の傍らに立ち、乙女の愛と薔薇の花びらの歌に対して敵意に満ちた苦笑いを唇に浮かべている姿が。

新世界

ゲント市でのあの日以来、二年の歳月が流れ、わたしはグルムバッハに再会した。そしてこの二年間に、彼は国と貴族の身分、それに皇帝の寵愛を失ない、故郷と旧世界から逃亡していた。わたしが彼と再会したのは、新世界のコルテスの陣営でだった。だがそれ以前に、奇妙な偶然でめぐり会っている。ほんの一瞬見かけたのだが、顔が埃と血で汚れていたので、当の本人だということがわからなかったのだ。あとになってようやく、あのときダリラを峨々《がが》たる岩の頂上から海まで担ぎおろしたのが彼だったことを知った。当時、目撃したものの、その意味がわからなかったいろいろなこと、すなわちポルトガル人の小屋でドイツ人たちが酒を飲みながら何かがやがや喋っていたこと、雨の夜の壮烈な海戦、スペインの快速帆船《カラヴェレ》の敗北といったことの——意味は、今日、すべて解くことができる。つまりグルムバッハは皇帝の怒りを買って新世界へ逃れ、皇帝のガレー船に追われていたのだ。ちょうど夏の暑い日々、一群の野鳥の影が草原を音もなく滑っていくのを見るように、わたしはこの逃避行の影を目にしたのだ。

当時、われわれは新大陸から遠くないところにある大きな島の一つ、フェルディナンディナ島に、スペイン人六名、ポルトガル人一名で滞在していた。インディオと交易して、鳥類の剝皮、砂金、乳香、赤い胡椒の粒、肉桂、生姜などを手に入れていた。毎月、島の首都のバラコアから総督の副官がやってきて、われわれが手に入れたものを小舟に積み込んだ。その際、提供した品物の代価として、金貨で二十ペソか、それ以上もらえることがあった。副官のほうは燻製の肉やパン、鶏、焼酎など、われわれの生活に必要なものをもってきてくれるのだった。

われわれの小屋は海岸の近くに建ててあったので、波の音が昼夜を問わず聞こえていた。小屋から千歩も離れていないところに、天まで達するかと思うほど高い岩山が聳えていた。こちら側からは、命の危険を冒さないかぎり攀《よ》じ登ることはできなかった。この岩山の頂上から、幅の広い川が滝となり轟々と音をたてて流れ落ちていた。この岩山の高いところにいくつかインディオの部落があり、ときどき滝が木製の道具や骨や毛皮を流してきたし、五体を滅茶苦茶に砕かれたインディオの死体が流れてくることもあった。彼らが互いに争ったか、あるいは総督の部下と戦った証拠だった。この滝の轟音は、平地でわれわれが互いに相手の言うことを了解するには、声を張りあげ、大声で叫ばねばならぬほど大きかった。

大雨がこの地方を襲う頃だった。毎夕、たそがれ始めると、空は厚い雲に覆われ、雨が翌朝まで小止みなく降り続く。風は雨に濡れた木の葉を地面から巻きあげ、われわれの顔に吹きつける。海の唸り、滝の轟音、いつ止むとも知れない雨のザーザーいう音、水がたてるこの三つの騒音はわれわれの五官を悩ませ、心を憂鬱に、また陰鬱にさせるのだった。

ここには木造の礼拝堂と広い納屋、がっしりした戸をもつ、太い丸太で建てた物置きがあり、交易した品物を入れていた。毎夕、雨が降りだすと、酒保になっていたポルトガル人の小屋に集まって、焼酎を飲みながら骰子博奕をやり、話に興じた。

ある夕のこと、一隻の快速帆船が島に近づいて、われわれの小さな港に錨をおろした。海岸へ走っていって見ると、船から一艘の小舟が離れ、岸に近づいてきた。それから六、七名の男たちが上陸した。そのうちの一人が、下手なスペイン語で挨拶してから、ここにきてどのくらいになるのか、またどういう目的でここで暮らしているのか、外科医がいるか、と訊ねた。それから、斧と縄を携えていた三人がプラタナスの木を一本倒し始めた。嵐で快速帆船の前のマストがへし折られたので、それをマストにしようとしていたのだ。ほかの連中は礼拝堂の近くに深い穴を掘り始めた。掘りおえると海岸に引き返し、小舟から老人の死体を運んできた。鉄砲の弾で額を撃ち抜かれている死体は、異教徒のものとしか思えないさまざまな珍しい儀式のあと、穴におろされた。それから、一人の男が上着の下から黒い布を取りだした。拡げると、驚いたことにこの旗には紋章も聖者の像も入っておらず、描かれているのは百姓が履く幅の広い靴（十六世紀、ドイツ農民戦争で、農民側は靴を描いた旗を用いた）だけだったのである。この旗を死者の上に拡げ、その上にシャベルで土をかけたが、その間、誰一人口をきく者はなく、悲しみに打ち沈んでいるように見えた。

そうするうちに雨が降りだしてきた。われわれは急いでポルトガル人の小屋に入ったが、見知らぬ男たちは雨のなかでつぎからつぎへと奇妙なことを続けていた。われわれは木のテーブルの廻りに坐って焼酎を飲みながら、口数の少ない新しい客人たちについて思うところを述べ合った。一人が、当時すでにあの辺りの海によく出没した海賊か船盗人で、外科医を捜しているところを見ると、最近激しい戦闘をやったに違いない、と言った。そのことを話していると、戸が開き、海賊が三人入ってきて、雨に濡れた服の雫《しずく》を切り、無愛想にこちらのテーブルについた。

しばらく三人は黙ってわれわれの横に坐っていた。テーブルの下で両足を伸ばし、拳で重たげに頭を支えている。ポルトガル人の亭主はこの珍しい客人がどこからきて、どこへいくつもりか、できたら知りたいとうずうずしていたので、一甕《かめ》の焼酎とパン一山とハム一本をテーブルに出してやった。見知らぬ男たちはポケットからナイフを取りだして食べ始めた。

「ちょうど十一週間だぜ、新鮮なパンを歯の間で味わわなくなってからな」と、突然一人がスペイン語で言った。

「そんなに長旅をなさったのかね。あんたたちはイギリス人かね、それともフランス人かね」と亭主が訊いた。

見知らぬ男が頭をふった。「ここにいるおれたちと、〈木のハリネズミ〉に残っている船長以下全員ライン河畔のドイツ人だ」

「なんですか、その〈木のハリネズミ〉ってのは?」と亭主が訊ねた。

「おれたちの船の名さ」とドイツ人が答えた。

「新世界《こっち》には、ドイツ人はめったにこないね」と亭主が言った。「いったい、ここで何をお探しなんで？」

「この辺りの国じゃ、坊主たちの数はユダヤ人の台所のベーコンみたいに少ないって聞いたんでな」

「あんたたちは故郷で教会といざこざを起こしたのかね？　それじゃ、ここではまったく歓迎されんだろうね。信心深いキリスト教の国なんだよ、このスペイン人の新世界は」

「なあ兄弟」とドイツ人が言った。「おれたちの国ドイツでは、百姓が畑で穫ったものは全部坊主の腹んなかへ入っちまう。それに小坊主でさえ、百姓で靴を拭くほどいばってやがる」

亭主は熱心なカトリックだったものだから、ドイツ人の話を聞いて腹を立てた。

「お坊さんを侮辱なさると、やがてローマ法王さまを裏切ることになりますぜ」

農夫は杯を飲みほし、「おれは法王派じゃない。これだけははっきり言っておくぞ。坊主どもはおれたちの体の血を吸い、骨の髄までしゃぶりやがるんだ」

「お前らの言うことなんか、みんな真っ赤な嘘だ」と、かっとなった亭主が叫んだ。「おれもドイツにいたことがある。どこへいっても坊さんが嘆いたり、泣いたりなさっているのに出会ったが、それは肥ったどん百姓どもが、どうやったら腹をいっぱいにできるかということしか考えていないからだとさ」こう言うと、亭主は髭を撫でて笑った。「福音じゃ腹がいっぱいにならんというわけだな」

「それじゃ、泣く坊主と笑う亭主にはご用心てわけか」と農夫はずばりと言った。

「お前たちなんか、ドイツにいりゃよかったんだ」と亭主が怒った。「お前たちなんか、この国じゃ、困って耳の後ろを掻くぐらいがおちだ」

「正直者《もん》はどこの国へいっても困りゃしないさ」と農夫はおちついて言った。

ポルトガル人はもう返事をせず、外へ出ていった。納屋と厩《うまや》のそばの小屋の前で彼が大声で喚き散らしているのが聞こえた。

「ここからどこへいくのかね」と仲間の一人が訊いた。「バラコアなら、そんなに遠くない」

「おれたちは西へいくんだ。そこにはまだスペイン人の入ってない大陸があるって話だ」

「そこで金でも探すのかね」

「違う」とドイツ人が言った。「そこで大麦や小麦をつくるつもりだ。燕麦と蕪《かぶ》もな」

だが、仲間にゲバラという若者がいて、悪戯好きで、すれっからしの悪漢だったが、この農民たちをからかってやろうと思い、「とんでもない、あそこじゃ雨なんかじゃなく、焼けた蠟《ろう》が降るんで、大地にできるのはお供えの蠟燭だけだって知らんのかね」と言った。

「それじゃ、ライ麦も大麦もできんのか。どこで牛はクローバーを食べ、馬は燕麦を食べるんだね」

「あそこには馬も牛もいやしないさ」

「じゃ、パン屋はパンや菓子をつくる牛乳と粉を、どこから手に入れるのかね」

「いいかい」とゲバラは嘘を言った。「あそこの連中は、四フィート以上もあって道端にごろごろいる奇妙な蝦蟇《がま》か鈴蛙《すずがえる》の一種からミルクを搾って、パン屋は粉がわりに鳥の糞を実にうまく利用するんだ。だがあそこにはほかの動物なんかいないんだ」

農民たちは唇から涎《よだれ》が垂れるほど、口をあんぐり開けていた。

「ドイツの森には」と一人の農民が言った。「鹿とかノロ鹿とか猪など、いろんな動物がいる。それに、鶫《つぐみ》、鴫《しぎ》、鶉《うずら》、鷓鴣《しゃこ》なんかもいる。だが、チョッキの虱《しらみ》しか取ることを許されていない農民にはなんの役にも立ちゃしない」

「もう少し教えてくれ」とほかの一人がゲバラのほうをむいて言った。「あんたはこの新世界を遠くまで旅行しているようだからな。あそこの女たちはどんなふうかね。やはりきれいな金髪をしているのか。目は鳩のようで、唇は薔薇のように赤く、手は織った麻のように白いか。心ばえが陽気で、歳の市のときには、見ていても愉しいほど踊ったり歌ったり笑ったりするか、教えてほしいもんだ」

ゲバラは真面目な顔つきで言った。「いいか、あの国の女たちはな、みんな四つん這いで動き、全身が猿のように黒と赤の毛で覆われているし、卵を生んで子供をかえすんだ。しかもこれを年に三回やるときている」

すると、一人のドイツ人が拳でテーブルをドンと叩き、「畜生、こんな恐ろしく不潔な国へわざわざ入るなんて、おれたちの船長は莫迦じゃなかろうか。おれは絶対違うぞ、もうこれ以上いくのはいやだ!」と吼えるように言った。

「おい、間抜けめ」と、もう一人の男は、「お前はドイツみたいな、祝福されたすばらしい国が海の彼方に見つかるとでも思ってたのか。新世界にドイツなんか見つかるもんか」と言って、なんとも悲しそうに、「葡萄酒がなくなったら、薄いビールで我慢しなくちゃならんなあ」とつけ加えた。その男は、自分たちがドイツに住むことを拒まれ、好むと好まざるとにかかわらず、新大陸にこなければならなかったことを言いたかったのだった。

われわれはこの言葉を聞いて哀れに思い、これらの農民を故郷から西も東もわからぬ新世界へ追い立てた艱難辛苦がどんなに大きかったか、思い知らされた。

ゲバラでさえ、今度は慰めにかかった。「でも、新世界のインディオは温和でおとなしい連中だよ。やつらの市場へいくのは面白いぜ。連中は富や黄金をもつことにはいっこう無頓着だからな。このおれも、一度青いガラスのかけらと二エレの赤い布で、掌いっぱいの砂金と交換したことがあるんだぜ」

こう言ったとたん、ゲバラはすぐ近くに坐っていたドイツ人に耳の後ろをいきなりガツンと思いきり殴られた。

「お前なんかペストでくたばってしまえ」と、ドイツ人はかんかんになって怒鳴った。「そんな大嘘をつくから殴られるんだ。そんなふざけた取り引きを信じる莫迦がどこにいる」

「ひゃあ、人をぶん殴るなんて」とゲバラは悲鳴をあげ、戸のほうへ飛んで逃げた。「いま言ったのは嘘じゃないのに、なんで殴るんだよ。天地神明に誓って本当のことなんだぞ」

と、このとき、戸がぱっと開き、ポルトガル人の亭主が息せき切って部屋に飛び込んできて、ゲバラを突き退けると、「いますぐ外に出てみろ。総督の軍用犬どもがまたあのインディオの部落を襲ったぞ。〈最後の懺悔〉が聞こえたんだ」

われわれはぱっと椅子から立ちあがり、急いで戸から外へ出た。ポルトガル人の亭主が言った〈最後の懺悔〉という言葉の意味を知っていたからである。外へ出るとすぐ、川が岩山から谷へ落ちている海岸の地点にむかって走りだした。走っている最中に、岩山の高みから亭主が〈最後の懺悔〉と呼んだ断末魔の悲鳴が、もう一度聞こえてきた。なんとも恐ろしく凄まじい悲鳴で、走りながらも膝ががくがくした。

「いま最後の懺悔をしたな」と、横の亭主が喘《あえ》ぎながら言った。「これで、もうあの男もあんなに悲鳴をあげることはないぞ」

そのうち岩山の麓《ふもと》に着き、轟々と音をたてている滝を戦慄して見あげた。

「あれが見えるか。あそこで踊ってるぞ」と、突然ポルトガル人は言い、尖った岩と岩の間を片手でさした。水が唸り、泡立っているところだった。

黒い物体が川の水とともに谷にむかって矢のような速さで流れてくるのが見えた。やがて、川が手足をぐちゃぐちゃに砕かれた人間の死骸を足元に運んできた。

痩せた白髪のインディオの老人だった。両腕を背中で縛られ、剝きだしの胸には大きな傷がぱっくり口を開けている。頭と足は落下したときの強い力で滅茶滅茶になっていた。

「こんなことやるのは総督の部下だ」とゲバラは言った。「ディエゴ・ベラスケス殿は王の恩寵によって貸与されたこの島の土地を耕すのに人夫奴隷がたくさんいるものだから、部下を派遣して夜にインディオの部落を襲わせ、男や子供や若い女を連れ去るんだ。だが、年寄りは情け容赦なく殺されちまう。密林にでも逃げおおせなけりゃな」

「そいつは違うな」と亭主が言った。「殺されるのは気骨のある異教徒だけだ。老人でも洗礼を受けたいと言えば危害を加えられることはないし、パンと肉がもらえる。インディオに洗礼を授けられるように、いつでも神父が一人二人、奴隷狩の連中に同行しているからな」

ドイツ人たちは互いに視線を交わしていたが、一人が、「いや、違いない。村の百姓たちを苦しめたり虐待するときにゃ、いつも坊主が一人二人いるに決まってらあ」と言った。

もう一人のドイツ人は殺された男の頭をもちあげると、「百姓らしいいい顔じゃないか。顔に皺があり、両手には肉刺《まめ》ができている。これまでずっと耕したり打穀したりしてきたんだ。実際、百姓の惨めさはどこの国でも同じだなあ。おれはまたドイツに戻ったような気がするぜ」

「なあ兄弟」ともう一人が叫んだ。「いま頃、坊主と旦那衆は山の上に集まって、酒を浴びるほど飲んでどんちゃん騒ぎだ。インディオの煙突から腸詰とベーコンを盗んだり、厩にいる肥った豚を打ち殺したり、弩《いしゆみ》で七面鳥を娯しみに射殺したりしてな。なあみんな、おれたちも上に登っていって、浮かれている旦那衆に別れの杯を汲んでやろうじゃないか」

「みんな、この死んだ百姓の男を殿に見せてやろうじゃないか。さあ手を貸せ」

そして三人のドイツ人は死んだインディオを地面から抱えあげると、小舟に運んで岸を離れた。

その夜、わたしは犬が吠える声で起こされた。小屋の窓から覗くと、七人のドイツ人が雨のなかを大股で森のほうへむかっているのが見えた。片手にカンテラ、片手に火縄銃をもっている。先頭の男は引き綱で犬どもを連れている。彼らの姿は明かりとともに森の木々の幹の間に消え、犬の吠え声もだんだん小さくなった。この島の道もない森で、いったいどんな動物を狩るつもりなのか、と考えているうちに、わたしはまた眠りにおちた。

日が高くなって、わたしは仲間の騒々しい声や戸を叩く音で眠りから覚めた。外へ出たとたん、囂《かまびす》しい火縄銃の銃声がこだまして聞こえてきた。また岩山の頂上から赤々と燃える炎が見え、凶暴な叫び声が辺りを満たしていた。ドイツ人の姿は一人も見えなかった。だが、わたしは昨夜の出猟のことをふと思い出して、眠っている間にドイツ人たちは巨大な岩山を攀じ登り、いま銃でディエゴ・ベラスケスの猟犬どもを村から追いだしているんだな、と了解した。

なおも立って耳を澄ましていると、ポルトガル人が不意にあっと叫んで、川が頂上から谷へ流れ落ちている岩のほうへ駆けていった。あとを追いかけていってみると、彼は短刀でひどくやられたドイツ人の死体の上に身をかがめていた。前日のインディオと同じように、滝がその死体を切り立った川岸の岩から岩へぶつけていた。四苦八苦しながら死人を引きあげていると、喉を切り裂かれた一匹の犬の死骸が凄い勢いで流れてきた。岩山の頂上の銃声と叫び声は次第に収まり、やがて三人のドイツ人の死体がつぎつぎと目の前に流れてくるのを見て、身の毛もよだつ思いがした。

これらの死体の泥と血をきれいに落とし、昨日ドイツ人たちが死んだ仲間を埋めた場所の近くに大きな穴を掘るのに三時間かかった。このドイツ人たちはみな勇敢に立ちむかっていったものの、総督の部下にやられ、命を落としたものらしい。というのも、銃声がもうとっくに聞こえなくなっていたからだ。それで滝の周囲を棹と網で一所懸命探したが、帽子と破れた胴着しか見つからなかった。午後四時、森から犬の吠え声が聞こえてきた。それからすぐ、例の三人のドイツ人が疲れた足どりでゆっくりと森の木々の間から現われた。

先頭の男は足どりも重く、腰をかがめて歩いている。重い荷物を背負っていたのだ。その後ろから、負傷したらしい男がもう一人に体を支えられ助けられながらついてきた。

衣服はぼろぼろになって体から垂れさがっていた。亭主は大声をあげて、茨の藪と喧嘩でもしたのか、とからかったが、すぐ近くまでくると、黙ってしまった。死骸がにたにたしながらこちらのほうへ歩いてくるように見えたのだ。足を引きずり、空ろな目で虚空を睨みながら歩いてくる。真ん中の男はふらふらよろけ、三人の唇は狂気の笑いにぶるぶる震えているのだ。

突然、もうだめだとでもいうように先頭の男が荷物を地面におろした。見ると、裸のインディオの少女で、せいぜい十二、三歳の子供だったが、その美貌といい、整った肢体といい、こんな少女にはその後お目にかかったことはない。意識を失ない、ほとんど呼吸もせず、冷たい水で洗ってやっても目を開けなかった。

これがダリラで、わたしはその後、コルテスの陣屋でグルムバッハとその部下たちと一緒にいる彼女と出会うことになった。このダリラのために、グルムバッハは異母兄弟のメンドーサ公爵を殺させようとしたのである。わたしは彼女の踊る姿、笑い方、悲しみに俯《うつむ》いて視線を落とし、地面を抉《えぐ》るような目で見つめている様子など、いまでもはっきり覚えている。もっとも、ダリラが公爵の天幕でメルヒオル・イェクラインの銃弾に斃れたのは、もう何年も前の話だが。それ以後、これほど優美で愛らしい肢体をもっている少女は見たことがない。神か悪魔か、いずれにしてもどちらかが創りだしたものだが、こんな奇蹟のような娘はたった一度しか創られなかったのではないか、とよく考えたものである。

「この女《あま》はどこから連れてきたんだね」と亭主が訊いた。

「こんな女はたくさんいたぜ」と、ドイツ人はつっかえつっかえ言った。まるで狂人が笑っているような声だった。「仲間が四人やられて、船長は重傷を負った」寒さと瘧《おこり》で全身をがたがた震わせながら、低い声で、「まさに地獄からあの娘を救いだしたんだ」とつけ加えた。

「軍用犬どもの歯から無理やり引きずりだしてな」ともう一人が言った。

船長のほうに目をやると、布切れを頭からこめかみ、額とぐるぐる巻きにしていた。血が噴きだして頬と鼻を汚し、とうてい人間の顔とは思えなかった。熱でよろよろしながら、まわらぬ舌で、「おれが地獄からこの娘を連れだしてきたんだ」と言った。

その間に一艘の小舟が岸に着き、四、五人のドイツ人が陸に飛び移ると、こちらにむかって走ってきた。「船長」と、先頭の男が遠くから叫んだ。「いいときに帰ってくれました！　快速帆船が二隻見えます」

海のほうを眺めると、本当に港に近づいてくる二隻の船が遠くに見えた。

「本当だ」と、禿鷹か隼《はやぶさ》のような目をしたポルトガル人が叫んだ。「あれは総督の船だ。〈エル・ソル〉号と〈デイ・グラーツィア〉号だぞ。ディエゴ・ベラスケスがこの海岸になんの用だろう」

この言葉を聞くと、ドイツ人たちはすっかり不安に駆られて動揺し、うまくボールが命中した九柱戯の柱《ピン》のようにばらばらと散った。ただ船長だけはこんなことには目もくれず、娘のそばに跪いて、もつれる舌で、「おれがこの娘を地獄から連れてきたんだぞ」と呟いていた。その間に少女は正気に返っていたが、身動きせず、ただいぶかしげな目で人々を見廻しているばかりだった。「船長！」と、あらたに駆けつけてきたあばた面の年老いたドイツ人が乱心したような声で叫んだ。「船長、目を覚ましてください！ うっとり空想に耽《ふけ》っている場合じゃありませんぞ」

「船長、皇帝の快速帆船ですぞ！ 人殺し《モルディオ》どもだ！ 助けてくれ《ヘルフィオ》！ いったい、どうしたらいいんです？」と、ドイツ人たちは必死になって口々に叫んでいた。

すると船長は起きあがり、前に二歩進み出ると、睨み廻して恐ろしい笑い声をたてたかと思うと、「こらっ」と叫んで、一人のドイツ人の鼻の下に拳で一発お見舞いした。「ご近所の貴族の諸君、では、このおれに助けてくれというのか。諸君はかつておれ一人で大司教に歯むかわせておきながら、自分たちは司教の食卓についてさんざんうまいものを飲み食いしていたではないか。そうだ。鯉だの、鵞鳥だの、みんな坊主のものだ。だから連中を打倒したいと思ったんじゃないか」

「大変だ。殿はおれたちだということがわからないんだ」と一人のドイツ人が言った。

「殿はいま、ドイツにいるつもりなんだ」とつぎの男がそっと言った。

「殿はおれたちを、ドイツでやった戦争でシュパイエルの大司教側についたライン河周辺の伯爵や貴族だと思ってるんだ」と、もう一人の男が船長の腕を摑み、「殿、わたしがわかりませんか。あなたの部下のヤーコプ・トンゲスです」と叫んだ。

しかし船長はその腕をふりほどくと、怒って睨みつけ、「あんたはいままで坊主のお零《こぼ》れをちょうだいしてきたんだ。畜生め、今度は刑吏に口を拭いてもらうんだな、クロースターカッツ（修道院の猫という意味。美食家で厚かましい人物のこと）殿！」

「もう冗談はやめてください」と、急に怒りだしたヤーコプ・トンゲスがきっぱりとした声で叫び、もう一度船長の腕を摑みなおして、耳元で、「スペイン人どもが近づいてきたんですぞ、船長！」と怒鳴った。

すると船長は、はっとわれに帰り、額に手を翳《かざ》してヤーコプ・トンゲスを見据えてから、鋭い目つきで海上を偵察した。

「ヤーコプ、何隻だ」と、しばらくして彼が訊ねた。

「快速帆船が二隻見えます。昨日まで、われわれを追ってきたのは三隻だったんですがね」とトンゲスが答えた。

「じゃ、大きな先込め砲《カルタウネ》を陸揚げして、断崖の間に据えるんだ。悪漢どもを両側から襲うようにな」

ドイツ人は数歩、海のほうへ駆けだしたが、くるっとふりむいて、「どの先込め砲ですか。〈雀蜂《ホルニス》〉ですか、〈低音《バス》〉ですか、それとも〈気違いマルガレート〉ですか」と怒鳴った。

「〈気違いマルガレート〉だ！」と、船長はこちらが縮みあがるほど大きな声を出した。「さあ乗船だ。乗船！」

しかし、すぐにまた正気を失ない、よろめいて腰を落とすと、呻《うめ》き声を出し、もつれる舌で、「おれが地獄からこの女を連れてきたのだ」と言った。

二人のドイツ人が船長を担ぎあげ、海岸へ運んだ。額の血染めの繃帯はほどけ、砂の上をずるずる引きずられている。それで船長の左目が潰れていることがわかった。大きな顔をした太鼓腹のドイツ人が、インディオの少女を担いで荒い息を吐きながら、ほかの連中のあとを追った。

「その女を売ってくれるなら、金貨で二ペソ払うぞ」とポルトガル人が呼びかけた。

雨が降りだした。ドイツ人たちは返事をせず、船長と女を小舟に担ぎ込んだ。

亭主は海岸まで追っていき、ものに憑かれたように、「金貨三ペソだ、三ペソ出すぞ！」と叫び続けたが、連中が取り合おうとしないので、「畜生、くたばれ、お前たちなんか刑吏に首をひねられろ、この異教徒のドイツ人の麻袋め！」と悪態をついた。

だがドイツ人たちは亭主の言うことに耳を貸さず、小舟を押しだしていた。それから間もなくして辺りが急に暮れかかると同時に、どしゃ降りになった。最後に見えたのは、帆をふくらませて勇敢にスペイン人たちにむかっていく〈木のハリネズミ〉号のぼんやりした輪郭だった。

その夜、十一時に最初の砲声が聞こえた。砲声は海岸のほうからしたが、はっきり聞こえたのは、まさしく〈気違いマルガレート〉の砲声だった。みんな外に飛びだし、礼拝堂の屋根に登ると、やがて先込め砲が三隻の船にむかって轟き始め、こっちの額には不安と恐怖で大粒の汗が噴きだした。そのうえ、海の波が嵐のように泡立ち始め、もの凄く猛り叫んだ。ほどなくスペイン船の一隻〈エル・ソル〉号が燃えだした。ちょうどこのとき、悪魔が望んだのか、雨が止んだので、この立派な船はたちまち見るのも痛ましいほど猛火に包まれてしまった。

その間に大砲の轟音は鳴り止んで、今度は火縄銃と燧石銃のけたたましい銃声が聞こえ、さらに手斧や鉞《まさかり》で木を叩き割る音がした。燃えている船が夜空を照らし、赤い炎の光で、スペイン人たちが悲鳴をあげながら右往左往するのが見えた。また、ドイツ人たちが犬を連れて〈デイ・グラーツィア〉号の甲板に飛び移り、必死に防戦に努めて一歩も退こうとしない総督の副官フェルディナンド・コルテス殿を真っ逆様に海に放り込むのも見えた。この船の甲板でまだ激しい闘いが続いている最中に、〈エル・ソル〉号では火薬庫に火が廻り、大音響とともに船が木っ端微塵になって、角材やら板やら、帆柱の破片が空いっぱいに舞った。こちらはびっくり仰天して大急ぎで屋根からおりると、小屋に逃げ込んだ。その間にも辺りには船の破片が雨霰《あられ》と降っていた。

やがて、闘いの喧噪が不意に収まり、恐怖に満ちた深い静寂が朝方まで続いた。

太陽が昇って間もなく、総督の船員たちが海岸に姿を現わし、われわれに小屋を立ち退くように命じた。〈デイ・グラーツィア〉号は海岸に乗りあげていて、砂浜に横たわる姿はさながら屠《ほふ》られた仔牛のようだった。われわれは五、六名の負傷者を小屋に運び込まねばならなかった。四十人以上を数えた戦死者と溺死者のことなど構っている暇はなかった。すぐに道具を取ってきて、座礁や敵の砲弾によって大破した船を大急ぎで修復しなければならなかったのである。〈気違いマルガレート〉は断崖の上で引っくり返り、砲口が粉々になっていた。はるか沖に、ターレル金貨ほどの大きさで、ドイツ人たちの船が西の豊かな黄金の国にむかって帆走していた。

われわれは砂浜に跪いて鋸やハンマーを使い、釘を打って働いていた。そのそばを総督のディエゴ・ベラスケス殿が、あらたに編成された軍隊とともに国王によって新大陸へ派遣され、まだずいぶん若いのにジャマイカ島総督に任命されて間もないメンドーサ公爵を伴って通りかかった。二人の横を当時は総督の副官兼秘書であったコルテス殿が歩いていた。彼はまだ濡れたままの衣服に身を包んでいたし、一歩あるくたびに靴から海水が噴きだしていた。

総督はすっかり逆上し、鞭で何度も地面を叩きながら大声で、「まさに悪魔のやつが尻尾であいつらを救いだしたのだ」と怒鳴っていた。

「いまでこそ」と、コルテスは暗い顔をして言った。「いまでこそ閣下は、番犬のように口から泡を吹き、歯を剥いておられますが、昨日、ドイツ人の船は夜陰に乗じて火薬で吹き飛ばしましょう、と進言致しましたとき、わたしの言い分に耳を貸そうとされませんでした」

「コルテス君」と総督は厳しく言った。「確かにきみは戦術は多少心得ているかもしれん。だが世界情勢とか政策といった宮廷に関する事項についてはまだまだ経験不足だ。なぜなら、国王陛下（神聖ローマ帝国皇帝カール（カルロス）五世は、スペイン国王を兼ねていた）の秘められたご意志とこのわたしに畏れ多くも直々に手渡されたお手紙のご意図とについては、わたし同様、きみも理解しておったはずだからな。すなわち、伯爵に対しては、その生命になんら危害を加えることなく慈悲をもって行動し、これを逮捕すべし、ということなのだ。

かつてあのドイツ人は宮廷でいたく寵愛されておったのだ。なあ、きみ」とメンドーサのほうをむいて、「なぜあの男は陛下の寵愛を失なったのかね。叛乱農民に手を貸し、皇帝に対する公然たる謀叛を援けて国の平和を攪乱したため、という噂を聞いたが」

「これはこれは」と公爵は言った。「何もかも当世流行りの揉め事で、語るに足らんことです。やつの場合は、袈裟《けさ》まで憎いの類いですよ。宮廷でかくあってはならんことはご存知でしょう」——こう言って口ずさんだ。

偉物《えらぶつ》になろうと思うなら
僧侶にお世辞を忘れるな

「あそこを走っていくぞ」と、コルテスは怒気満面、黒く小さな点となってわずかに見えているドイツ人の船を指さした。そして拳を固めて打ちふると、袖から海水が飛び散った。「あいつはすぐにも大陸のインディオたちに火縄銃の使い方を教えるでしょう。われわれが来年やつらのいる海岸に上陸すれば、鉛の弾でまことに愛想よく歓迎されることになりましょうな」

「コルテス君」と公爵が嘲るように言った。「どうやら宮廷事項の世界情勢と政策に多少は心得があるようだな。だが、軍事面では相変らずねんねだ。ドイツ人の船が大陸に着岸することはあり得ない、と言うべきだよ。あの船の土手っ腹には、ユダヤ人の毛皮の外套の虱の数より多くの穴が開いているのだからな」

三人はゆっくりと海岸を歩いていった。だがこの言葉を聞いたとき、グルムバッハの運命が飛び去る小鳥の影のようにわたしの心をかすめたのだった。だが実際は、三人の話しているのが彼のことだとは知らなかったのだ。ずいぶん後になって、彼の部下とドイツ人たちがダリラと命名したインディオの少女に再会したときに、そのことを知ったのである。ダリラという名は、サムソンと言うべきグルムバッハが彼女のために片目を失なったことからきている（士師記、十三章から十六章までを参照）。

しかし、今日ではキューバと呼ばれているフェルディナンディナ島にいた当時、彼がグルムバッハだとは知らなかったし、わたしが目撃したこと、死んだドイツ人の埋葬や船長の譫言《うわごと》、帆船同士の夜の海戦――こういったことは何もかも、二、三日たつとほとんどと言っていいくらいきれいさっぱり忘れてしまった。新大陸では、周りでいろんな珍しいことがつぎつぎに起こるので、びっくり仰天したことなど誰でもすぐに忘れてしまうのかもしれなかった。例えば、新世界の森で、狼ほどの大きさの蜘蛛や棘で覆われた燕を見たことがある。またあそこには、冬暖かく夏冷たくなるものだから、夜になるとベッドのようにそのなかで眠れる小川もある。深紅の頭髪をもつインディオの部族や、祝宴の際に拳ほどもある大きな真珠を茹で卵のように食べる部族にも遇ったことがある。また新世界のある木には、ゴルゴタの無花果《いちじく》と呼ばれる実がなる。それを切ると血が溢れ出るほか、種のかわりにキリストの十字架が、拷問に使われた道具一式とともに何百となく入っているのである。要するに、新世界には森と大地の珍しいものが山ほどあり、そのために人間《ひと》の精神《こころ》の異常さなど忘れてしまい、憤怒、復讐欲、異端外道ぶりなど、さほど重大だという気がしない。そういった次第で、われわれは、あの島ではドイツ人の船長とその部下のことを間もなく忘れてしまったのだ。

あそこでは、毎日毎日その日にしか起こらぬ奇蹟が起こるからだ。

神の大砲

この年と翌年、わたしはフェルディナンディナ島で、交易によって三十オンス以上の砂金を得た。この財産を革の袋に入れてズボンの尻当てのなかに隠し、この世でこれだけのお宝がありさえすれば、と有頂天になっていた。だが、バラコアでこの金《きん》を全部、莫迦げたことに使ってしまった。この町の家々は、手袋をはめ、薄衣と背中を露わに出した衣裳をまとっている娼婦でいっぱいだったのである。わたしは血道をあげて女たちを追い廻し、魚にも劣る愚かなありさまだった。なんのことはない、娼婦たちに釣りあげられ、数日後には、ズボンの尻当ての金はとうにすっからかんになっていたのだ。

ところで、当時わたしは、巨大なクリストフォルス上人が腹這いになって頰をふくらませ、ヨルダン河の水を一滴残さず飲んでいる絵を看板にした酒場に泊っていた。この絵を見るたびに腹が立った。ここ何日か、この聖者とさほど変らぬ生活を送っていたからだ。袋の砂金がなくなってからというもの、亭主は水しか出さなかったが、一度葡萄酒を一瓶くれたことがあった。それもそのはず、それは不作の年の酸っぱい葡萄酒だった。こうしたわけで、日がな一日宿屋の客室に不満たらたらとぐろを巻き、女郎屋の亭主や娼婦たちを罵ったり、木の切れ端を削って尖らし、壁にとまっている蠅を見つけてはそれで刺し殺したりしていた。

そんなふうにのらりくらり過ごしていたある夕方のこと、たまたま客室に入ってきた二人のスペイン人兵士につかまった。二人ともぱりっとした服装でめかし込み、鷲の羽を刺した帽子を被っていた。そして亭主の奢《おご》りで盛大な酒盛りをやりだした。

腕を吊っているほうの男の名前は知っていた。粗暴でなんでも鼻にかける、見栄っぱりの莫迦みたいなやつだった。この男が最近、コルテスの無敵軍とともにインディオの住む大陸へいってきたことを知っていたので、「なあ兄弟、どういう風の吹き廻しでここにきたのかね。戦争がおわって、インディオの国王の王冠でも袋に入れているのかね」と訊いてみた。

「おれたちはコルテスの艦隊から賜暇をもらい、パンにベーコン、燕麦を調達する任務を受けている」と、その騎兵が答えた。「それにファルコネット砲と馬と優秀な騎兵を若干名な。ドイツ人なんか、みんなペストに罹っちまえばいいんだ。やつらがいなけりゃ、もうとっくにインディオの国王の宝物庫に手を突っ込んでいるんだがな」

「どのドイツ人のことかね」と、わたしは呆れて訊いた。

「こいつはぶったまげた、驚いた！　それじゃ、おれたちよりも前にドイツ人が何人か異教徒の王の国にいっているのを知らないのか。やつらはコルテスに激しく抵抗しているのだ。このおれもやつらの一人に、血が復活祭のビール菓子のように生暖かく肩から流れるほど、ひどい傷を負わされてしまってな」

男がこう嘆くのを聞いて、吹きださずにはいられなかった。彼は罵倒し始めた。「畜生、あのドイツ人の気違いじみた凶暴な隊長も、莫迦野郎どもも、みんなひどいめに遭うがいい」このとき、その凶暴な隊長というのは、ほかならぬフェルディナンディナ島のあのドイツ人の船長のことではないのか、とはたと気がついて、二人が切り抜けてきた戦闘のことをもっと詳しく話してくれるように頼んだ。

すると二人は、戦闘や掠奪、虐殺と、さかんに大法螺を吹き始め、血みどろの話となるともうとどまるところを知らなかった。

「おれたちといっしょにこないか」と、一人が突然わたしのほうをむいて言った。「きっとコルテス無敵軍のいい騎兵になれるぞ。あんたのような連中を十七人ばかり徴募したが、みんなもう乗船してるんだ」

こう言うと、わたしの戦友はズボンのポケットに手を突っ込み、一山の砂金と、あの国のインディオが髪飾りや首飾りにしている金の蟹を二つ取りだしてテーブルの上にドシンと置いた。

そうやって目の前に置かれると、わたしは自分の財産のことを考えずにはいられなかった。なんとも情けない話だが、自分の財産は騙し取られてしまっていたのだ。指が金のほうにむずむず動き、コルテスの無敵軍に入ることほどうまい話はないような気がした。

もう一人の騎兵はわたしの手を叩いて仲間に笑いかけ、「その金を片づけておけよ。この男ときたら、燕麦の袋を運んでくるのを見たおれの雄馬みたいにもう耳を尖らせてるぜ」

だが、まさに承諾しようとしたそのとき、わたしは激しい後悔の念に襲われ、こんな仕事がなんだっていうんだ、やめておいたほうがいいぞ、と考えた。そこで二人にむかって、「なあ、お前さんたち、この件についちゃ一晩よく考えさせてくれ」と言った。

「なんだって！」と、騎兵が声を荒げ、「なんでよく考えなきゃいけないんだ。お礼を言ってもらってもいいぐらいだぞ。さあ、すぐ約束するんだ、すぐにな。こういう取り引きというのはな、廻りくどいことをやってちゃいけないんだ」と迫った。

「一日か二日考えさせてくれ。ちょっとの辛抱だ。今日は水曜で日が悪いんだ。主イエス・キリストがユダに売られた水曜日じゃないか」

「だめだ！」と、騎兵が怒鳴った。「今夜中におれたちといっしょに乗るんだ。明日はもう港にいないんだぞ。いやか？　それじゃ、臆病風に吹かれたお前なんか売女どもに喰われるがいいや！」

どうもこの取り引きは気乗りがしなかったが、財産を失なったことが念頭を去らず、えい、毒食らわば皿までだとばかり、二人の説得に負け、いっしょに乗船したのだった。

舷梯《タラップ》で、口角泡を飛ばしている小男がわたしを迎えた。まるで雄鶏のような顔をしたその男は本当に雄鶏の羽を帽子につけ、雄鶏のような声で、「わたしの船にようこそ！　よくいらっしゃった！」と喚いた。

「お名前は？」と、わたしは訊いた。

「ペドロ・カルボナーロ、コルテスの刑吏《プロフォース》だよ」

「聖者という聖者にかけて！」と、わたしは叫んだ、「わが国では、悪魔のことをプロフォースと呼びますんでね」

「こりゃ驚いた」と小男は毒のある言い方をした。「あんたが聖者の名を一人占めにする気なら、おれは悪魔の名にかけてその悪魔という名前を手放さんぞ」

そう言うと、小男はいってしまった。わたしは梯子をおりて、下の船倉で部屋を探そうとした。だが、足を伸ばせそうな小さな空間も見つからなかった。そこには牛や馬がずらっと繋がれ、その間にファルコネット砲や軽砲、先込め砲、火薬樽が置いてあるので、それを縫って進むのも一苦労だったからである。

わたしと二、三人の騎兵は、船に大勢乗っている娼婦たちのそばで寝泊りすることにした。女たちもベラクルスへいき、そこからコルテスの陣営にむかうつもりだった。誰一人として、この危険な遠い旅を恐れている女はいなかった。どの女も、インディオの国からスペイン人の懐に流れ込む大量の金をしこたま掬《すく》い取ってやろうと思っていたからだ。

甲板には女たちのために木の掘立て小屋が建てられており、われわれも無理やりそこに住んだ。航海中、復活祭と聖霊降臨祭の間に坊主たちが歌うよりももっとハレルヤが船上で歌われたことは、ご想像のとおりである。

真夜中過ぎ、出航の直前に、何人もの召使と腰元のほか道化一人と琴弾きまで引き連れた貴婦人が乗船してきた。一行は箱やら長持やらをたくさん携えていて、甲板にわざわざ煌《きら》びやかにつくった三張りの絹の天幕に泊ることになった。

「あれはカタリーナ・ファレスだよ。やっぱりコルテスの陣営にいくのさ。ペドロ・カルボナーロのやつ、乗船させてやるかわりにカスティリアの金貨で四十枚もらったんだ。あの野郎！　だがお前さんから一銭も取らなかったな」と、戦友が言った。

実際にいま、これがメンドーサ公の愛人か、とわかった。刺繡をした帽子を被り、赤い薄衣と同じ色の短いケープをまとっている。傍らには白い仔犬が一匹、吠えながらじゃれついていた。

「あの女はな、若いメンドーサを追っかけてるんだ」と、戦友が話してくれた。「どうしても公爵から離れられないってわけさ。ぴょんぴょん跳ねるのをやめられない鴉と同じでな。だって公爵はバラコアで、あの女を乗馬鞭で家から叩きだしたんだからな。もう会いたくないんだ。いまじゃ、美しいご婦人よりか作戦のほうに熱をあげてるんだ、あの若い公爵はな」

このとき、怒号と叫び声が聞こえた。カタリーナの召使たちが、絹の天幕の一つから二人の娼婦を追い払おうとしていたのだった。二人はいいところに寝場所を見つけた、と思い込み、出ていくどころか、ソロモン王の前で子供を争った二人の女のように、ベッドはわたしたちのものよ、とけたたましく喚き散らしていたのである。

カタリーナは高慢ちきな顔に怒りを浮かべて天幕の前に立ち、いらいらと足を踏み鳴らしていた。やがて召使たちは、「おいこら、忌々しい雑巾女郎め、宿なしの売女め！」と怒鳴りつけ、力ずくで二人を引きずりだしてしまった。

再び静かになると、カタリーナは自分の天幕に姿を消した。船はバラコアの港をゆっくりあとにした。

晴天下、インディオの海を横切り、〈富める町〉とも呼ばれるベラクルス市に着いた。ここから、コルテスの無敵軍があらたに征服し、掠奪、焼き打ちと、散々に荒し廻った地方を通って、八十レグア（一レグアは約四・二キロから六・七キロ）以上もの道程を旅するのが大仕事だった。三日の旅程でセンポアール地方を進み、そこで原住民から歓迎され、もてなしを受けた。この地方のインディオは、コルテスが戦っているテノチティトランの国と敵対していたからである。

やがて峻嶮な山脈と、〈神の御名《みな》山道〉と呼ばれている峠道に達した。そこから不毛な土地と暑さのために人の住めない荒野を踏破し、トラスカラという地方に到着した。その首都には千人以上のインディオを引き連れたスペイン軍の少尉が待ち受けていた。コルテスがスペイン軍の陣営までわれわれを案内するようにと派遣した友好的なインディオたちであった。

出発して二十二日目に、テノチティトランの高原渓谷に着いた。その少し前に二度、われわれを襲ってくるインディオの襲撃を防がねばならなかったが、受けた被害はわずかだった。コルテスの陣営に近づくにつれて暑さは耐えがたくなり、ほとんど息もできないほど砂塵に悩まされた。馬を進めるにつれ、禿鷹と鴉の群れをたびたび追い払わねばならなかった。斃死した動物の腐肉をめぐって争い、石を投げつけるまで飛び去ろうとしなかった。われわれの行く手にははっきり道がついていて、迷うことはなかった。左右に騾馬《らば》や驢馬《ろば》が首を伸ばし、舌をだらりと出して斃れ、辺りに悪臭を放っていたからである。こちらの馬が一歩進むたびに埃が舞いあがり、喉や目に入ってきて、みんな目が見えずに手探りしながら歩いていた。

陣営から二レグアほどのところにくると、スペイン軍の最初の歩哨が声をかけてきた。一人がわれわれといっしょになり、カタリーナの輿《こし》と並んで馬を進めながら、われわれを陣営まで案内することになった。

間もなく前方の丘の上に、岩の町が見えてきた。急峻で森のある二、三の岩山からそう遠くなく、灼熱の太陽をいくらかでも凌《しの》げそうな気がしたので、その岩山の蔭を進みたいと思った。だが、案内人は平野を進むように命じ、あの岩山の一つには叛逆者のドイツ人たちが砦を築いているから奇襲などの攻撃に気をつけねばならないのだ、と言った。そういうわけで、われわれは疲れ果て、挫けそうになりながら太陽の熱気のなかを進んだ。額からは容赦なく汗が噴きだしていた。

ところで、われわれは三十個以上の皮袋に葡萄酒を入れて、それを一つの積み荷にして運搬していた。そのうちの十二袋はカタリーナのものであった。暑さがもっともひどくなったとき、小休止をとって葡萄酒をたら腹飲んだ。その際の案内人のまったく気違いじみた振舞いときたら、実際に見なかった者には信じられないだろうが、息もつかずひたすら飲みに飲んだものだった。全員が再び馬に乗ったとき、「いいか」と、彼は言った。「二週間この方、一滴の酒もこの喉を通っていないんだ。小さな蚊が尻尾につけて運べるほどもな。掘った井戸の腐って粘土で濁った水で渇きを癒さにゃならんかったのだ。この苦しみは、ここからさほど遠くないところに水が豊富にあるからなおさら堪えがたいんだ。何しろ、あの山の上には、冷たくて澄んだ水を満々と湛えた池がいくつかあって、そこから地下に木とモルタルの管を通してテノチティトラン市の真ん中まで水を引いているんだからな。その町のインディオはみな、この水を使い、この水を飲んでいるんだ。頂上に登れたら、すぐこの木の管を毀《こわ》すかちょん切るかしてテノチティトラン市の飲料水を断てるはずだ。ところが、頂上にはドイツ人が砦を築いて守りを固めているものだから、追い払えない。だからコルテスの力をもってしてもどうにもならないのだ。あいつらなんか、ペストに罹って腫瘍《はれもの》でもできりゃいいんだ」

そうこうするうちに、ようやく陣営に着き、そしてすぐに就寝した。各人とも、自分が立っていた場所に手足を伸ばして眠ってしまった。暑さと疲れに、自分の体を支えていることができなかったのである。

騒ぎと雑踏で目が覚めたのは、もう夕方だった。数人のスペイン人がカタリーナの葡萄酒の皮袋を見つけ、渇きと興奮で半狂乱になって殺到したのだった。一部の者は地面に寝そべり、ナイフで皮袋に開けた穴に口をあててゴクゴク飲んでいた。ほかの連中は、ほかに容器《いれもの》がないので帽子で汲んでいた。一人はいっぱい入っている皮袋を担いでこっそりずらかろうとしたが、よってたかって殴られ、地面に投げ飛ばされた。そこへカタリーナの召使たちがなりたてて罵っているものだから、とんでもない騒ぎになったのだった。

そのとき突然、笛や太鼓の音とともに騎兵の一隊が陣営内の広場に突進してきた。メンドーサ公を先頭にして、左右にはコルテスに仕えるインディオの戦士たちが数えきれないほどつき従っている。公爵は馬から飛びおりると、怒った声で、「おい、これはどうしたことだ。この酒は誰のものか」と叫んだ。

酒を奪い合い、取っ組み合っていたスペイン人たちは飛び起き、目を丸くして公爵を見た。酒が口元から垂れ、目は渇きと熱狂でぎらぎらしている。しかし公爵といっしょに駆けつけた騎兵たちも貪るような目で酒袋を見つめていた。

「この酒はわたしどものご主人のものです」と、やっとカタリーナの召使の一人が言った。

「おれたちのもんだぞ。おれたちの酒を取ろうとしているのはどこの悪魔だ」と、歩兵の一人が叫んだ。「この酒はおれたちのもんだ。この酒はおれたちのもんだ」と、二十人がいっせいに怒鳴った。

公爵は剣を抜くと、怒鳴り声をあげている連中の間に入った。

「この酒は、コルテスと全陣営の立派な兵士のものだ。お前たちだけのものじゃない。お前たちなど、雹《ひょう》にでも打たれてしまえ。ひとことでも文句を言うやつがいたら、わたしが、二度と起きあがれぬよう首に刀傷をつけてやる」

スペイン人たちはじっと黙ったまま動かなかった。しかし一瓶の酒のためならなけなしのズボンでも質に入れてもいい、と思わぬ者はいなかった。

その間、天幕のなかで公爵の声を聞きつけたカタリーナが両腕を拡げ、「ファン、あなたなのね」と叫びながら、走りよってきた。

だが、公爵は一歩退がり、「おい、あんたは誰だ、あんたなんか知らないぞ」と、ゆっくり言った。

カタリーナはそんな言葉に耳を貸さず、彼のそばに駆けよると、酒を注いだ小さな銀の盃を片手にもち、「これを受けてください。神の母なる慈悲深い処女マリアさまのご加護がありますように」と言った。

公爵はその手から盃を受け取ると、意地悪く蔑《さげす》んだように見て、「どうもありがたいことだが、わたしは酒などいらぬ」と言って背をむけ、愛馬の口を開けて酒を注ぎ込んだ。

カタリーナは一声怒号を発すると、公爵を叩こうとするかのように手をふりあげた。だが腰元たちがその腕を掴まえ、天幕に連れ戻した。琴弾きは大声で歌いだし、仔犬はキャンキャン吠え、道化は喚きながら彼女の前で狂ったように跳びはねた。だが、この騒ぎのなかでも、カタリーナの泣き声が聞こえていた。

公爵は冷静に騎兵たちのほうをむくと、「明日、ドイツ人どもを岩山から投げ落とす任務に籤《くじ》で選ばれた者は？」と叫んだ。

すると八名の騎兵が馬から飛びおり、横一列に並んだ。

「それでは今夜、各人に二瓶の葡萄酒とカスティリア金貨一枚を取らせる」と言った公爵は、今度は少尉のほうをむいて、「どうだ、戦争には金がかかるものだろう。ただで獅子奮迅の活躍をする者なんか一人もいやしない」

この夜、メンドーサの騎兵たちが幕舎の前にたむろして公爵から贈られた上等の葡萄酒を飲んでいたとき、大きな話題の一つは、カタリーナが手ずから進めた葡萄酒を突っ撥《ぱ》ね、愛馬の喉に注ぎ込んだメンドーサの振舞いのことだった。そこでみんなが、われがちにくだらぬ意見を述べたてた。

「公爵はほんの一口飲んだだけで、気分が悪く死にそうになるのさ。一口飲むだけで、子供みたいに分別がなくなって児戯に等しいことや莫迦げたことをしでかしてしまうから、酒が怖いんだよ」

「公爵の母方には異教徒のモール人の血が混じってるんだ。だから酒なんか飲んじゃいけないんだよ」

「なあ戦友、酒が禁じられているなら、水を飲みゃいいじゃないか。誰か公爵が水を飲んでるのを見たことがあるかい。おれたち普通の人間なら、この渇きとかんかん照りでくたばっちまう。だが、公爵は一滴も飲まないのにこの暑さを笑い飛ばしてるんだぜ」

「しっ！　そんな大声出すな。もっと近くによれよ。もの凄い秘密を教えてやろう。いいか、公爵はな、血管に血が流れていないんだ。故郷のグラナダじゃ、どんな子供だって知ってるぜ。公爵のお袋は実際モール人の異教徒で、グラナダのアブアメイドス家から出た公女なんだ。この一族の人間の血管に流れているのは血じゃない、モールの沙漠の熱い砂なのさ。これで喉の渇かないわけがわかっただろう」

「本当さ、本当のことだ」と、一人が叫んだ。「チョルーラ大虐殺のとき、おれも見たぜ。矢が腕をかすめたとき、血が出ないで細かい砂が少し零《こぼ》れただけだったよ」

「それで、あんなに雪みたいに白い顔をしてるんだな。おれたちのような赤い血はもっていないんだ」

「笑わせるな」と、もう一人が笑って言った。「おれは医者と同じ意見だな。葡萄酒の香りを嗅げば、ズボンのなかにどっさり大糞を垂れるという、なんとも始末の悪い尻《けつ》をしているせいさ」

この言葉で一同はどっと吹きだして、メンドーサの健康がもっとよくなるように、と乾杯してから、ほかの話題に移った。

翌朝、メンドーサ公はわれわれを率いてドイツ人の砦の攻撃にでかけた。ドイツ人は岩山の高いところに砦を築いていたが、その岩山にはさほど嶮しく切り立っていない斜面があり、そこからは容易に攀じ登ることができた。一部のものが、岩山の麓の到るところに散乱している岩塊の蔭に隠れ、銘々がぴたっと狙いをつけて銃を構えた。昨日前金として金貨をもらった八名の騎兵は、火縄銃を積みあげておいたまま抜身を口にくわえると、斜面を登り始めた。

だがドイツ人のもの音は何一つ聞こえなかった。じっとして動く気配はなかった。わが軍の八名はだんだん高く登り、こちらの目からも次第に小さくなった。しかしドイツ人は一発も撃ってこず、岩山には生き物が全然いないのではないか、と思われた。

「なあ戦友」とわたしは言った。「こいつはお笑い種《ぐさ》だ。仲間は剣で命のない岩と闘う気かね」

「そうさ」と隣の男が声を押し殺して、「死んだ岩と剣で闘うんだよ」

「上にいるドイツ人はどうして撃ってこないんだ」

「つまらんことを訊くな。銃がなけりゃ、お前は半ズボンから屁をぶっ放すか?」

「じゃ、ドイツ人は銃がないのか」

「先だって、この国の海岸で滅茶苦茶に難破したとき、失くしたんだ」

「じゃ、負けたも同然じゃないか。神のご慈悲がありますように」と、わたしが低い声で言ったのは、丸腰で敵と闘うドイツ人の船長と部下に同情を覚えたからだ。

「戦友よ」と、隣の男が厳しく戒めた。「われわれの仲間のほうだぞ、神のご慈悲を乞うのは！　上にいるドイツ人たちはこっちよりも強力な大砲をもっているんだ」

すぐ近くで、「あいつら、また〈神威砲〉を撃ちだすぞ」と囁く声が聞こえた。

なんのことかわからなかったが、〈神威砲〉という言葉を聞いただけで、背中に冷汗が流れた。

仲間はいま、頂上までもうすぐのところにいた。

そのとき後ろにいたメンドーサが突然飛び起きて、わたしの肩に手を乗せ、「頂上が見えるか。撃て」と叫んだ。

わたしは銃を構え、何も見えなかったので、でたらめに撃った。辺りに銃声が轟き、火薬の煙が目にしみた。しかし岩山の頂上から不意に明るい澄んだ声が響いた。「退却しろ。さもないと、神がどんなに硬い岩で世界をお創りになられたか、体で味わわせてやるぞ」

「あれはメルヒオル・イェクラインだ」とすぐに思った。もう何年も会っていなかったが、声でわかったのだ。

岩山の仲間は停止したままだった。ただ、そのうちの一人が踵《きびす》をめぐらし、大股で山を駆けおりてきた。

それから一瞬静まり返り、われわれは誰一人身動きできなかった。得体の知れない恐怖のために、心臓が手で握り締められたようだった。そこで何が起こるのか見当がつかなかったが、両手がぶるぶる震え、耳のなかで、〈神威砲〉、〈神威砲〉という謎の言葉がガンガン鳴っていた。岩山の上から恐怖が目に見えない流れのように斜面を流れ落ち、われわれを包み、戦《おのの》かせるような気がした。

そのとき、岩山の味方がいっせいに身を伏せた。その直後、岩山全体が木っ端微塵になったかのような大音響が頂上から聞こえた。「神威砲だ！」という言葉がまだ耳に残っていたが、早くもその大音響が凶暴な蜂の大群のように岩山を雪崩《なだれ》落ちてきたのだ。

岩山の頂上を離れ、いまゴーゴーと音をたてながら下まで雪崩を打って落ちてきたのは、もの凄い岩石の塊だった。あわやと驚いているうちに、野生の山羊の群れのように突然二つに分かれたかに見え、おろおろして岩蔭に隠れようとしている男たち目がけて、互いにぶつかり合い、大きく跳ねながら砂塵を巻きあげて落ちてくる。しかし石の後ろには砂埃の雲が立ち籠め、濛々《もうもう》と湧きあがって大きくなると、谷にむかって這いおりてきた。一瞬、剣がキラッと閃《ひらめ》くのが見えた、と思う間もなく、雪崩打つ石の群れは味方のところまで達していた。何秒間か、仲間の阿鼻叫喚が轟音と張り合うようにして聞こえていたが、やがて何もかもおわった。土埃はふくれあがって伸び、痙攣しながら岩塊にぶらさがっている打ち砕かれた体を飲み込んでしまった。

さっき後ろをむいてすぐに逃げだしたあの一人の男だけは、まだ生きていた。悲鳴をあげ、大股で飛び跳ねながら斜面を駆けおりてくるのが見えた。しかし、そのあとからは、狂った石がもの凄い勢いで先を競うように追っ駆けてきて、ドーンと岩盤にあたって跳ね返り、臼砲から撃ちだされたように空中でブーンと唸りをあげた。そして一気に追いつき、男を投げ倒した。男は足が地面から離れると、滑り落ちる石によって谷底へ投げ飛ばされてしまった。

酸鼻を極めたこの光景を目にして、悲痛のあまり全員の心臓が停止したかと思われたとき、後ろでメンドーサがぱっと立ちあがって、わたしの銃を引ったくると、狙いをつけ、一発撃った。ドイツ人たちのいる頂上から悲鳴が一つあがった。メンドーサは笑いながら銃をわたしに返すと、「やつらはもう石を投げられんぞ」と叫んだ。それから、背伸びをして天を仰ぎ、両腕を差しあげた。なんだかサラサラと細かい砂が零れる音が聞こえたような気がした。

やがて、われわれは起きあがり、石雪崩で岩に投げつけられた男を救いにいった。だがすでに死んでいたので、男を埋葬し、彼を殺した石を墓標としてそこに積みあげた。男の体は滅茶苦茶に打ち砕かれていて、神が世界創造にあたってお使いになられた硬い岩石で三回折られ、粉々になっていない骨など一本もなかった。ただ頭だけは無傷で残り、生きている人のように、悲嘆に暮れ、驚いたような目でわれわれを見つめていた。それから長い間わたしは、この男が狂ったように大股で山を駆けおりてきたかと思うと、突然倒れ、神威砲によって四肢を砕かれ、血まみれになったまま、じっと地面に横たわっている様を夢に見たものだった。

霧

この目で見たものやほかの人が話してくれた事柄が、回想の薄明かりのなかで一つに溶け合う――過去の荒れ果てた庭園にほかの日から離れた一日がぽつんとある。その日には昨日も明日もない。それはコルテスの苦難の日である。

あのときわれわれの闘いは熾烈を極めていた。敵は人間ではなく、霧である。日がな一日、毒のある蟇蛙のように、敵の都の上に濃く、そして重く垂れ籠め、われわれの視線を遮っていた。夜になると、かわりに闇が都を覆い隠し、霧は身を起こして見張り所から立ち去るのだった。音もなくわが陣営に忍びより、湿っぽい雲の塊を人間の腕のように陣営内の路地に突っ込むと、幕舎に這い込み、眠っている者の胸にずしりと腰を据えるのだった。

コルテスの苦難が始まったあの夜、スペイン人たちはみな幕舎で横になって眠っていたときに、同じ時刻に同じ夢を見たのだ。

みんなはコルテスが幕舎で棺台に横たわり、頭を床に垂らしているさまを見たような気がした。メンドーサ公は幕舎の片隅に立ち、片手にランプを提げていた。刑吏のペドロ・カルボナーロは、死んだコルテスの傍らに立って右手に火掻き棒をもっていたが、左手の爪をコルテスの胸に突き立てていた。そのうえ、空の彼方から教会の塔の鐘の音とも思われぬ恐ろしく身の毛もよだつような鐘の音が響いてきた。

この夢、あるいは夢魔に驚いてスペイン人たちはみな寝床から飛び起き、喚きながら幕舎から走り出た。高熱で、顔の蠅を追うこともできないほど衰弱していた連中でさえ、外へ這いずり出た。誰もが心底恐れ戦《おのの》いていた。金切り声で喚きながら、コルテスの幕舎を取り囲んだ。

すると幕舎の入り口を撥ね除け、メンドーサが出てきた。恐怖が手足に走り、一同はがたがた震え始めた。というのは、夢で見たように、本当に公爵がランプを手にもっていたからである。彼は怒って、この騒ぎは何事だと訊いた。その後ろに背の高いコルテスの姿が見えたとき、やっとわれわれは勇気を取り戻した。動ずることのないその顔には怒りの色も驚きの色もなかった。

コルテスが生きているのがわかってみんなが静まると、たかが夢でこんなに狼狽したなんて、と恥ずかしく思い始める者もあり、いったい、こんなに夜遅くコルテスとメンドーサは額をよせ合って何を相談していたのだろう、とひそひそ言い争い始める者もあった。そのとき突然、幕舎の反対側で、「人殺し《モルディオ》」という大きな悲鳴があがったかと思うと、一人が走ってきて、あの裏側で角と爪と蹄《ひづめ》をもっている生きた悪魔の影が天幕の壁に映っているのが見える、やつはコルテス殿の幕舎に坐って焼いた鶏を食っている、嘘じゃない、と大声で言った。それで突然、辺りがまた静かになった。みんな一歩あと退《ずさ》りし、いちばん前にいた男は歯の根も合わずにうろたえた声で恐怖の祈りを唱え、一人は、「われに洗礼を受けさせ給うた救世主イエスよ、お助けください」と叫んだ。だが誰一人なかへ踏み込む勇気のある者はなく、お互いに小突き合っていた。

しかし、メンドーサは大声で笑いだし、子供のような明るい声で、「地獄へいけば、必ず悪魔にお見知りおき願えるさ」と言って、天幕のなかへ入っていき、すぐにまた、びっこを引いている小男の刑吏ペドロを伴って外へ出てきた。この男は舷梯《タラップ》でわたしに、「ようこそ」と声をかけた男である。焼いた鶏を口にくわえていたが、寝惚けた兵士たちをこれほど驚かせたのは、その影であった。ひとこともなく恥じ入り、われわれは幕舎に帰った。だが、なかには頭をふって、尻尾と蹄とそれにもの凄い爪ははっきり見えたんだ、今夜コルテスがどんな商売人と取り引きしたか、よくわかっているが、言わぬが花さ、と断言する者もいた。

それから一同はみな寝床へいったが、その夜は誰一人眠れず、不安と興奮で輾転反側して夜が白むまでまんじりともしなかったのだった。

夜が明けて天幕から出てみると、わたしの塒《ねぐら》からさほど離れていないところに大変な人だかりができていた。四方八方から人が走っていく。わたしの横を駆け抜けながら、一人が、「天国の秘書が茶番の説教をやるっていうじゃないか」と叫んだ。見れば、陣中で天国の秘書官と呼ばれているガルシア・ノバロが木の荷車の上に立っている。彼は両手をふり廻し、説教壇の上の坊主のように大きな声を張りあげた。

ガルシア・ノバロは、その狙った獲物は絶対にはずさない銃の腕が買われて、コルテスがバラコアの牢獄から救いだし、ここへ連れてきたのだった。この老人はスペイン軍の陣営を徘徊して、兵士たちに敬虔なクリスチャンとしての生活を送るよう説教していた。その膝は一歩あるくたびにがくんがくんと折れ、脳のなかが痙攣でもしているかのように、頭は絶えずぐらぐら動き、両手は銃も支えていられないほど激しく震えていた。それにもかかわらず、千歩離れたところから、丸い的の真ん中の黒丸の留め釘に命中させることができた。だからこそコルテスは、牢獄に三年もぶち込まれていたこの男を救って連れてきたのである。そして十万人以上のインディオにスペイン人が包囲されたコトランの決戦でスペイン軍の隊列が乱れ始めたとき、コルテスの命を受けたノバロは、インディオの旗印としてよく見かける黄金の網を握り締め、部下を突撃させているインディオの酋長や大物たちを、魔法のような射撃術で撃ちまくり、死体の山を築いたのだった。しかし、無数のインディオの死体と引き換えにスペイン軍に勝利をもたらしたこの行為を、彼自身は快々《おうおう》として楽しまず、嘆き悲しみながら、絞首刑にするぞとコルテスから脅迫されてやっと行なったのだった。ノバロは自分の腕前が疎《うと》ましく、生き物を撃ちたいと思ったことは一度もなかったからである。

このノバロが、空っぽの荷車の上に立ち、灰色の蓬髪をこめかみに垂らして、両手を揉みしだきながら、陣営の端まで聞こえよとばかり絶望的な大声をあげた。「呪われよ、バベルの町よ、殺人者の町よ！　呪われよ、バベルの町よ、悪魔は汝の通りという通りを怒れる獅子の如く徘徊しているぞ！　汝ら権力者たちよ、呪われよ！　悪魔を客として招きし、尊大にして傲慢なる者たちよ！　哀れなるこの世の猿芝居如きのために永遠の至福を失ないし汝らに呪いあれ」

ノバロは疲労困憊し、ゼーゼー喘いで説教をやめ、必死に息をしていた。われわれはよく彼をからかったり、嗤ったり、莫迦にして苛めたものだ。だが、今度は誰ひとり笑おうとする者はなかった。昨夜の秘密の事柄については、ノバロのほうがよく知っているように思われたからだ。

天国の秘書はまた嘆き始めた。「注意せよ！　注意せよ！　地獄の肉食鳥が汝らの陣営に巣をつくったぞ。祈れ、悔い改めよ！　地獄の土竜《もぐら》が汝らの足下に穴を掘っているからな。地獄の雄鶏が立ち現われたさまを見るがいい――」

「もうやめろ」と、突然姿を現わした刑吏が叫ぶのが聞こえた。「説教壇からおりろ。さもないと即刻連行するぞ」

ガルシア・ノバロは大きな悲鳴をあげた。顔が言いようのない不安で引きつっていた。「助けてくれ、兄弟たちよ！」と吼えるように言った。「助けてくれ、悪魔がおれを連れ去ろうとしてるんだ！」

刑吏は甲高い声で笑いだした。「お前は酔っ払っているんだ。だからどこにでも悪魔が見えるんだよ。さあ、おれといっしょに牢屋までいくんだ」

あっという間に荷車に飛びあがり、彼はガルシアの首根っこを摑んだ。二人は格闘を始め、車から落ちて地面を転がり廻り、喉を絞めたり、引っ掻いたり、嚙みつき合ったりして、二月二日の聖母マリアのお清めの祝日の頃の二匹の猫のように、フーフー、ギャーギャーいった。

ついにガルシア・ノバロは立ちあがったが、滅茶苦茶にやられ、引っ掻き傷やら切り傷ができて口と鼻から血を出していた。急いでその血を拭い、歯に挟まっていたペドロ・カルボナーロの一総《ふさ》の髪の毛を吐き捨てた。

刑吏は雄鶏の羽をきれいに撫でつけ、服装を正すと、ガルシア・ノバロにむかって、「おい、この肥満《でぶ》の、気違いの、だらしない悪漢め！　きさまに教えてやろう、利口になる方法をな。それも、ともかくおれがお前をつかまえるまでの話さ。きさまが最後の弾を撃ってしまったら、頭を殴って成仏させてやるからな」

しかしガルシア・ノバロは陣営のもう一方の端へいき、あらためて嘆き始めた。間もなく周りに大勢集まってきた。すると偶然、若いメンドーサが通りかかった。絹の美しい高価なマントを羽織っていたが、それに毛皮の縁飾りがついていた。ガルシアはこのマントを見ると、嘆くのをやめ、公爵を手でさして罵りだした。

「見栄を張ってめかしこみ、肩で風を切って歩いている汝よ、呪われるがいい。キリストの生涯を思え。そうすれば毛皮の飾りのついた絹のマントなんかではなく、貧しく、心やさしく、道徳堅固な生活に目がいくはずだ。ところが汝はこの世の王たらんとして悪魔に庇護され、永遠の救いを棄てて顧みないのだ」

「やつは阿呆なんです。構ったりなさったらいけませんよ」と、公爵の副官が言った。

メンドーサは反《そ》っくり返り、両腕を組んで笑った。「秘書官殿、具合でも悪いのか、譫言《うわごと》なんぞ言ったりして。それでは薬を施して進ぜよう、鞭草《プリユーゲルクラウト》でお前の皮膚を擦ってな。そうすりゃきっと癒るぞ」

ガルシアはもう公爵には目もくれず、霧に覆われて谷底に横たわるインディオの都を両手でさして嘆き続けた。「注意せよ！　異教徒のソドムの町に連れてゆかれるな。あそこでは黄金の玉座に坐っている悪魔が崇められているのじゃ。家へ帰れ。家へ帰れ。コルテスに魔王の地獄の腭《あぎと》のなかへ連れ込まれるでないぞ」

すると公爵はいきなり怒りに駆られ、ガルシアの口の上を拳で殴りつけると、「叛逆行為はそれでおしまいだ。やつを逮捕して絞首刑にしろ。緑の木に吊して、亜麻の輪奈《わな》で溺れさせろ」

ただちに公爵の部下たちがガルシア・ノバロをつかまえ、引っ立てていこうとしたとき、ガルシアを公爵の怒りから救い、同時にほとんど全員が怖気づいたと思われるほどスペイン陣営に恐怖を巻き起こした、恐ろしい奇蹟が起こったのである。

一陣の風が吹いてきてインディオの都を覆っていた霧を引き裂き、ほんの一瞬であったが、敵の都の秘密のヴェールを剥がしたのだった。だが、われわれが見たのは、宮殿や教会や塔や庭園でも、市場でもなく、否、否、そんなものとは違って――聳え立つ巨大な露台と、その上に鎮座する石の怪物だったのだ。そいつはセビリアのヒラルダ鐘楼（高さが百メートルある）よりも高く、異教徒風に胡坐《あぐら》をかいて口を開け、悪魔のような形相でわれわれを睨みつけて摑みかからんばかりにこちらへ両手を差し伸ばしている。――そのとき霧の海がこの悪魔を飲み込み、見通すことのできないヴェールをその頭にかけてしまった。

驚愕の悲鳴がスペインの陣営を駆け抜け、強烈な恐怖に襲われて、みな地面にひれ伏した。外套を頭から引っ被る者も多かった。こんな石の悪魔など見たいと思う者はいなかったからだ。紀律などすべて失なわれ、誰一人公爵のことも命令のことも気に留める者はなかった。スペイン人たちは悲鳴をあげ、罵りながら走り廻っていたが、その真ん中から謀叛の声が聞こえてきた。

「帰ろう！　おれたちを悪魔が玉座に坐っているような町へ連れていくな！」

「悪魔の砦なんかと闘わないぞ！」

「あいつを見たか。目から火を出していたぞ」

「口から煙を吐いていた」

「やつらはおれたちを地獄の礼拝堂へ連れていく気なんだ」

ところでスペインの陣営に一人のドイツ人が捕虜になっていた。足を鉄砲の弾で砕かれ創傷熱にやられて、すっかりまいっていた。その男はスペイン人たちの絶望的な悲鳴を聞きつけ、天幕から這いだして、四つん這いのまま体を起こすと、「いま頃何を叫んでいるんだ！　お前らは皇帝の道化なんだぞ。お前たちの故郷じゃ、坊主やお偉方どもが家や畑を掠奪したり、お前たちの女房と乱痴気騒ぎをやったり、トルコ皇帝、いや悪魔よりひどいというのに、その皇帝のために戦っているんだからな」と叫んだ。

さらに、「インディオとの戦いに使われるなんて、皇帝がさぞかしいろいろ約束してくれたんだろうな？　そう、暑さ、寒さ、渇き、それに骨折りだ。骨には皮も残らないほどの苦労をな！」と言った。

　するとコルテスの陣営で一気に叛乱が起こった。

　ペドロ・バルバという名前の男を先頭に、弩兵十五人が口火を切った。彼らは集結すると、無恰好な大砲を引っ張ってきて、コルテスの天幕に砲身をむけた。また、顔を覗かせた将校を鉄砲で撃ち始めた。四方から兵士が大勢集まり、その群れは猛り狂って、「悪魔の喉なんかに入らないぞ！」「地獄の寝床なんかで寝ないぞ！」と喚いていた。

　すると群衆のなかに、静まれと命じ、「誰かコルテスの天幕へいって、この意見を手短かに伝えてくれ」と叫ぶ者がいた。

「ペドロ・バルバにコルテスのところへいかせろ。ペドロ・バルバだ！」と、群集が叫んだ。

　バルバが歩み出た。髭を生やした大きな男で、神さまが粘土を捏ねてお創りになったように見えた。大砲に攀じ登ると、バルバは、「おれがコルテスのところへいって、神を蔑《なみ》する強情な意志を打ち砕いてやる。やつに力でねじ伏せられるような真似はせん」と叫んだ。

　謀叛人たちは喚声をあげながら陣営内の道を雪崩を打って進んだ。天幕の前には、コルテスの中隊長の一人、ペドロ・アルバラードが警備していた。

　ペドロ・バルバは立ち停まり、群集のほうをむいて、「停まれ、ここで待つんだ！　これからおれが道理にかなったことを言ってくるからあと押しを頼むぞ。アルバラード殿、通してほしい。コルテスと話がしたい」と言った。

アルバラードは返事をしなかった。そして一歩も動かず、槍で道路を封鎖していた。そのとき、コルテスの料理人が横から走ってきた。マルタ島出身の黒人で、片手に焼き肉の小皿をもち、もう一方の手でナイフを突き刺したパンをふり廻していた。アルバラードがその男を通したので、バルバは強引にそのあとからコルテスの天幕まで入っていった。

謀叛人たちは外でじっと立っていた。各人とも天幕のほうへ頭を傾け、少しでもバルバとコルテスのやり取りを盗み聴きしようとしていた。

しかし、コルテスの天幕のなかは静まり返り、蠅の羽音でさえ聞こえるのではないかと思われるほどだった。後ろにいる連中は焦れ、興奮しだして、一人が、「どうもうまくいかないぞ」と叫んだ。

そのとき突然、幕舎の垂れ幕が引き開けられ、入り口にペドロが現われた。

スペイン人たちは、どっと声をあげた。「ペドロ・バルバ！　うまく話したか。コルテスと話がまとまったか」

バルバは入り口に立って頭を突きだしていた。それからゆっくりした足どりでこちらのほうにきながら、蚊でもつかまえようとするような仕種で、両手で空を摑んでいたが、立ち停まった。

「ペドロ！」と、群衆が叫んだ。「こっちへこいよ」

バルバはあんぐり口を開け、また閉じた。頭を前に伸ばして力強く一歩踏みだし、また停まった。一本の杖で体を支えようとする人のように両手を握っていた。

「ペドロ！」と、謀叛人たちは叫んだ。「返事をしてくれ」

ペドロ・バルバは立ったままかっと目を見開き、われわれを睨《ね》めつけたが、稲妻にでも打たれたようにどっと地面に崩れ落ちた。

われわれがそこへ飛んでいって、上着を引き裂くようにして開けてみると、胸にコルテスのナイフが柄のところまで突き刺さっていた。

このとき、コルテス本人が天幕から出てきた。入り口の前に倒れているペドロ・バルバを見て額に皺をよせ、腕をあげて、「立ち去れ、謀叛人め！」と言った。

このとき何が起こったか、思い出すたびにいまなお背中を戦慄が走るのである。

そうだ、瀕死の男が体を起こして直立し、一歩また一歩と歩きだしたのだ。そして、心臓にナイフを突き立てたままおとなしく歩いていき、コルテスの視界からはずれたところでどっと地面に倒れて死んだのだ。

コルテスはもうわれわれのことなど気にも留めず、くるっとむきを変え、天幕に戻った。辺りはもの音一つ聞こえず、息をしようとする者はいなかった。

コルテスが天幕に姿を消すと、ようやくどっと喚声が起こった。

「人殺し！」

「人殺しめ、生きているかぎり、いつか殺してやる！」

「あいつの天幕に火を投げ込め！　煙で窒息するようにな」

「叩き殺せ、あの狂犬を！」

「やつは体に心臓じゃなく、小石を詰めてやがるんだ！」
アルバラードがただ一人、騒ぎたてる暴徒に立ちむかい、コルテスの幕舎に通じる道を槍で塞いでいた。謀叛人の一人が斧で彼の腕を殴り、二人が槍にぶらさがり、一人がその鎧を剝ぎ取った。ちょうどこのとき、一人のスペイン人が走ってきた。インディオの都を見張っていた斥候の一人だった。

口を開けてハーハー言いながらペドロ・バルバの死体を飛び越えると、コルテスの幕舎めざして走っていった。天幕まであとわずかというところで地面に倒れ、ほんの一瞬伸びていたが、再び体を起こし、二度跳ねたかと思うとまた倒れ、そのまま這いずっていった。その胸は早鐘を打ち、喉から鞴《ふいご》のような音を発していた。

群集に襲われ、あやうくやられそうになりながらも、地面に倒れたまま防いでいたアルバラードは、頭をそちらにむけ、「アルバレス、どんな知らせだ」と叫んだ。

アルバレスは返事をせずに這い進み、起きあがろうとして倒れ、コルテスの天幕にむかって吼えるような声で、「インディオがやってきます！」と叫んだ。

それで叛乱はあっという間におわったのだった。アルバラードはゆっくり起きあがり、辺りを見廻した。しかし彼をやっつけようと殺到していた男たちの姿はなく、一人だけコルテスの天幕の前にぽつんと立っていた。

いま四方八方からコルテスの将校たちが駆けつけてきた。その一人、ファン・デ・レオーネが陣営を馬で駆け抜け、「無敵軍よ、武器を取れ！　大砲につけ！　異教徒どもが押しよせてくるぞ！」と叫んだ。

しかしスペインの無敵軍《アルマダ》は影も形もなかった。コルテスがあれほど猛勇を奮ってインディオの都のすぐ近くまで導いてきた——あのスペインの無敵軍は、陣営を取り囲んでいる柳の木の空洞《うろ》に潜んだり、インディオの森の茂みのなかへ逃げ込んだりしてしまっていた。空のパン焼き竈のなか、天水桶のなか、厩のそばの堆肥のなか、鼠の穴のなかといった具合だった。陣営に残っていた数少ない兵士たちは跪いて神に祈り、大声で連禱を唱えていた。

それというのも、いま霧のなかから、昨夜夢のなかで聞いた鈍い鐘の音が陰々滅々と響いてきたからだ。それらはうら寂しく、もの悲しい旋律で、まるで百もの教会の鐘楼がわれわれに立ちむかってくるかのように四方八方から飛んできて、頭上をかすめ、大気を悲嘆の音で満たした。

またその辺りにいたわれわれに最期の時がきたことを肝に銘じさせたのは、インディオの軍鼓の音だった。

弩隊が陣取っていた右翼から嗄れた怒声と同時に大勢の悲鳴が聞こえた。それは弩隊の指揮官アントニオ・デ・キニョネスの声だった。短気な男で、怒りに襲われると喋れなくなった。部下が粘土の塹壕のなかで羊の群れのようにひしめき合い、震えているのを見つけたキニョネスは、怒り心頭に発して怒号し、部下を剣で殴ったり、突いたり、刺したりしていたのである。しかし、誰一人抵抗する者がなかったのは、心痛と恐怖のあまり、屠られる家畜のようにおどおどしていたからだった。

メンドーサは人気のない陣営の道をゆっくりと馬を走らせていた。カルヴァリン砲や臼砲は地面に引っくり返り、砲身に砂が詰まっていた。驢馬や馬は手綱を食いちぎり、幕営地の道を狂奔していたが、誰も繋ぎ留める者はなかった。

将校連中は黙ったままコルテスの天幕の前に立っていた。喇叭《らっぱ》卒が入り口の前で喇叭を吹いて号令をかけていたが、空しく響き渡るばかりで、誰一人その号令を聞こうとはしなかった。

「誰かコルテスのところへいって事態を報告せよ」と、メンドーサが下知をくだした。

将校たちは動かず、返事もしなかった。

「誰かコルテスのところへいって事態を報告するのだ」ともう一度メンドーサが大声をあげた。

「すべて無駄です。コルテス殿は何も聞こうとされません」と隊長の一人が言った。

「あの方はデ・ネイラの顔を殴りつけました」

「退却を進言する者は鎖に繋がせると申しておりますL」

「気が狂っています。誰もあの方の幕舎からは生きて出られません」

するとメンドーサは馬からおり、顔を腫らして茫然と横に立ち尽くしているデ・ネイラ隊長に手綱を投げ渡した。メンドーサがコルテスの天幕に入るとき、自信満々で、臍《ほぞ》を固めている様子が見てとれた。

コルテスの将校たちは黙って立ち竦《すく》んでいた。一人が入り口に近づき、聞き耳を立てた。一陣の突風が起こり、天幕の入り口の垂れ幕を捲《まく》りあげたので、その将校は飛び退いた。

「公爵が二度と帰ってくることはあるまい。誓って言うが、おれたち四人で運びださにゃならんだろうな」とデ・ネイラはひそひそ言った。

だがその後すぐ、公爵が天幕から姿を現わした。いかにも若者らしく頭を反り返らせ、少し震える嗄れ声で、「誰か兵士に太鼓で陣中に触れ廻らせよ。この陣営の指揮権並びに、大砲、火薬、弾薬、一切の食糧等、戦争用器材すべてに関する権限、さらに今日のためのあらゆる権限をわたしの手に委ねる、とコルテス殿が諒承されたとな」と命令した。

コルテスの将校たちは一歩退がり、驚き呆れた目でこの若者を見つめた。しかし公爵は背筋をぴんと伸ばし、額にかかる髪を払い除けると、続けて、「しかしわたし、メンドーサ公爵ファンは、この国から海岸並びにベラクルス港へ撤退することを決意した。お前たちがわたしに忠実に従い、神が嘉《よみ》し給うならば、きっと全員そこに到達できるだろう」

太鼓手がこの知らせを陣中に触れると、スペイン人たちは隠れ家から群れをなしてぞくぞく出てきた。馬をまたつかまえたり、駆り集めたりする者もいれば、葡萄酒、パン、塩漬け肉などの貯蔵品を引きずってきて山と積む者もあり、なかには撤退のときに携行できない重い大砲を埋め始める者もいた。彼らはこの作業を大急ぎでやった。インディオの軍鼓の音がもうかなり近くから聞こえてきたからである。

スペイン人たちがこのように熱心にメンドーサの命令に従っている間に、コルテスが天幕から出てきた。両手にそれぞれ剣と銃をもっており、忙しく立ち働いているスペイン人たちには一瞥もくれなかった。その顔はいつものように石のごとくぴくりともせず、怒りも怨恨もその表情には見えなかったし、苦痛の色もなかった。黙ったまま堂々と、がやがや騒いでいる連中の間を抜けて幕営地を出ると、インディオの軍鼓の音が聞こえてくる霧の雲にむかって歩いていった。

コルテスの後ろには、ベラクルスには撤退せず、コルテスの傍らにあって闘い、討死にしようと決意している九人の将校と騎兵が従っていた。

ゴンサルボ・デ・サンドバールを先頭に、その後ろにはアントニオ・デ・キニョネスとペドロ・ドリオ。さらにその後ろにクリストバル・ディアス、ペドロ・アルバラード、ファン・デ・レオーネ、ディエゴ・タピア、さらにヘロニモ・ダキラール、パンフィロ・デ・ネイラが続いた。

わたしもこれらの人々といっしょにコルテスのあとに従った。われわれはコルテスと同じくインディオに抵抗し、メンドーサとほかの兵士たちが充分距離を稼げるまでは、なんとしても銃と剣でやつらを食い止めてやろうと思ったのだった。

われわれがじっと待っているうちに、突然すぐ近くの両側から甲高いインディオの法螺貝の音が鳴った。犬が馬の騎手《のりて》を取り囲むように、われわれは死によって包囲されたのだ。武器のガチャガチャという音が霧のなかから聞こえてきた。依然敵の姿は見えなかったが、不安が重い甲冑のようにわれわれを覆っていた。わたしはコルテスのほうを見て勇気を奮い起こそうとした。だがその顔は石のようで、ぴくりとも動かず、そこには自信も恐怖も見出せなかった。彼は両手で剣を握っていたが、その刀身には炎のような形の文字で銘が刻み込まれていた。それを読もうとすると、字が乱れて目の前でちらちらしだした。何字あるか数えてみた――二、六、八、九、十――だめだ。霧が目と刀身の間に入り込んで字を掻き消してしまった。何千人かのインディオの足音はすれども姿は見えず、わが身の胸を貫く矢がすでに音をたてて飛んできているのか、知る術《すべ》もなかった……それとも鉄の棒で頭を叩き割られるのか、ナイフで首を掻き切られるのだろうか。わたしは待つ苦しみに疲れ、絶望しながら最期の時をいまか、いまかと乞い願っていた。

そのとき不意に霧が秘密を明らかにした。

薄明のなかからインディオたちが急に現われ、はっきりその姿を見せた。その背後にまた新手が、さらにまた新手がという具合に果てしなく続いた。緑の羽でつくった天蓋の下に全身を小さな黄金の板で覆った男が一人先頭に立っていた。男は身をかがめて手を土埃に浸し、それを額に塗り込むと、わたしにはわからぬ言葉を話した。しかしダキラールは突然飛びだし、咆えるように、「奇蹟《メルヴェイユ》だ! 和平のことを言ってるぞ!」と叫んだ。

大きな喚声があがって、みんなコルテスの周りに駆け集まったものだから、そのインディオはぎょっとなって天蓋の奥へ飛んで逃げた。わたしはコルテスの顔を見つめた。

両手で握り締めていたわたしの剣が音をたてて地面に転がった。コルテスの石のような顔が突然生気を帯びたのだ。生き生きとした人間らしい顔になり、不安、心配、悲しみが深い皺となって刻み込まれ、またこの一時間に感じた悔恨と苦悶が刻まれていた。そして何よりも唇と頬に笑みを湛えていたのだ。それは眠っている子供がときどき唇に浮かべるような愉しげで幸福そうな笑みだった。わたしの後ろにいた男がいきなり、「コルテスが笑っているぞ！」と叫んだ。するとサンドバール、ディアス、タピアも肩を叩き合い、「コルテスが笑っている！」と口々に叫んだものだった。

だがコルテスはすぐもの凄い石の相貌を取り戻し、冷たく残忍そうにそのインディオを見おろしたので、まるで悪夢にうなされたのではないか、またこれほど奇怪に彼の石の顔を引き歪めたのはただ霧のせいではなかろうか、という気がしたのである。そして大理石のような口から声が飛び出た。それは死んだペドロ・バルバを地面から起ちあがらせたあの声で、濛々と湧き立つ霧を突き通って、スペインの陣営とインディオの大軍の上に響き渡った。「汝の国王モンテスマ殿に告げよ、国王自らわが陣営に現われるまで和平はあり得ず、戦争と流血あるのみ、となもし三日以内にこない場合は、わが大砲の威力を思い知らせることになる、となJ

緋色のズボン

多くの人間が互いに相手を悲しみと苦悩に突き落とそうと努めた（なぜなら人間はほかの人間にとって悪魔だから）この恐ろしい戦争で、最後に流された血は無辜《むこ》の子供ダリラの血だった。天上の神の耳に達し、その怒りの御心を和らげたのは、ダリラの悲鳴だったのかもしれない。神は幼い娘の悲鳴をお聞き届けになり、最後の大きな不幸と流血を前にしてこの惨めな人間ども、スペイン人とインディオたちに束の間の平和というご慈悲を与え給うたのかもしれない。

メンドーサ公爵はグルムバッハとその部下のドイツ人を襲い、テノチティトラン市の水道に水を供給している水源をどうしたら占領できるか、と奸計をめぐらしていた。

夜、彼は二十名足らずの騎兵を引き連れて出発し、二時間以上馬に乗って闇のなかを進み、インディオの国によくある藪にびっしり覆われている狭い渓谷に着いた。ここで部下を下馬させ、かつて流れていた川が涸れた河床を進ませた。その際絶えず二名が先行し、斧でこの地特有の棘のある蔦《つた》を切り払って道をつくらねばならなかった。こうしてさらに一時間以上進み、嶮しい岩山と岩山に挟まれた実に狭い谷に辿り着いた。スペイン人たちは、このうちの一つがドイツ人の根城にしている岩山で、それが東むきの嶮しいほうの斜面だということはすぐにわかった。

だが公爵はこの絶壁を登るつもりはなく、部下を引き連れ、ドイツ人たちの山とむかい合っている小石や石塊のごろごろしている急斜面を登った。短時間で、その斜面から不意に屹立して塔と見紛うばかりに尖った岩の狭い稜線に出た。

ここで公爵は部下に、銃や剣やそのほか携行していた武器を一塊《かたまり》にして積み、身軽に登れるよう甲冑も脱ぎ捨てろと命じた。しばらくここで待機していたが、満月が雲間から顔を出すと、公爵は岩の細い割れ目を足場にし、尖った岩の尖端やぎざぎざに手をかけて嶮しい崖を攀じ登り始めた。そのあとから続いてクリストバル・ドルヒーバとグスマン・ドルヒーバという二人の兄弟が登ったが、いずれもグラナダ南部の山岳地の出身で、若いときから人跡未踏の岩場を登ることはお手のものだった。そのあとからほかのスペイン兵が適当な距離を保ちながら一人、また一人と続いた。しかし登攀はメンドーサほど楽々とはいかず、たいていの者にとってはひどく辛いことだった。それでも必死に摑まり、散々苦しみながら岩山を登っていったが、誰もなぜ、なんのためにこんなことをしているのか、わからないでいた。メンドーサの副官が監視している谷に武器を残してきていたからである。もっとも小銃など手にもっていたら、恐らく誰もこの切り立った岩山を登ることはできなかっただろう。

ところで、公爵の部下にロンダ市出身の青年がいた。この男は高みめざして登らされていた急な絶壁にあって不意に堪えきれなくなり、気が遠くなってしがみついていた岩のぎざぎざから両手を離して、墜落してしまった。銃を置いた場所から大人の背丈の二倍あるかなしかの高さにすぎなかったが、両足を折るほど痛ましい事故となった。メンドーサの副官は、できればこの男を担ぎだしたかったのだろうが、少しでも手を触れようものなら、ひどく苦しがって大げさに喚きたてた。この喚き声でメンドーサの思惑や意図が事前に敵に洩れる恐れがあり、副官はすばやくその喉を絞めて叫べないようにすると、短剣で数回腹を突き刺したので、すぐに死んでしまった。

これがすむと、ほかの者たちは細心の注意を払いながらゆっくり登攀を再開した。岩のぎざぎざや尖った石など、両手でしっかり支えるところが見つかるまで、みんな足を動かさなかった。そんなわけでゆっくりとではあったが、しくじらずに高みに達した。その間に夜が明け始めていたけれども、月の光はまだ消えたわけではなく、スペイン兵たちは岩塊の怪しい影に怯えたり、驚いたりした。またようやくいま、次第に明るくなっていく光で、自分たちの取りついている岩壁が教会の塔の壁より高いことがわかった。一人がもう一人の頭のすぐ上にいて、いちばん上にメンドーサがいたのだった。そして公爵がそんなに高いところにいるのを見れば、心臓が止まってしまうほどの恐怖にくらくらっとしそうだった。

そうこうするうちに、公爵のその高みからむかい側の岩山の頂上にあるドイツ人の砦を眺めることができるようになった。広い牧草地があり、その真ん中には葦がびっしり生い茂った黒い池があった。そのずっと前方に乾し草が積まれ、四、五人の男が横になって眠っていた。一人が目を覚まして仰向《あおむ》けになり、毛むくじゃらの足を突きあげてズボンを穿《は》こうとしていた。もう一人、池の端《はた》に立って木桶に水を汲んでいた。二人が岩の際で火を熾《おこ》し、薄い粥《かゆ》をつくっていた。この辺でよく見かける七面鳥が牧草地を走り廻っていた。

火のところにいた二人のドイツ人の一人は薄い粥に卵を一つ割って入れ、ラードと一握りの塩を放り込みながら、「おれ、昨夜結婚式の夢を見てな。若鶏の焼いたのに野菜サラダがついたご馳走があったよ。お前がこんなときに起こさなきゃ、いま頃は腹いっぱいになって神さまにお礼を言ってたとこだぞ、お隣さんのディルクラウトよ」

「やたらに嚙みつく虱《しらみ》どもがおれを眠らしてくれなかったんだ。この国にゃ役に立つ家畜の牛や豚がいないくせに、虱だけはうんといやがる」と毛むくじゃらの足をした男が言い、手にもっているズボンをバタバタとふるった。

「おい、ディルクラウト」と乾し草に寝ていた一人が言った。「いいこと教えてやろう。紐でもって一匹ずつ虱の口を括《くく》れ。そうすりゃ安泰だぞ」

ドイツ人たちがこんな莫迦話をしているのを聞いて、公爵はプッと吹きだしてしまった。ドイツ人たちはすぐ身を起こして背伸びをしたり、聞き耳を立てたり、岩壁の下のほうを窺ったりしているうちに、たちまちスペイン人たちを発見した。一人はびっくり仰天するあまり粥の皿を落とし、一人ずつ数珠つなぎになって岩壁にぶらさがっているスペイン人たちをまじまじ眺めて、「おいシェルボック、エーベルライン、なんてこった、小銃が山を登ってくるぜ！」と喚いた。

事実、メンドーサの副官は自分の銃に弾を籠め、岩壁のいちばん下に取りついている男に渡した。

男は尖った岩にしがみついていた左手を離し、右手で岩をしっかり摑んで体を支えながら、細心の注意を払って体を折り、左手で大急ぎで銃を摑んだ。そしてそれをすぐ上の男に手渡すといった具合に、装塡された銃はもの音一つたてずにつぎからつぎへ順送りにされ、とうとうメンドーサの手に渡ったのだった。

スペイン兵が取りついていた岩場からあの国の楓《かえで》の木が一本生え、かなり高く伸びていたが、公爵はドイツ人たちに見えないようにその幹の蔭に隠れていた。公爵はやおら小銃の筒先をこの楓の小枝に乗せると、大声でむこうのドイツ人たちに呼ばわった。「お前らの命はおれの手中にある。言うことを聞かぬやつはこの銃でカンカン踊りをさせてやるぞ」

ドイツ人たちはぽかんと口を開け、両手をだらりと垂らしたまま彼を見つめていた。あまりびっくりしたので、その場から一歩も動けないほどだった。ちょうどズボンを穿こうとしていた男だけが、手にしたズボンをふり廻しながらこちらへ走ってきた。

「互いに手を後ろに廻して括り合わせろ」と、公爵が命じた。「そして一人ずつ山をおりろ」

そこでドイツ人たちはまたものが言えるようになり、すっかり絶望に襲われた一人が崖縁まできて、「いったい人殺しと人間虐待はまだおわらないのか。お前たちより先にこの国にきて営々苦労して畑を耕し、インディオと平和協定を結んでいたのに、この追剝の悪党どもめ、お前たちがやってきたものだからおれたちまで苦しみ、不幸になったんだぞ。お前たちなんか永遠に呪われろ、泣きっ面《つら》かいてスペインに帰ってしまえ」と叫んだ。

公爵は冷静に耳を傾けていたが、もう一度、「手を後ろに廻して括り合うんだ。もうこれ以上言わないぞ」と命じ、先ほど名前を覚えたドイツ人を指さして、「おいディルクラウト、お前からやれ」と言った。

木綿のシャツ姿で走ってきたディルクラウトは、ズボンを公爵にむかってふり廻しながらペッと唾を吐き、「お前みたいな犬畜生の言うことを聞くくらいなら、耳までライン河に漬かっていたほうがましだわい」と叫んだ。

メンドーサはひとことも言わず、銃身を少しあげて狙いをつけて発射した。ディルクラウトは悲鳴をあげ、ズボンを落とすと、よろよろっと地面に倒れた。

これを見たドイツ人たちは狂乱し、自暴自棄になった。その一人、メルヒオル・イェクラインが、「石でやつらを崖から撃ち落とせ」と叫ぶと、ドイツ人たちはすぐ地面の石を拾って公爵とその部下めがけて投げだした。しかし一発も公爵にあたらず、楓の木の枝に撥ね返って谷底へ落ちていった。

その間にメンドーサは、まだ煙の出ている銃をクリストバル・ドルヒーバに渡した（なにぶんにも狭い足場のことで、転げ落ちまいと思えば装填することなどできなかったのである）。クリストバルはすぐ下にいた弟のグスマンに銃を渡し、それから手から手へと渡って、ついにメンドーサの副官の手に届いた。彼はあらたに装填すると、再び銃を上に送り戻した。ドイツ人たちは為す術もなく弱りきって、仲間の命を奪った銃があがってくるのを眺めていた。

メンドーサは再びその武器を手に取るとすぐ、悪態や威し文句を吐きながら気違いみたいに動き廻って大きな石を引きずってきた一人のドイツ人に狙いを定めた。プフィンジンゲン村の農夫でシュテファン・エーベルラインというこのドイツ人は、死を目前にして逃れる術がないと知ったとき、ドイツと生まれ故郷の村のことを考えたに違いない。最期を迎える苦悩のなかにあって、小さな村の姿が目の前にあったことは確かであった。握り拳で腹をさし、公爵にむかって、「プフィンジンゲンの道端にある糞という糞を飲み込みやがれ」と叫んだからである。

そのとき公爵は引き金を引いた。エーベルラインがデザートとしてほかのご馳走をあれ食え、これ食えと出さないうちに、一発で撃ち倒したのだった。

シュテファン・エーベルラインが倒れると、ほかのドイツ人たちは叫び声をあげ、やり場のない怒りに駆られながら走り廻り、メルヒオル・イェクラインは、銃さえあればスペイン人なんぞ一発でみんな岩壁から撃ち落としてやるんだが、と喚いていた。この騒ぎのなかに、ふと公爵はグルムバッハの姿を認めた。かれは農夫たちのなかにあって、喚いたり絶望的な振舞いはせず、うなだれて帽子を目深に被っていた。

グルムバッハは不意に身を起こしたかと思うと、左右を窺い、メルヒオル・イェクラインを探しあてて、「綱を、革紐をもってこい。そうしたらお前たちに銃をつくってやるぞ」と叫んだ。

この声を聞いて、メンドーサの心に突然かすかな不安が巻き起こったが、不安の正体はわからなかった。新世界でグルムバッハをこんなに間近に見たのはこれがはじめてだった。これまでは陽気だった彼の心も、たちまち不安と心配にとらえられた。できれば、グルムバッハがなんのために紐を必要としているのか知りたかった。

そうこうするうちに、もうメルヒオル・イェクラインが革紐をもって走ってきた。グルムバッハはその紐の一方の端を一人の農夫に投げてやり、「クラウス・リーンハルト、手伝え、そこの木に引っかけて引きよせるんだ」と叫んだ。

「あの気の狂ったドイツ人は木をどうする気なんだろう」という考えが公爵の脳裡をよぎったが、自分のところまであがってきた銃に気をとられ、そのことは忘れてしまった。

その間に二人のドイツ人がむこうの岩壁に立っている楓の梢《こずえ》を輪奈《わな》でとらえ、ゆっくりと引きよせ始めた。ほかの連中も手を貸して引っ張ったが、いったいなんのためにこんなことをするのかわかっていなかった。

木は軋《きし》み、小枝がミリミリ音を立てて逆らい、なかなか曲がろうとしなかった。しかしドイツ人たちも力を弛《ゆる》めず、強情な牡牛を厩から引っ張りだすときのように、力を籠めて引っ張った。

木が手で摑めるぐらいまでくると、強引に引きよせて岩塊に紐で縛りつけ、撥ね返らないようにした。

「さあ石と槍と尖った角材を木に縛りつけろ」とグルムバッハが叫ぶと、ドイツ人たちは四方八方から丸太や槍をもってきて、紐で楓の枝に固く縛りつけた。彼らが熱心にこの仕事をやっている間に、公爵の銃は再び火を噴き、ドイツ人が一人、頭を射抜かれて倒れた。

「お前が撃つのもこれで最後だ。今度はおれの木馬がお前を踏み潰すぞ」とグルムバッハは怒髪天を衝くといった形相でメンドーサに呼びかけた。公爵は帽子を目深に被って岩蔭に頭を隠していたが、グルムバッハに顔をはっきり見られたくなかったのである。

「ナイフだ」とグルムバッハが叫んだ。「よく切れるナイフをよこせ」

グルムバッハがナイフを両手でもち、射殺された三人の農夫に目をやっているうちに、ある考えが頭をかすめた。それでどうにかなるというあてもなかったが、奇妙で残酷で恐ろしい思いつきだった。

「死んだ者たちを抱えあげて木に跨《また》がらせ、しっかり括りつけるんだ」と彼は命じた。「ディルクラウト、リーンハルト、エーベルラインを最後にもう一度馬に乗せてスペイン兵と闘わせろ」

それでドイツ人たちは三人の死んだ農夫たちを太い枝に跨らせてしっかり縛り、さらにそれぞれの体に槍を括りつけた。

「さあ革紐を切るんだ。親愛なるスペイン人たちよ、お前らに神のご加護がありますように」とグルムバッハは叫んだ。

グルムバッハが革紐を切るのを見たとき、ちょうど公爵はクリストバルの手から装塡された銃を受け取ったところだったが、ふと危険な気配を悟って、「クリストバル、グスマン、気をつけろ」と怒鳴った。

そのときすでに紐は切られていた。縛られ曲げられていた木はもの凄い勢いでバーンと撥ね返った。三人の死んだ農夫は疾風のように空中を飛んだ。木の幹は激しい音をたてて岩壁にぶつかった。一瞬、死んだ農夫たちとその槍や杭がスペイン人たちと揉み合っていたが、それから木が元に戻って以前のように真っすぐ立った。

死の静寂が辺りを支配した。ディルクラウト、リーンハルト、エーベルラインの死んだ三人の農夫は依然として血に染まった槍をもち、頭を垂れて楓の木に跨っていた。

立ち竦《すく》むドイツ人たちは十字を切っていたが、わが目で見たこと、つまりグルムバッハの大砲がどれほど大きな威力を示したか把握できないでいた。

クリストバルとグスマン・ドルヒーバは五体をずたずたに打ち砕かれ、衝撃の圧力で谷底へ投げ飛ばされた。しかも墜落しながら、その下で岩壁に取りついていた連中をことごとく道連れにしていったのである。

元の場所に立っていたのはメンドーサだけだった。撥ね返ってくる木が届かないほど高いところにいたのだ。ただ楓の天辺の小枝で足を打たれ、膝にしたたか打撃を受けただけで、装塡された銃は相変わらずその手に握っていた。

メルヒオル・イェクラインは谷底を覗いた。そこにはスペイン人の滅茶苦茶になった死体が横たわっていて、心やさしい彼はこのむごたらしさに衝撃を受けた。「殿」と、彼は言った。「いやはや凄いことをやられましたな。やつら、いまはみんな緋色のズボンを穿いて外套を深紅に染めていますぜ」

しかしそれから彼は、身の毛もよだつ思いと、憐みの気持を乗り越えて言った。「やつらのために悲しむ必要はありませんぞ。やつらはことごとく人殺しで悪党ですし、いちばんましなやつでも自分のお袋ぐらい殺しているに違いないんですからな」

メンドーサの姿が目に留まると、「もう一度輪奈を木に引っかけろ。もう一人いるぞ。おおい、こら、なぜお前は仲間といっしょに地獄で体をぴくぴくやってないんだ。連中はいま悪魔がこっそりとご引見くださっているところだぞ。そこに立っているがいい、鴉がお前のことを思い出してくれるまでな」と叫んだ。

その間にドイツ人たちがあらためて木を引きよせ、しっかり括りつけたものだから、メンドーサは逃げ道を塞《ふさ》がれてしまった。それでドイツ人たちは仲間を三人も殺した男の命を手玉に取れるとあって狂喜乱舞し、公爵を辱しめ、からかいだした。「おい、クリストバルの大将、コツマンの大将（クリストバルはキューバの都ハバナのこと。コツマンはポーランドの町。いずれも当時は取るに足らない町だったので、お山の大将といった意味になる）、なんて大きな口を叩いたんだ。いまはおっかなくて股ぐらに汗をかいてるんじゃないか」

メルヒオル・イェクラインとグルムバッハのほか、いるのは三人だった。あばた面のヤーコプ・トンゲス、それから焼鳥の夢を見ていたループレヒト・シェルボック、それに痩せていつも不機嫌なマティアス・フントで、この男は戦闘中ひとことも喋らず、いまも黙ったままだった。

そのかわりにシェルボックが公爵に、「なぜ口を歪めてるんだ、お前の口に入れたら、酢でさえもっと酸っぱくなりそうだぜ」と呼ばわった。

「そこへ登ってきたとき、これぞ神の授け給うた知慧と思ったんだろうが、本当は悪魔に騙されてたんだぞ」と、トンゲスが小踊りして叫んだ。

グルムバッハは一語も発しなかったが、油断せず、メンドーサがおりようとでもしようものなら、いつでも紐を切れるようにナイフを握り締めていた。

　メンドーサは恐ろしさのあまり小さな足場に立ち尽くし、いったいどうしてこんなことになったのかわからないでいた。死の不安に襲われ、喉が絞めつけられるようで、息をしようにもできなかった。たった一人岩壁に取り残され、足下には誰もいなくなったいまとなっては、不遜にも攀じ登ろうとしたこの岩山が恐ろしくてならなくなった。目の前が真っ暗になり、摑まっていた岩のぎざぎざが突然ぐらぐらしだし、ぐっと伸びてくるような気がした。体を凭せかけた岩壁がゆっくりと前後に揺れ始め、足が痛みだした。片足をあげて岩壁を探り、もっといい足場を見つけようとしたが、一つもなく、また足をおろした。

　これを見たヤーコプ・トンゲスは笑いだして、「おい、大将、踊りたいんなら、おれがいい百姓の音楽を奏でてやるぜ」と言い、茂みのなかから一弦琴《トロンバ・マリーナ》のような楽器を取ってきて爪弾き始めた。

　すると地面に腰をおろしていたシェルボックが立ちあがり、岩の縁に首を伸ばして両頰をふくらませ、ドイツでスペインの騎士たちを冷やかすためにつくられた歌を歌いだした。

お城の傾城《けいせい》
馬上の西班牙人《スペイン》
瘡《かさ》の虱《しらみ》
宮廷で威張る使用人はこの三つ

メンドーサは銃をもちあげた。死の恐怖はあっという間に去っていた。シェルボックの歌で怒り心頭に発したのだった。それで銃を構えて狙いをつけ、悪口雑言を吐き続けるシェルボックの口を永遠に塞いでやろうとしたのだ。

だが、彼がはじめてダリラを見たのは、この瞬間のことだった。

ダリラは銃撃が始まると、池の葦のなかへ逃げ込み、首まで黒い水に漬かりながら隠れていたのだった。だが農夫たちが楽器を弾いたり歌ったりするのを聞いて、いま姿を現わしたのである。

彼女は歩きながら、ヤーコプ・トンゲスの一弦琴が奏でる歌に合わせ、括《くび》れた腰をくねらせた。濡れた褐色の髪が左右の肩に乱れかかり、体に滴る無数の雫《しずく》が朝日の光を浴びてきらきら輝いた。

公爵はダリラに見とれて銃をおろし、シェルボックを撃とうとしていたのを忘れてしまった。彼の目はダリラの濡れた褐色の体にはりつき、そのほっそりした黒い顔を愛撫した。この若い娘をなんとかものにしたいという熱い思いが萌《きざ》してきた。彼の残虐な心にもこの子供のような娘に対する愛が目覚めたのだ。それは残忍さと偽りに満ちた愛だった。

公爵は撃つのはこれきりだとばかり、銃をあげて発射した。それは口汚なく歌い続けるシェルボックの口を塞ぐために撃ったのだったが、弾丸はダリラの手を貫通した。

ダリラは悲鳴をあげて倒れ、血の流れる手を唇に押しあてた。グルムバッハはびっくりしてナイフを放りだし、彼女の上に身をかがめた。ほかの連中は彼女を抱えあげ、水と布を取りに走り去る者もいたが、誰もメンドーサには目もくれなかった。

このとき公爵は、ドイツ人たちが完全に自分のことを忘れてしまったのを知ってびっくりしたが、しめた、ひとまずこの場を逃れる絶好のときだと考え、すぐ必死に岩をおり始めた。大急ぎで岩場をおり、やがてドイツ人の視界から姿を消したのだが、帽子を茨に引っかけたままにしてきたことは気がつかなかった。

ドイツ人たちはダリラの血を止め、傷に繃帯を巻いてしまってから、ようやくメンドーサのことを思い出した。そしてこの男をすんでのところで取り逃がしたことに気づき、悲憤慷慨したのだった。彼らは狂ったように悪態をつきだし、メンドーサに死刑執行人や悪魔につかまれ、赤痢になりやがれなど、結構なことを山ほど並べたて始めた。また、たとえゴリアテのような鎧を着てこようとも、いったんめぐり会ったら、ここを先途と絶対に槍で突き殺してやる、とも誓った。しかしどんなに威し文句を並べてみたところで、刈り株に雹の譬えのように手遅れだったのだ。誰も公爵の顔を見ていず、今度会ったとき、本人だと見破る自信のある者はいなかったからである。

ただダリラだけは公爵の帽子が茨に取られたのを見ていた。そして公爵の姿はその小さな頭にしっかり焼きつけられていた。彼女は公爵の人相を言葉で言い表わすことができた。あの人の髪の毛は褐色で巻き毛になり、唇はふくよかで、目は大きくて賢そうだったし、顔色は蒼く、凜々しく美しかった、と。

うまくドイツ人の目から逃れたメンドーサ公爵は頭がすっかり混乱し、馬を隠しておいた狭間を見つけるまで、七時間も同じ山中を彷徨《さまよ》うという体たらくだった。自分の陣営に帰り着いたとき、すでにとっぷり日が暮れていた。すぐに自分の天幕に入ったが、疲れがひどく、剣帯も解かずにぐっすり寝てしまった。この眠りは一夜とその翌日も続き、モール人の召使が天幕にやってきて、インディオの国王が大臣や廷臣や顧問官を連れて和平についてコルテスと合意に達するために陣営に現われた、と告げたときも目を覚まさないほどだった。

コルテスは剣の上に手を突き、盛装した将校たちに取り囲まれて、陣営の真ん中にある広場でインディオの国王を待ち受けていた。そしてファン・デ・レオーネとアントニオ・キニョネスという二人の隊長に指揮させ、この広場の周りに二列の武装兵を配置していた。

インディオの廷臣たちが陣営の道に入ってきたとき、奇妙な音楽が聞こえた。先頭にいた国王の楽師たちが両手に銅製の鉢をもち、その鉢に入っている銀の玉を空中に投げあげては受け止めていた。

この玉にはそれぞれ独特の音色があり、低い曲調を奏でるものもあれば、最高音部を出して旋律を奏でるものもあった。その旋律はカスティリア地方の農民が畑に堆肥を撒くときに歌う歌にそっくりで、スペイン人たちは思わず笑いだした。その単純な歌の歌詞が思い出されたからで、「お前が豚を殺せば、腸詰が取れる」と、歌いだす者さえあった。

楽師のあとから奇妙な連中が続いた。奇術師、曲芸師、道化など、空中でトンボ返りをしたり、逆立ちして歩いたりして国王を慰める連中だった。そのあとに奇形や小人、生まれつき両腕がない人間、生まれつき白髪の人間、両手とも六本指の人間、それに魚のような口をした人間などが続いた。みんな誇らしげに悠々と歩いてきたが、彼らはインディオの間では貴重な鳥か珍しい猟獣なぞのように珍重されていたのである。

それから手に花をもったインディオがコルテスに駆けより、肩と額に薔薇の花環を巻きつけ、インディオの側からこれほど丁重に敬意が払われるとは予期していなかったほかのスペイン人や兵士、将校たちにも同じようにした。その後ろからきた四人の任務は、国王の輿《こし》の前を走り、国王が進む道に落ちている藁屑を拾うだけのことだった。やっと最後に国王が輿に乗ってきた。左右に親戚や宮廷人が大勢いたが、みな素足でぼろぼろの服を着ていた。彼らは国王が輿からおりると、手に接吻したり、叩頭したりして虚礼を尽くすのである。それから後ろに退がると、一人だけ皇帝のそばに残った。小柄の肥った男で、国王はカルポカと呼んでいたが、これは〈物質の支配者〉という意味であった。この男だけが皇帝の傍らに残ってコルテスとその部下を鋭い目つきでじろじろ見ていた。

国王は金の腕環、腰帯、指環で飾り立て、胸に真珠をつけていたが、たとえこの世界の果てまで探し廻ったとしても見つからないだろうと思われるほど見事なものだった。スペイン人たちはこれを見て、こいつはいただきだぞ、この国王の宝飾品をちょうだいしない手はないと誰だって思うだろうさ、とほくほくしていた。

コルテスは礼を尽くしてインディオの国王を迎え、大いに敬意を表した。国王はモンテスマという名で、〈閣下〉という意味だった。それから神聖ローマ帝国皇帝兼スペイン国王カルロス五世の高貴な人柄について語り始め、彼らの国とほかのもっと大きな国や帝国は事実上ことごとくスペイン国王のものであり、その臣下たらんと欲する者は敬われ、恩恵を与えられるが、叛逆する者は正義の掟に従って罰せられるであろう、と通告した。

インディオの国王は静かにひとことも聞き洩らすまいと耳を傾けていたが、コルテスが話しおえると、口を開いて言った。かくも遠い国より予の安否を訊ねさせ給うた崇高なスペイン国王に対して大きな感謝の義務を負うものである。予は喜んでかかる寛大な王の臣下となろう。貴殿におかれては、貴殿の国王が貢ぎ物として金、銀、宝石、木綿その他を毎年どれだけ望んでおられるのか、腹蔵なくおっしゃっていただきたい。これらすべてのものは貴殿のお手を煩わして送り届けるであろう。よってただちにその貢ぎ物をもって国王のおられる首府へ帰国されんことを切に願う次第である。このたび、わが国の都は貴殿方のような客人をお迎えする用意がなく、また食糧がまったくないからである、と。

この言葉に対してコルテスは、あなたがおいでくださった返礼としてわが無敵軍を率いて首府を訪問し、しばらく滞在するまでは帰国できない。陛下の高貴な人柄とテノチティトラン市における陛下のご生活についてスペイン国王に報告する義務があるからである、と答えた。

この言葉を聞いてインディオたちはすっかり当惑し、動揺した。国王の弟のカカマとその息子グァティモツィンの二人がモンテスマに近づき、コルテスの言い分は聞き入れず、首都にくることは断ってほしい、と言った。他方、カルポカはコルテスの傍らに侍《はべ》る二人のスペイン人を指さして、左手で空中に奇妙な図形と曲線とを描きながら、やや低い声で恭しく国王に二言三言何か言った。

「あの肥ったインディオはなんて言っているんだ」とコルテスは少しインディオの言葉を話すことができる隊長のダキラールに訊ねた。

ダキラールはカルポカの言ったことがわからなかったが、このことをコルテスに悟られてはまずいと思い、ちょっと考えて、「スペイン人たちは禿鷹のような鼻で墓のなかの黄金まで嗅ぎつけて盗んでしまう、と言っております」

そこでコルテスはスペイン軍の陣営に囚われている負傷したドイツ人を連れてこさせた。ダキラールといっしょに通訳に使おうと思ったのと、先にこの国へきていたドイツ人たちも自分が支配しているということをインディオたちに示したいと思ったからである。

のっぽで大男のバルタザル・シュトリーグルというこのドイツ人は致命傷を負い、あと数時間の命であったが、いきなりインディオたちにその言葉で、スペイン人を首都に入れないよう熱心に説きだしたのである。

「そんな取り引きはお前たちが損するに決まっている」と彼は叫んだ。「一歩でも入れたが最後、お前たちは徹底的に追い払われ、根絶やしにされてしまうぞ」そして苦しそうに国王のほうに身を起こしながら、「いまでこそスペイン人の肉食鳥どもは神を崇めるようなふりをしているが、鳩を食べない鷹なんかいるものか」

それからカカマとグァティモツィンの二人の公子にむかって、「スペイン人はなんでも盗む。物の種類によって盗まないなどということは絶対にない」と叫んだ。

今度はスペイン人のほうをむき、スペイン語で激しく罵りだした。「恥を知れ。お前たちがここへきたのは、故郷では悪いことができないものだからここでやりたい放題やるためだ。働かずにのんべんだらりといい暮らしをし、いい服を着て腹いっぱい食べたいと思ったからだ」

コルテスの隊長の一人、ペドロ・ドリオは、信心深い男だったが、バルタザル・シュトリーグルに近づくと、「おれたちはいい服を着るためにきたんじゃない。イエス・キリストが神聖な血でお建てになった聖なる教会への正しい信仰をインディオたちに教えるためだ」と言った。

ドイツ人は嗤って、「お前たちが正しい信仰だと？　みんな農奴か職人の従弟だったくせに。ここで貴族の暮らしがしてみたいだけなんだ」

ところでコルテスの将校のなかに、若い頃本当に指物師《さしもの》の従弟だったディエゴ・タピアなる人物がいた。その男はいまは美服と黄金の指環でめかし込み、鹿の子草や甘草から取った香水をぷんぷんさせ、黒い絹のズボンと毛皮のついた外套しか着なかった。そこでこのディエゴ・タピアはドイツ人の言葉に腹が立ったのである。剣を抜き、バルタザル・シュトリーグルの目の前でふり廻して、「この剣が目に入らんのか。こいつでお前の皮をつるつるに磨き立ててやる、おれの鉄兜のようにピカピカにな」と怒鳴った。

そう言うと同時に手で自分の兜を指さし、獲物をぱくっと食おうとする梟《ふくろう》のような顔をした。バルタザル・シュトリーグルは軽蔑したようにその顔を見ると、背をむけ、「剣をもっていようといまいと、それがどうしたっていうんだ」と唸るように言ったあとはひとことも口をきかず、やがて引き立てられていった。

その間、インディオたちは鳩首協議をして意見をまとめていた。それから国王はコルテスのほうをむき、神々に捧げられ、尊い祖先の思い出によって神聖なものとされている都には、スペイン人などはただの一人も入らないよう、全力をあげて阻止すると言った。

こう言われてコルテスのほうは、騎兵、歩兵、大砲やその他の軍備など、このおれにどれだけの力があるか、これまでどれだけの敵をやっつけ、征服してきたか、また無敵軍を率いてお前たちインディオを何度敗走させて首都まで追い散らし、貴族の隊長を何人捕虜にしたことか、などと大法螺を吹いて脅迫し始めた。

コルテスが一部は国王に、一部はカルポカ（この男はいつも国王のそばに侍っているので、コルテスは非常に重要な地位にある人物だと思っていた）にむけたこの言葉が効いて、国王はまたしても優柔不断で臆病になった。コルテスはこれを察知すると、再び親しげな調子で恭しく国王に話しかけ始め、インディオを晩餐に招くよう下知したりした。

しかし晩餐になる前に、二人の公子カカマとグァティモツィンの周りに群がっていたインディオたちは急に大声で叫びだし、大地にひれ伏して腕で空をさした。コルテスは空を見あげたが、一羽の大きな鷺かコウノトリが陣営のかなり上空を円を描いて飛んでいるだけだった。

インディオたちはすっかり混乱していた。その一人、国王の親類でクイトラワという男は、コルテスのところへくると、インディオの流儀に従って恭しく両腕で抱きかかえるようにして並んで歩きながら、熱心にこの国の言葉で話しかけ、しばしばその鷺のほうを指さした。また顔に黄土や辰砂《しんしゃ》を塗りたくり、人間というよりも悪魔のしかめ面に似たインディオの坊主か司祭が二人駆けてきて地面に身を投げると、見るも恐ろしい踊りをやり始めた。

その間、コルテスはこの莫迦げた騒ぎの原因を通訳に訊ね、インディオたちが鳥を悪霊の一つと見なしていて、その悪霊がしばしば鷺の姿で現われ、凶兆を告げると信じていることを知った。だが誰一人この鳥あるいは悪霊を間近で見たものはない。というのは、この鳥が巣をかけるのは木の梢や岩ではなく雲のなかだからで、人の目にふれることもめったになく、十四年前に国王モンテスマの父君が亡くなったときに見られただけだ、という話だった。

いましも反抗的なカカマとグァティモツィンの二公子が敵意を剝きだしにしてコルテスに近づき、スペイン人は一人たりとも都へ入れないというのが国王の真意であり、決意である、それはわれわれの軍神の命令だからだ、コルテス殿は国王の意を体して早々に帰国されるがよいと言った。同時にモンテスマを囲んでいたインディオたちが武器を打ちふって、スペイン人と戦わせろと喚声をあげた。コルテスの味方についていたインディオたちも、悪魔の化身である鷺を見たときから反抗的になり、自分たちの神の命令に背いてまで戦うつもりはなく、いまにも国王側に寝返ろうとしていた。

インディオに対する勝利が手から逃げてゆきそうな雲行きとなって、コルテスは国王が信じている神々をも凌ぐ力をもっていることを見せてやろうと決心し、大声でガルシア・ノバロを呼んだ。

ガルシア・ノバロはゆっくり歩いてきた。赤い小さな帽子を被り、銃の床尾を砂の上にずるずる引きずってびっこを引きながら、絶えず唇を動かしていた。

コルテスは彼の腕を摑むと、陣営の上空で円を描いている鷺を指さし、「あの鳥が見えるか。あれを撃ち落としてくれ、即刻に！」と言った。

ガルシア・ノバロは何も答えず、大地に身を投げて喚きだしたが、斬られたのやら、刺されたのやら、火で焼かれたのやら、誰にもさっぱりわからなかった。

「なんだ、そのざまは」とコルテスは怒鳴った。「撃て！　さもないとひどいめに遭わせるぞ！」

そのうち鳥は小さな雲にしか見えないほど天高く昇ってしまっていた。

「なんの罪もない生き物をどうして殺さなきゃいけないんだ」とノバロは嘆いた。「おれにこの世での恩寵と天国の幸福を失なわせる気か」

コルテスは怒り心頭に発し、脅し始めた。鳥が肉眼では見えないほどの高みに昇ってしまったからである。

「撃つんだ。さもないと綱作りの仕事場に送って、試し吊りにしてやるぞ」

しかしノバロは真っ平ごめんとばかり、憎しみと嫌悪の情を籠めて銃を投げ棄てると、反抗的な声で、「そんなら撃ちたいやつに撃たせたらいい。だがおれはキリストの貴い血を流すのはいやだ。その血はどんな生き物にだって流れているんだからな!」と叫んだ。

「ではこの裏切り者を連れていって吊してしまえ!」とコルテスが命令した。

すると刑吏のペドロ・カルボナーロがもの凄い勢いで飛んできて、ノバロの首根っ子を摑み、「さあ、この莫迦をつかまえたぞ」と有頂天になって叫んだ。「鴉どもにはさぞかし退屈凌ぎになるだろうな」

ガルシア・ノバロは恐怖のあまりぐるぐる目を廻した。小さな赤い帽子は頭から落ちていた。

「退け退け」と叫びながら、刑吏は哀れな罪人を引っ立てていった。「さあ、断末魔の踊りが始まるぞ!」

ガルシア・ノバロはゆきつく先が絞首台だとわかって恐怖に打ちひしがれ、なんとか銃を手に入れようと必死になりながら、「離してくれ、離してくれったら、撃つから」と叫んだ。

「いまごろ、もう遅いわ。鳥はいなくなったじゃないか」とコルテスは怒った。実際、スペイン人は誰一人、この鳥を見ることはできなかった。鳥は雲の後ろに消えてしまったらしかった。だが、ガルシア・ノバロは銃を取りあげると闇雲に撃った。

すると空のほうでザザーッと音がしたかと思うと、鷺がわれわれの目の前に落ちてきた。ノバロの撃った弾丸が鳥の頭に命中したのだった。

それはかつて誰も見たことがないほど大きな鳥で、翼を拡げると九フィートもの幅があった。姿は鷺だったが、羽は孔雀のように青と緑で飾られ、首と腹のところが真っ赤な色をしていた。それはこの世に存在する一切の赤い色をもっていた。スグリ、ナナカマド、紅葉、葡萄酒、血、薔薇、紫蘇などの色、紫色、朱色、そして深紅色だった。

インディオたちがわれもわれもと集まってきた。誰一人、この千もの深紅色をもつ鷺をこれほど間近で見たことがなかったからである。自分たちの神々のうちでも最高の神を空中でつかまえて殺すだけの力がスペイン人にあるとは、と肝を潰し、黙ったまま悲しげに鳥をもちあげると、厳かな行列をつくって運び去った。国王としてももうこれ以上スペイン人たちのテノチティトラン市への進入を拒否できず、キニョネスとデ・レオーネという二人の将校が数名の部下を率いて自分に同伴することに同意したが、コルテス本人とほかのスペイン人は、全員の宿舎が整い、依然として都の上に濃く垂れ籠めている霧が晴れ次第、あとを追うことになった。

コルテスは交渉が決着すると、国王のところへいって抱擁し、ガラス玉の首飾りをかけてやった。またカカマとグァティモツィンの二人の公子、インディオのカルポカにも同じことをした。カルポカは国王の傍らに侍っているので、インディオの元帥か大将、あるいは総理大臣であるように思われたのだ。コルテスはひそかにデ・レオーネとキニョネスに、町ではこの三人の監視を怠らないように、と命じていた。

それから将校や兵隊連中全員に、なんとしてでもあの鷺をもう一羽つかまえるように、と命令をくだした。今度はスペイン王ならびに法王、全キリスト教信者に、新大陸の珍品とともにこの鳥をお目にかけたいというのだった。

だが千もの深紅色をもつ鷺をもう一度目にしたものはなかった。ガルシア・ノバロの射止めた鳥はどうやらその種の最後の一羽のようだった。かつてはたくさんいて、スペイン人が上陸するずっと以前は、この巨大な鷺の群れが新大陸の空を賑わせていたのかもしれない。だが残るはあの一羽だけだったのだ。確かにあの老齢で頭のいい最後の一羽は、陣営の上空で円を描いたとき、その目でこの国の将来の支配者を見、その来着を知ったのだが、そのために命を落とさねばならなかったのである。

その間に国王はテノチティトラン市に引き返していたが、気が気ではなく、すっかり滅入っていた。今日はじめて対面したコルテスとほかのスペイン人たちの猛々しさにはただただ驚くばかりだったからである。いままで王は、出会うと土下座して道を譲る臣下のインディオを気に留めたこともなかったが、この日は腕をあげて愛想よく感謝の意を表わした。

宮殿に着くと空腹を覚え、食事を求めた。召使たちは肉、魚、果物、漬け物の野菜など、いろいろな料理を運んできた。料理を盛ってあるどの皿の下にも、熾っている炭火を入れた鍋がついていて、冷めないようにしてあった。料理の品数は多く、広間中に匂いが立ち籠めるほどだったが、国王は一皿も手をつけず、革製の安楽椅子に坐ってぼんやりしていた。

明け方、カルポカの訪問を受けた。コルテスが元帥だと思って脅迫したが、後に抱擁し、贈物をしたあのインディオである。この男はコルテスとその二人の将校の人形を持参していた。三体とも指の長さほどの丈もなかったが、昨夜彼が徹夜して銀、銅で鋳造したり、木を削ったりして精巧に拵《こしら》えたものだった。さらに銃で千もの深紅色をもつ鷺を撃ち落としたノバロの人形のほか、馬、驢馬、豚の人形があった。しかしその豚には耳が一つしかなかった。カルポカの見た手本の豚がたまたま車輪で片方の耳を潰され、もぎ取られていたからである。それで〈物質の支配者〉は、豚には耳が一つしかない、と思い込んだのだ。

国王はこれらの人形を仔細に眺め、精巧で見事なできばえだ、と褒めた。これを拵えさせるため王はカルポカをスペイン人の陣営にともなったのだった。だがノバロの小銃だけは、突然銃口から立ちのぼった煙がつくってない、と言って咎めた。カルポカは恭しく小声で、いろいろ手を尽くしてこの煙を拵えてみたのですが、金や銀、それに木など、どんな材料を使ってもできませんでした。ですが、陛下のお気に召すよう、雲ができるまで何回でもやってみるつもりです、と言った。

そこで国王はこれらの人形を大広間に持っていかせた。そこにはインディオたちの知っている陸と海のあらゆる生き物が、まるで本物かと見紛うほど細部に至るまで精巧に金、銀、宝石、羽毛などでつくられていた。

コルテスとその部下の人形もこの広間に慎重に並べさせ、それがすむと、国王はややおちついて気が楽になった。こうしてそれらの似姿を古い馴染みのもののなかに並べて見ると、コルテスやその軍隊がいままで見たこともない恐ろしいものだとは思えなくなったからである。彼はほかの部屋へいって、そこに踊り子や手品師や風変りな奇形児をこさせ、彼らの芸を愉しんだ。彼らが莫迦莫迦しい道化をやっている間、国王はサンタ・クローチェという薬草（煙草）の煙を喉の奥までゆっくり喫《す》い込んだ。これを喫うと瞑想的になり、賢明になるのである。

すでにあの二人のスペイン人の将校が部下を引き連れ、宮殿の前で〈物質の支配者〉カルポカを待ち構えていた。二人はカルポカが宮殿に入ってゆくのを目撃していたし、一時間以上も国王と懇談したことに気づいていて、スペイン人に打撃を与えよという密命を国王から受けているものと、固く信じていたのである。それでキニョネスが彼の肩をぐっと掴んで揺さぶり、異教徒め、悪党め、叛逆者めとスペイン語で罵った。〈支配者〉は相手が何を言っているかわからず、ゆっくり儀式ばって上着の下から小さな木の棒を取りだすと、その棒でキニョネスの指を二回軽く叩いた。

キニョネスはもう躊躇《ためら》うことなく、叛逆の罪で死刑にしようと、二歩退がって小銃を取りあげ、胸倉に一発撃ち込んだ。

最初カルポカは自分に弾丸があたったと思わず、不意にまた小銃の煙を見ることができたものだから驚喜した。このとき、どうやって、またどんな材料で煙の雲をつくったらいいか、はたと思いあたった。都の北にある沼地でよく見かけた水鳥の一種の喉の柔毛《にこげ》を使えば、と思ったのだ。もともとこの柔毛が煙の色、つまり白と薄い青と緑色をしていたことを思い出し、歓んだのである。

それからカルポカはどっと地面にくずれおれた。

悪魔の小麦

メンドーサの襲撃があった夜、ダリラは激しい創傷熱に襲われて呻き、叫び、譫言を言うようになった。朝、グルムバッハはシェルボックとイェクラインを起こし、密林を通ってテノチティトラン市で開業しているインディオの外科医のところへダリラを連れていくように命じた。彼はこの外科医に宛ててインディオ式に短い手紙を拵えた。革紐に結び目をつくり、いろいろな長さの尻尾が垂れるようにしたものだった。インディオは書いたものは読めず、われわれが亜麻布か絨毯を織るようにして文書を織ってつくっていたのである。

シェルボックは網と外套で敷物《マット》をつくると、そのなかにダリラを入れて背負い、メルヒオル・イェクラインといっしょに出発した。二人とも夕暮れまでには帰ってくるつもりだった。スペイン人が水源にあらたに攻撃を仕かけてくるのではないかと恐れていたのである。

しかしこの朝、インディオの森で木を伐ろうと、アルバラードは二、三人の歩兵を従え、スペインの陣営を出発していた。彼らが密林を歩き廻っていると、荷物を背負って木の根っ子に四苦八苦している二人のドイツ人にばったり出くわし、ただちに喚声をあげてシェルボックとイェクラインのあとを追いかけた。二人はもう逃れる術はないと悟ると、立ち停まって荷物を地面におろし、木の枝で棍棒をつくり、スペイン人を迎え撃ったが、衆寡敵せず、たちまち地面に投げだされてしまった。

その隙にアルバラードは敷物のところへ飛んでいって両手で抱えあげ、間違いない、インディオの国王の宝物を分捕ったぞ、あの国王は黄金も宝石も伝説のクレーズス王（紀元前五六〇―五四七年頃のリディアの王）よりたくさんもっているんだからな、と叫んだ。この叫び声を聞くや、スペイン人たちは二人のドイツ人をほったらかし、分け前に与《あずか》ろうと駆けよった。

その間に瀝青《れきせい》の松明《たいまつ》を手にしていたアルバラードは、罵りの言葉を吐きながら、敷物からダリラを引きずりだした。ダリラは死ぬほど怯え、瀝青の松明の煙に目をやられて、どこに隠れたらいいのかわからないでいた。アルバラードは怒りを抑えきれず、平手でダリラの頭を二度叩いた。しかしすぐに髪留めや環《リング》など、いろいろな金製の装飾品が髪に編み込んであることがわかり、急いで頭からもぎ取り始めた。しかし手荒に髪の毛を引っ張ったものだから、ダリラは悲鳴をあげ、大声でグルムバッハに助けを求めた。「殿さま《ユンカー》、殿さま！」ダリラはグルムバッハのことを名前ではなく、メルヒオル・イェクラインが呼んでいたように、「殿さま」と呼んでいたのである。

「殿さまって、誰のことだ」とアルバラードが髪の毛から手を離して言った。

「殿さまはね、あんたたちより大きくて強いし、男前よ」とダリラは言ったが、創傷熱で頭が混乱していたものだから、突然グルムバッハの面影がメンドーサ公に変り、「手が痛んで血が流れるほどわたしを病気にしたのはあの人だわ」と嘆いた。そして恐怖に怯え、悲しんで泣き始めた。「わたしに何かご用なの？」

アルバラードは同情を覚え、二人のドイツ人とともに部下に陣営に送らせた。陣営に着くと、三人を木の小屋に閉じこめ、装塡した銃をもったスペイン人を二名、入り口の前に立たせた。それからコルテスのところへまたドイツ人を二人捕虜にしたことを報告しにいった。

しばらくして、ペドロ・カルボナーロがびっこを引きながら小屋の前にやってきて、コルテスの意志と命令により、お前たちは自由に営内を歩くことができるし、服もそのまま着ていてもよい、だが叛逆的な素振りを見せたり、陣営から逃亡を企てようものなら、絞首台の二階にお前たち二人の寝所を用意せよとこのペドロ・カルボナーロさまに仰せになった、と言った。そして指で自分をさし、「このおれがコルテスの刑吏というわけさ」と言った。

メルヒオル・イェクラインは、びっこの刑吏ごときが絞首台をもちだして脅かしやがって、と腹を立て、小屋から顔を出すと、「おい、首吊りの親方、コルテスが腰巾着《シュヴァリエ・ド・ラ・マンシュ》の刑吏なんぞを使者に立てるほど、スペインの陣営にはまっすぐの脚ときれいな口が不足しているのかい。だがな、こんなにお上品に任務をすませたんだから、さっさと帰ってくれ」と言った。

刑吏は尊大な様子でイェクラインを意地の悪い目でじろっと見ると、両拳を腰にあてがい、鴉のような声で、「きさまのような悪党は、いずれそのうち舌を引っこ抜いてやる。さもなきゃ、こんな手なんかいらないからな」と叫んだ。

こう言われて二人のドイツ人はかんかんに怒った。とくにシェルボックは頭にきて、入り口から這いだしてくると、刑吏の背にむかって怒鳴った。

「おい、この豚のうんこ野郎め！　なんて汚ない口をきくんだ。てめえなんか悪魔に尻《けつ》の穴を拭いてもらうがいいや！」

それから彼はメルヒオル・イェクラインのそばに寝そべって、頭をふりながら言った。「刑吏なんて、どだいこの世でいちばんがさつで、汚なくて、悪意のある人種さ。行儀も品性もへったくれもありゃしない。なにせ、やつらには穢らわしい仕事があるからな。そんな豚野郎に絹の胴着を着せてやったって、どうせ糞のなかに坐り込むさ」

そうこうするうちにパンと葡萄酒と冷肉が届けられ、二人は猛然と平らげ始めた。一方、幕舎ではアルバラードのよこした軍医がダリラの傷を洗っていた。

グルムバッハは遠くからダリラが、「殿さま、殿さま！」と叫ぶのを聞いてひどく驚き、シェルボックとイェクラインが帰るのをいらいらしながら待っていた。だが二人が戻ってこないので、翌朝早く、残った二人の農夫ヤーコプ・トンゲスとマティアス・フントを連れ、山をおりた。

一時間後、彼らは二人のスペイン人に出くわした。その二人は一本の木を倒し、斧で幹の小枝を払っていた。その横に火が燃えていて、串に刺した馬肉が焙《あぶ》られていた。

グルムバッハは猟師のような恰好で、足を括った二羽の鶏を肩からぶらさげ、帽子を左眼の上に目深く被っていた。後ろからはトンゲスとフントが猟獣を肩に担いで続いていた。

二人のスペイン人はグルムバッハとその部下の顔を知らず、刑吏といっしょに陣営にきた新参の騎兵だと思っていた。その一人が斧をおろしてグルムバッハのほうをむき、「どこからきた？　猟をしていたのか？」と訊いた。

グルムバッハは腰をおろし、乾いた木を火に投げ込んで、木の焼き串を削り始めた。「ああ、そうだ。こんな雉か鶴みたいのを獲ったんだ。ちょっと腿肉を焼きたいんだが」

スペイン人は三人とも銃をもっていないのに気がついて、「銃をどこに置いてきた？」と訊ねた。

グルムバッハは額を叩いて、トンゲスに、「おい、三人とも泉のところに銃を忘れてきたぞ。お前が水を飲むと言ってきかなかったからだ、この間抜けめ！　お前なんか悪魔に苦しめられるがいい。さあ走っていって取ってこい！」と怒鳴った。

トンゲスはげらげら笑いだしたが、腰をおろしたまま動かなかった。泉とか水とか銃とか、何が何やらとんとわからなかったのだ。

「銃を失くしたやつは縛り首だと、コルテスが絞首台と階段にかけて誓ったのを忘れたのか」とスペイン人が訊いた。

「忘れちゃいないさ！」とグルムバッハが叫んだ。「おい、足にものをいわせて、ひとっ走りいってこい！」

しかしトンゲスは坐ったまま途方に暮れ、ぽかんとしていたが、また莫迦笑いしだした。

「この間抜け、その鳥をよこせ」とグルムバッハは怒鳴り、トンゲスが肩にかけている猟鳥を引ったくった。それはきれいな羽の鳥で、鶫《つぐみ》ほどの大きさだった。グルムバッハはその鳥を指さして、言った。

「この密林にはとんでもないものがいる。狼みたいに吠える蛙とか、木に登る蟹とか、羊みたいにメェーメェー鳴く蜥蜴《とかげ》とかな。だがこの鳥は人間の声で鳴くんだぞ」

スペイン人は仕事の手を休めて彼を見あげ、頭をふった。「おれを莫迦にする気か。キリスト教徒で洗礼も受けていないのに、どうして鳥が人間の言葉を喋るんだ」

「へえ」とグルムバッハは大声で、「信じないならそれでいいさ。おれは昨日の朝、ここからそんなに遠くないところで、こいつが雄を呼ぶのを聞いたんだ。三回、悲しそうに若い女の声でな」

するとスペイン人は笑いだし、「お前、誰にからかわれたんだ？　あれはアルバラードが二人のドイツ人といっしょにつかまえたインディオの女《あま》っ子の悲鳴さ」

するとグルムバッハはもっていた鳥を置いて、「その女っ子はいまどこにいる？　アルバラードはその女っ子をどうした？」と訊いた。

「そんなこと、おれが知るかよ。アルバラードに訊いてみるんだな」とスペイン人は言って、後ろの馬の焼き肉のほうをむいた。

「悪ふざけはもういい！」とグルムバッハがもの凄い声で怒鳴ったものだから、スペイン人はぎょっとなって焼き肉を火のなかに落としてしまった。「おれはグルムバッハだ。お前たちの陣営へ案内しろ」

グルムバッハが名乗りをあげると、一人のスペイン人は斧を置き去りにしたまま、ひどい恐怖に襲われて斜面を駆けおり、たちまち茂みに姿を消してしまった。もう一人は火のなかに手を突っ込み、馬の焼肉をかすめて逃げ去ろうとしたが、マティアス・フントが後ろに立って逃げ道を塞いだものだから、どうしようもなく立ち尽くし、きょろきょろ辺りを見廻した。そして手に唾をかけ、息を吹きかけて悪態をついた。焼き肉を摑んだときに指に火傷したからである。そのうち、グルムバッハに敬意を表し、貴族として歓迎すれば、ひょっとしたら命は助かるかもしれないぞ、とはたと思いついた。だが恐ろしさに気が動顚していたものだから、我等ガタメニ祈レ《オーラ・プロ・ノービス》という言葉しか浮かばず、これが〈今日は〉か〈ようこそ〉という意味に違いないと思って、帽子を脱ぐと、地面につくほど深々と身をかがめて「オーラ・プロ・ノービス、閣下」と言った。これでグルムバッハにうまく挨拶できたわい、と思い込んでいたのである。

しかしグルムバッハはかっとなり、彼の肩を摑んで揺すぶると、「何を世迷言をほざいてるんだ。おれが坊主か？　刑吏にでもいっしょに祈ってもらえ！　さあ、先に立って陣営まで案内するんだ」と叫んだ。

スペイン人はグルムバッハが先日、あれほどこっぴどくやっつけたコルテスの陣営に乗り込むなんて、まさか本気じゃあるまい、と思っていた。先を歩かせるのは背後からたやすく叩き殺すか、刺し殺そうという魂胆だなと考え、戦慄した。彼は網にかかった鰻《うなぎ》のように体をくねらせ、グルムバッハの身を心配しているようなふりをして、「閣下、あなたはスペインの陣営に何かご用があるんですか。

きっとコルテスはあなたの首を刎ねさせますよ」と言った。不安に駆られて、さらに熱心に嘘の上塗りを始めた。「では、わたしについてきてください。隊長のディエゴ・タピアの耳に入らないうちに逃げるのです。彼はこの近くで二人の将校と穴を掘って狐狩をしているんです」と言った。

「狐狩をしているのが悪魔だろうと構わん」とグルムバッハは怒鳴った。「そんなことどうでもいい、さっさと案内しろ」

　スペイン人はグルムバッハから逃れる術はないとわかると、溜息をついてその前に歩き始めた。一歩あるくごとにこっそり後ろを窺い、グルムバッハが何か危害を加えようと企んでいるのではないか、盗み見た。しかしグルムバッハと二人の部下は黙々とついてくるだけだった。一時間以上歩き、やっと森を出てスペイン陣営のすぐ近くまできた。スペイン人はここまでくると大胆になってどんどん歩きだした。依然、このドイツ人たちは考え直して、急に踵をめぐらして逃げだすだろうと考えていた。最初またこんなに陣営の近くまできたからにはグルムバッハを逃がしてなるものかとも思っていた。最初の幕舎の並びに入っても、依然として三人がついてくるのを知ってびっくりした。そこですれ違う連中にこっそりとグルムバッハを指さして合図を送り、虜《とりこ》にしたのがどんな人物かをわからせ、コルテスに知らせようとし始めた。しかしこのスペイン人の合図に気がつく者は一人もいなかった。やがてペドロ・ドリオがむこうからやってきた。この男は以前ある戦闘でグルムバッハを近くから見たことがあった。それはクァルテペク近郊のことで、グルムバッハがコルテスを襲って船橋《ブリッジ》を破壊したのだ。ドリオはすぐグルムバッハだということがわかり、二人の部下に目配せすると、いつでも撃てるように銃をもたせて、あとについてゆかせた。ドリオ本人はグルムバッハに歩みより、脱帽して恭しく、きっと貴殿は昨日捕虜になった二人の様子をごらんになりたいのでしょう、歓んで二人が泊っているところへご案内いたします、と言った。やがてグルムバッハはイェクラインとシェルボックが丸太小屋の前で地面に坐っているのを見た。シェルボックは上着の繕いをしていた。

「こいつはなんとも不思議なやつですな」とペドロ・ドリオは言って、シェルボックを指さした。「こいつは日に六ポンドの肉とパン二山、葡萄酒二瓶を飲み食いしたあげく、まだ足りず、もっとくれなんて言うのです。この世にはなんとも奇妙な人間がいるものですな」

イェクラインはグルムバッハを見つけると、飛びあがって駆けより、「殿、あなたもつかまったんですか。これじゃ何もかも一巻のおわりだ」と叫んだ。

「ダリラをどこへやった?」とグルムバッハはかみつくように訊ねた。

「あの娘は小屋で寝ています」

グルムバッハが入って見ると、ダリラは片隅の絨毯に横たわって眠っていた。軍医が傷を洗ってから熱がひき、息づかいは静かだった。

トンゲスとフントがグルムバッハのあとから小屋に入ってきた。グルムバッハはダリラを起こさず、板壁に歩みよった。そこに覗き窓があり、スペインの陣営の様子を覗いて見た。

外では三人のインディオが手押し車に玉蜀黍《とうもろこし》を積んでいる。ほかに二人が用材や煉瓦、切り石を積みあげている。一人の青年が将校の馬を引いて幕舎の前を往ったりきたりしている。陣営の通路を十人の騎兵が横一列になって小屋をめがけて走ってきた。

「じゃあ、やっぱりスペイン人がおれたちの支配者になったのか」とトンゲスが小声で言った。

「誰がおれたちの支配者だと？」とグルムバッハが訊いた。

「スペイン人ですよ、おれたちをつかまえたんですから」

「お前はつかまったのかもしれんが、おれは違うぞ」とグルムバッハが言った。「おれのほうからここにやってきたんだ。だからこれから出てゆく」

トンゲスが覗き穴から眺め、「やつらが小屋を包囲しました。十人以上で、全員武装しています」

返事をせず、グルムバッハは剣を抜いて地面に刺し、たわめて調べた。

「マティアス、ヤーコプ！　二人ともいいか。真っ先に入ってきたやつをおれが突き倒す。そうしたらお前たちが飛びかかって小銃を奪うのだ。火薬も弾丸もな！」

「それからどうするんで、殿？」とトンゲス。

「それからどうするだと？」とグルムバッハが怒鳴った。「ちぇっ、こん畜生、銃が手に入ればこっちのものだ。最初から銃があれば、スペイン人ごとき二マイル四方には近づけなかったものを」

「そりゃまずいぞ」とトンゲスが言った。「三人で、しかも素手ときちゃ、お手あげだ」

「怖きゃ、後ろにいろ」グルムバッハが言った。「マティアス、用意はいいか。じゃあ、火を吹き消せ」

マティアス・フントはひとことも喋らず、火を吹き消すとグルムバッハの後ろについた。グルムバッハは剣を翳《かざ》し、頭を前に傾けて戸外の気配をじっと窺った。

しばらくはしんと静まり返っていた。三人はじっと息を殺していた。

突然、入り口の前の砂がさくさくとかすかな音をたてた。

「きますぜ」とトンゲスが囁いた。

グルムバッハは、一跳びで戸のところへいけるように、姿勢を低くして身構えた。ダリラは眠ったままだった。

そのとき戸が開いた。

一人のスペイン人の姿が見えた。身をかがめ、頭を低くして敷居を跨いだ。しばらく躊躇い、それからそっと戸を後ろ手で閉めた。

トンゲスはマティアスの手を摑み、荒い息をして、グルムバッハがそのスペイン人に跳びかかる瞬間を待っていた。

しかしグルムバッハは動かなかった。

スペイン人はしゃきっと身を起こし、グルムバッハに二歩近よった。足音をたてず、聞こえるのは細かい砂がさくさくと軋む音だけだった。

そのときいきなりグルムバッハがパチンと音をたてて剣を鞘に納め、帽子を目深に被ると、「マティアス、灯をつけろ」

マティアス・フントは頭をふった。打ち合わせどおり、グルムバッハがスペイン人を一突きにしなかったことに呆気に取られていたのだ。しかし黙って灯をともした。

灯がつくと、メンドーサ公がにこにこしながら武器ももたず彼らの前に立っていた。

メンドーサ公はすぐグルムバッハに駆けよって両腕で肩を抱き、いろいろ慇懃な言葉やお世辞を並べてなんとかグルムバッハの心を陽気にしようとした。

「ライン伯爵！」と彼は言った。「わたしはかねがねあなたを本当に高く評価してきた。どういうわけか知らないが、あなたがコルテスの手に落ちたことは気の毒だと思う。なにせコルテスは貴族ではないし、曲がった鎌が剣の鞘に入らないように、将軍になる器ではないのだ。だが戦争では、賢明で博識な頭脳の持ち主が戦死し、お話にならん莫迦が権力を握るのはよくあることだ」さらにまた、「それでいつかは事態も好転するだろうと幸運を祈るばかりというわけだ」とつけ加えた。

ドイツ人は誰一人、この少年のようなスペイン人が二日前に三人の仲間を銃で惨殺した当の本人だとは夢にも思わなかった。ただそのときちょうど目を覚ましたダリラだけは——この男がメンドーサその人だとわかり、びっくりしてグルムバッハに駆けよると、両腕を首に廻し、その外套の下に身を隠した。

しかしメンドーサは陽気に冗談を飛ばし始め、グルムバッハをなんとか元気づけようとした。ダリラを指さしながら、「あなたのその褐色のビロードの外套はなんてきれいで立派なんだろう。そんなのを見たら、僧侶でもくらくらっときて謀叛を起こしかねないな。ライン伯爵——わたしの初恋の相手は褐色のビロードの外套だった。それはあなたとわたしが少年の頃、ゲントの館でリュートの弾き方を学んだ美しいイタリアのお嬢さんのものだった。覚えているかね？　ああ、わたしはあの褐色の外套を指で撫でるのがどんなに好きだったことか！　今日でもこういう褐色の毛皮を見ると、少年時代の淡い恋を思い出すんだ。そういうとき、リュートで伴奏されるイタリアの恋歌が耳に鳴り響くものだから、うっとり両眼を閉じ、柔かいビロードに指を滑らせてしまう。それからはっとして、わたしとわたしの恋人、つまり褐色のビロードが誰かに見られたんじゃないかと不安になるんだよ――」

そう言うと、若い公爵はびくびくしながら周りを窺い、驚いて気が動顚したふりをしてダリラの頬、両肩、胸に沿って指を滑らせた。恋焦がれる少年のように演じた臆病な振舞いがとても優雅だったものだから、トンゲスはマティアスの脇腹を突ついて大声で笑いだした。

ダリラは依然としてグルムバッハにすがりついたまま動かなかった。だがその賢《さか》しい目はすらっとした公爵の姿を追い、色の白い童顔に貼りついて離れなかった。

メンドーサは再びグルムバッハのほうにむきなおり、「ライン伯よ、この国では女たちは孕《はら》むときに苦痛を感じるが、生むのに快感を覚えるというのは本当かね？　あなたならきっと知ってるだろう」と言った。

これを聞いて二人のドイツ人はますます大きな声で笑いだした。しかしグルムバッハは返事をしなかった。

それで二人のドイツ人も急に笑うのをやめた。突然、一陣の寒い風が部屋を吹き抜け、グルムバッハはぞっとして外套にくるまった。重苦しい不安が襲い、まるで重い石のようにずしりと胸の心臓にのしかかったのだ。

彼が視線をあげると、入り口にフェルディナンド・コルテスが立っていた。

剣を摑もうとしたとたん、腕が鉛のように重くなった。トンゲスとイェクラインを呼ぼうとしたが、恐怖に胸がぎゅっと締めつけられた。

するとメンドーサがするするとコルテスに歩みよったかと思うと、「熊の前肢はつかまえましたよ」と囁き、グルムバッハのほうにむきなおって、「ほらライン伯、こっちへきてくれ、コルテス殿を紹介するから。コルテス殿、これが友人で従兄のフランツ・グルムバッハ、ライン伯爵です」と言った。ところでスペイン人が一人の娘っ子の悲鳴のおかげでグルムバッハを屈服させたこの日、今度は彼ら自身が当地の森に生える緑色の生き物のような蔦《つた》に制圧されるということが起こったのだった。

蔦は密林の四方から迫ってきた。はじめのうちは茨の生け垣のようにスペインの陣営を取り囲んでいたが、夕刻にはもうすぐ近くまで這いよってきて、夜になると、密偵のようにこっそり地面を進み、陣営の通路まで入ってきた。支柱や木の足場にぶつかると、そこを伝いのぼった。歩哨の矛槍に巻きつき、小銃を地面に搦《から》め取った。あっという間に緑の絨毯となって地面を覆い、木の水桶に緑の格子をめぐらせ、幕舎と幕舎に橋を架けた。蔦の襲撃は次第に激しくなり、狭い陣営の通路はたちまち閉鎖された。幕舎の前で寝ていた連中は、朝、空ではなく緑の蔦の網が自分の上に拡がっているのを見てびっくりした。一人が寝惚けて起きあがろうとすると、蔦に頭の兜を取られてしまった。いろいろなものがごちゃごちゃくっつき、旗棹には手袋が引っかかっていたし、陶器の酒甕が空中をふわふわ浮いていた。馬たちは身をもたげることができず、蔦の重みで地面に押さえつけられていた。コルテス自身、二時間も自分の幕舎から出ることができず、一同は斧をふるい、火で焼いて、繁茂する蔦の間にやっとコルテスの脱出路をつくるありさまだった。

この国の森の不思議と言うべき蔦は三日三晩ここに留まっていたが、三日目の夜、黄色い花をいっぱいつけ、その香りが人の頭を酔わせ、狂わせた。それから、蔓延したときと同じようにさっと姿を消した。スペイン人たちはこの蔦を悪魔の小麦と呼んだ。

悪魔の小麦が花をつけ、その毒気で人間の精神を狂わせたこの三日目の夜、グルムバッハは三発の魔弾と小銃を手に入れたのだった。

ドイツの夢

　二日二晩、グルムバッハはスペインの陣営にいた。この期間は、彼はコルテスとその無敵軍と仲直りしたように見えた。だがこの平和もながく続かず、コルテスとグルムバッハが二人とも同じ時刻にドイツの夢を見た夜、終結した。

　その日の夕方、インディオの国王の従兄弟が、ファン・デ・レオーネに伴われてテノチティトラン市からスペイン陣営にやってきた。デ・レオーネはコルテスが首都に派遣した騎士の一人である。この二人はコルテスに黄金製の玉座を贈った。精巧なつくりで、鷲、グリュプス（ギリシア神話。胴は獅子で鷲の頭と翼をもつ怪獣）、獅子、恐ろしい鱏《えい》など、いろいろな動物が浮き彫りにしてあった。そのほか黄金の延べ棒三十本、銀の延べ棒百本、砂金二袋があったが、玉座だけでも九万ペソ以上の値打ちがあった。国王モンテスマの従兄弟は美辞麗句を並べ、お世辞たっぷりに国王からの贈物としてコルテスにこういったものを贈ったのである。

　これらの財宝を贈与されたコルテスは大いに歓び、ただちに黄金の玉座を粉々に打ち砕かせて二山に分けた。それからすぐ騎兵隊長と歩兵隊長たちを自分の幕舎に集合させた。

コルテスが住居にしている幕舎の大きな控えの間は、将校と下級将校で溢れた。彼らは驚嘆して黄金の山の周りにひしめいていた。一箇所にこんなに莫大な黄金が積みあげられている光景はいままで誰一人見た者はなかったのだ。将校たちはみな大声は出さず、遠慮がちに低い声で私語を交わしていたが、ながい間、一片の金を手に取ってみようとする者もなかった。とうとうクリストバル・ディアスが跪いて黄金の山をつくづくと眺め、このグリュプスの爪は三十ペソ、あの鱏の口は六十ペソの値打ちがある、と言った。すると気おくれてしていたほかの連中もわいわいやりだした。ダキラールは、「おい、なんて凄いルビーなんだ。おれなら二百ペソ出すぞ」と言った。すると今度はディエゴ・タピアが一片を手に取って重さを測り、これだけで馬と馬車が買えるし、召使、馭者を雇えるぞ、と叫んだ。それを聞いたドリオは、「ちぇっ、見栄張りやがって！」と叫んだ。デ・サンドバールはすっかり頭がおかしくなり、戦争なんか飽きあきだ、この黄金を資本《もとで》に商人になるぞ、と言った。しかしアルバラードはじっと黙ったまま黄金の山の周りを歩き廻りながら、黄金に近づく者を睨みつけていた。言ってみれば、一皿のミルクの番をする猫といったところだった。

将校たちの真ん中に置かれている黄金の財宝は不思議な働きをし、誰もが負けじと大声を張りあげた。突然、アルバラードがみんながびっくりするような大声で咆えるように、「絞首刑だ！　絞首刑だぞ！　金を胴着に入れてこっそりずらかろうとするやつは縛り首にしなきゃならん」デ・ネイラは、神さまはずっとおれの顎に貧苦を手綱のようにかけてこられたが、これからは酒を食らって喧嘩三昧、陽気で面白おかしく暮らしたいものだ、と叫んだ。だがタピアが、おい、薄ら莫迦で頓馬のお前なんか何ももらえるか、黄金《おたから》がもらえるのは選ばれた人間だけだ、とやっつけた。サンドバールはまたしても荷役の驢馬のように金をいっぱい詰め込んで身動き一つできず、アルバラードがその首根っ子を摑んで、「絞首刑だ！　縛り首だぞ！」と面とむかって怒鳴りつけた。デ・ネイラはタピアと取っ組み合いの喧嘩を始め、ペドロ・ドリオはひっきりなしに、「この見栄っ張りめ！　この見栄っ張りめが！」と叫んでいた。そのとき突然、この愚者の館《やかた》にグルムバッハが入ってきた。帽子を被っていたが、脱ごうとしなかった。するとタピアはぱっとネイラを離して喚いた。

「あいつを見ろ。ドイツ皇帝の最高の裁判官とでも思っていやがる。おれたちのなかでも帽子を脱がんぞ」と叫んだ。

「しいっ！」ネイラが小声で、「やつは恭しくおじぎをすることなんかできんのさ。昔、ドイツじゃ伯爵か侯爵だったんだからな。スペインの大名《グランデ》より大したことなんだぞ」と言った。

「昔は昔だ！　おれの胸甲《むねあて》は大殿が死んだとき身につけていた代物だぞ」とタピアが怒鳴った。

「その胸甲を着て死んだのは誰だ」とグルムバッハが訊いた。

「バラコアでいちばん大きい牡牛でさあ。あんた、革細工師がその皮でこの胸甲をつくってくれたんだ」とタピアが大声で言うと、隊長たちはみんなけたたましく笑いだした。それが急に静かになった。コルテスが入り口に立ったからだった。

彼は瀝青の松明をもっていたが、鎖で天上から吊ってある銅製の環にそれを刺し、すぐに身をかがめると、将校たちの兜にきらきら光を反射させている黄金の財宝を分け始めた。大きな山とごく小さな山に分け、この仕事がおわると身を起こし、さっそくスペイン国王のために大きな山を分捕りにかかった。

「諸君」と彼は将校たちに言った。「われわれがこの出征で獲得し、今後も手に入れると思われる名誉も勝利の栄光も、大部分は神に次いで崇高なわが国王陛下のものであり、われわれに与えられるのはわずかにすぎない。したがってこの黄金についても同様に考えたい。すなわち、今回われわれが獲得したほんの一部をわたしと諸君、それに共通の経費として残し、残りはすべてわがカトリック界の最高峰である国王のものとする。国王はその職務上もっともふさわしい使い方をされたらよいのだ」

こう言われると、隊長たちはみなじっと黙っていた。たとえコルテスが分けた小さな山でさえも、なにがしかの黄金が国王のものであるとは思いもよらなかったからである。

しかし、いまコルテスは大きな山を指さして、「この黄金は国王陛下のものとする。ドイツとの戦争で陛下の財布に大穴が開き、金貨が洗いざらい流れだしてしまったからだ。しかしこの小さな山は、諸君の賛同を得て無敵軍に分配することとしたい。したがって諸君はそれぞれ十二ペソ分の黄金を取り、兵士は二・五ペソということにする」

将校たちは大きな黄金の山にお別れしなければならないと聞いて、みな口々に大声で不平を鳴らし始めた。ディアスは顔を真っ赤にして怒り、「ようくわかった。われわれは十二ペソしかもらえないんだな？　それじゃあんまりだ。ひどい侮辱だ」と叫んだ。

「ディアス君」とコルテスが真剣に言った。「わが国王陛下は統治下の三重帝国（スペイン、ドイツ、新世界の植民地をさす）の総督たちに四十万ペソつくるように、火急の書簡をお出しになった。というのはドイツで大軍を徴集し、維持しなければならないうえ、同盟諸国が、本当に叛乱と暴動を鎮圧したいなら軍資金を払ってほしい、と言ってきているのだ」

「コルテス殿、あなたは早耳だな」とサンドバールが大声で言った。「宮廷の噂か！　だが国王陛下に金が必要だからといって、何もわれわれが貧乏籤を引くことはあるまい。百姓から絞《しぼ》ったらいいんで、われわれはごめんだ」

　コルテスは答えず、黙って渋面をつくっていた。

「コルテス殿は自分の将兵たちのことを忘れて、佞臣どもの尻《けつ》に接吻する気だ！」とデ・ネイラが黄金の山のなかから叫んだ。

「わたしが将兵のことを忘れているというのなら、諸君はスペインの栄光のことを忘れているのだ」とコルテスは怒って、一歩あと退りしたものだから、ほとんど暗闇のなかに隠れ、兜だけが金の光を受けてきらきら輝いていた。黙って幕舎の壁に凭れていたグルムバッハの頭を、突然、笑わずにはいられないような奇妙でつまらぬ考えがよぎった。この兜のきらきらした輝きがコルテスのいわゆるスペインの栄光であり、ご本人の頭上に輝いているだけなのではないか。

　黄金の山からペドロ・ドリオが現われ、ぽんと足で金を蹴ると、「そらっ、いっちまえ！　陛下の宮廷へいきたいのか？　きっとお前で黄金の食器をおつくりになるだろう、去勢した雄鶏、蝦夷《えぞ》山鳥、肉饅頭、それに菓子《マルチパン》を食べるためにな。だがおれたちは粘土を混ぜ合わせた黒パンを食べてきたんだ。またビロード張りの黄金の椅子をおつくりになるだろう。だがこちとらは硬い土の上に寝てきたんだぞ――」と叫んだ。

「もうたくさんだ」とアルバラードは叫んで、ドリオを押し退けると、突然黄金の山の前に立った。「わたしはコルテスの言葉を覚えている。めいめいに黄金を帽子の縁までいっぱいくれるって約束したんだ！　諸君、好きなようにし給え。わたしはわたしの分け前をもらう！」

そう言うと、黄金の山のそばに跪いて帽子を脱ぎ、モンテスマの黄金を詰め始めた。

コルテスは泡を吹くほどの怒りに駆られ、剣を抜くと、アルバラードの頭めがけて大上段にふりかぶった。しかしアルバラードはコルテスを見ようとも、言うことに耳を貸そうともせず、四つん這いになって両手で黄金を掻き廻していた。

やがて考え直したコルテスは、アルバラードと黄金に背をむけて剣をおろし、ひとことも喋ろうとしなくなった。

しかしつぎつぎにコルテスの部下の将校や下級将校たちがよってきて黙ったまま帽子に黄金を入れ、引き退がっていった。黄金の山は次第に小さくなり、スペイン人たちの帽子のなかに消えた。するときらきらしていたコルテスの兜の輝きもゆっくり闇に消えた。まるで、このときコルテスの頭上に輝いていたスペインの栄光が消えたような感じだった。

瀝青の松明が鎖のなかで揺れ、そこからもくもくと煙が出て、コルテスの隊長たちを包んだ。彼らは、毅然としたところを失ない、外套の下に隠した黄金に酔い痴れているように、この紛らわしい光のなかをよろめいているように見えた。

モンテスマの財宝は貧相な金の延べ棒一本と銀の延べ棒数本しか残らず、幕舎の真ん中に散らばっていた。コルテスは一人離れてぽつんと暗闇のなかに立ち尽くし、じっと地面を見つめたままドイツの白昼夢を見ていた。

彼が見ているドイツは、休みなく細かい雨が降り注ぐ、木も茂みもない果てしなく続く粘土質の野原だった。その野原を一群の騎乗の人々が走っている。そのなかに大司教、高位の聖職者、総理大臣、枢密顧問官たちがいた。先頭には皇帝が馬を駆っていた。後ろに靡《なび》く外套が大地を掃き、濡れた粘土で汚れていた。だが扈従《こしょう》する者は誰一人、その外套を捧持しようとせず、もの凄い勢いで駆けてゆく。皇帝は雨を怖れて首を竦め、唇をだらりと垂らして、ひどく怒っていた。

コルテスは夢のなかで国王の怒った顔を見ると、はっと夢から醒めて、すでにほとんど失くなった黄金を取り戻す闘いを再開した。

彼は目でグルムバッハを捜し、帽子を目深に被って幕舎の壁に凭れているのを見つけると、「たった一人のドイツ人のためにこのように秩序が乱れ、叛乱が始まったことを、きみに劣らずわたしも残念に思う」と話しかけた。

グルムバッハは頭をもたげ、「コルテス殿」と返事をした。「なんのことかね。わたしはドイツで何があったかほとんど知らない。どこにでも騒擾や叛乱はあるものだ。ライン河畔の農民たちは借金、地代、税金、賦役、酷税で苦しめられているのだからな」

「まさか、そうじゃないぞ！　きみは盲なのか。本当に口にするのも穢らわしいことだが、いまドイツ人は新しい教えによって、トルコ人やタタール人など、異教徒、背教者の群れと化そうとしてるのだ」

「それは本当だ」とサンドバールが大声で口を挟んだ。「ドイツからの情報といえば、いろんな階級や臣下の者たちが国王陛下に背いて会議を開いたり、同盟を結んだというものばかりだ。悪魔が神を蔑《なみ》する教会の敵の目を覚まさせてからというものは、何もかもが不幸と破滅を招いている」

「神とその神聖な教会を蔑する者など、ペストに滅ぼされてしまえ」と、地面に腰をおろして黄金を愛撫していたアルバラードが出し抜けに叫んだが、またすぐに口を噤《つぐ》み、黄金の値踏みをしたり、数えたりし始めた。

だがグルムバッハは彼のところへ歩みよると、その腕を押さえ、大声で、「きみが神を蔑する者って言うのは誰のことだ。それにどんな教えを説いているのだ」と訊いた。

「ヴィッテンベルクに偽証者の悪党（マルティン・ルッターのこと）がいる」とデ・ネイラが言った。「一文の値打ちもない野郎だが、罪を懺悔する必要なんかないし、ミサは悪虐の沙汰、巡礼は迷信で、司祭は童貞を守らんでもいいなどとほざいて、教えてやがる」

グルムバッハは蒼ざめ、一歩あと退りすると、「神はどこのどいつにそのような秘密《みそかごと》を教え給うたのだ？」と低い声で訊いた。

「刑吏が大声でそいつの名前を呼びあげるだろうさ」とタピアが叫んだ。「薪に火をつけるときにな。わたしは名前なんか知らない。どうして悪党を名前で呼ばなくちゃならんのだ。悪党は悪党と言うことにしているんでな」

「やつは教会の古くからの儀式を廃止しようと企んでいるのだ。懺悔と禁欲のことには耳を貸そうともせず、免罪をインチキ呼ばわりしている――」とディアスが叫んだ。

「それなら、その男の言っているとおりだぞ！」とグルムバッハが大声で言った。「なにも間違った教えじゃなく、真の教えだ。おれはその教え以外に信仰をもった覚えがない」

この言葉を聞くと、スペイン人たちは黙ってしまい、後ろへ引き退がったので、グルムバッハはいきなり幕舎の真ん中に立たされてしまった。デ・ネイラは驚いて彼のほうを見やりながら、「おお、イエスよ、われわれを憐れみ給え！」と小声で言った。

最初に口をきいたのがタピアで、ペッと唾を吐き、蝙蝠《こうもり》が鳥じゃないのと同じで、ドイツ人がどいつもこいつもキリスト教徒じゃないことは前々から知ってたんだ、と叫んだ。

「それでやつらは祭壇を引き倒して、司祭を追い払うわけか」とサンドバールが叫んだ。

「糞坊主どもなんかやっつけろ」とグルムバッハが叫んだ。「やつらは、悪魔がいちばんお気に入りの奴隷だ」

「犠牲と祈りは異教徒にとっては莫迦のやることさ」とアルバラードが怒り狂った。

「教会の墓地まで嘲弄の種にしやがる」とタピア。

「気をつけろよ、ヴィッテンベルクの異端の狼め。お前を縄で引っ括って皇帝の御前へ連行する人物が現われるだろう」とディアス。

「皇帝は一人のユダを見つけるだろう。それは確かだ」とグルムバッハが彼らを怒鳴りつけた。「見つけるが、そのユダは銀貨などもらえないぞ」

「皇帝は異教徒や叛逆者や暴徒など、狼どもを討ち平らげるくらいの軍資金は手に入れられるだろう」とアルバラード。

「自分の財布から鐚《びた》一文出すものか。われわれのやり方を許さざるを得なくなるだろうよ」とグルムバッハ。

「皇帝は自分の国から異教徒どもを根こそぎにするだけの資金はもっておられるだろう」

「それじゃまず、ユダヤ人たちに質入れした金の王冠を請けだすことだな」とグルムバッハはがやがや言い募る連中にむかって叫んだ。

すると、怒りに顔も蒼ざめ、ペドロ・ドリオがいきなりグルムバッハの前に立ちはだかって何か言おうとしたが、一語も出てこず、両腕で自分の黄金を差しあげ、ガチャガチャとグルムバッハの足元に投げだした。そのあとに続いてタピアが彼を押し退け、やはり自分の取った黄金を投げだして、「こんな黄金なんかいるもんか。ほら、やるぞ。この世の名誉も栄華も糞食らえだ」と叫んだ。するとまたデ・ネイラの黄金も音をたてて地面に飛んだ。そして、「カルロス皇帝よ、馬も歩兵も大砲も買われるがいい。ほしいだけ黄金を献納する！」と叫んだ。またサンドバール、ディアス、ダキラール、そのほかの将校、下級将校たちがわれもわれもと黄金を山のように積みあげ、「神に罰されろ、この地獄の業火のような異端者め！」と叫んだ。

「えいくそ、ドイツめ！　薄汚ないやつめ！　唾を吐きかけてくれるわ！」とか、「カルロス王よ、この金でファルコネット砲と先込め砲を買って、異教徒どもを皆殺しにしてくれ！」

最後にアルバラードが自分の黄金を吐きだし、口を歪め、渋面をつくり、「こうして王の衣服や外套は異国にある者の苦しみで織られるわけだ」と言った。

グルムバッハは、怒りの言葉を吐いたことが新教にどんな災いをもたらしたかわかったので、拳を握り締め、「黄金を皇帝の手に渡しちゃいけない。たとえそのためにわたしが泥棒や追剥になろうと構わん」と叫んだが、その言葉に耳を傾ける者はいなかった。スペイン人たちはすっかり熱狂し、金の指環や鎖など、もっているものをすべて山と投げ棄てたからである。銀の剣帯を投げ棄てる者もいれば、金の磔刑像を投げだす者もあり、タピアはルビーと三個のエメラルドを嵌め込んだ腕環を投げ棄てた。その真っ只中に突っ立って、青銅色の顔をしたコルテスが天を仰いでいた。その兜には金の輝きがちらちらしていた。彼は雷のような誰よりも大きな声で、「おい、神のどんな知慧にも耳を傾けようとしないヴィッテンベルクの大叛逆者よ、お前にはわかるまい、フェルディナンド・コルテスが今日この新大陸でお前の心臓を射止めたということがな」と叫んだ。

コルテスが単身、隊長たちをむこうに廻してスペインの栄光と世界制覇の闘いを行なっていたちょうどその頃、メンドーサ公はこっそりドイツ人たちのいる小屋へ忍んでいった。この暑さに負け、ダリラの肉体への欲情の虜となって、国王のこともコルテスのことも世界制覇のことも、何もかもすっかり忘れ、どうすればグルムバッハの目を欺き、あの女をものにできるかということに腐心していたのである。しかし彼女のいる小屋に入ることはできなかった。戸口に坐っていたシェルボックが暗闇を忍んでくる姿を見つけ、石を拾って投げつけた。もう少しで命中するところだったが、公爵は大きな瘤《こぶ》をつくってはたまらないと、慌てて飛び退いたのだった。

それでペドロ・カルボナーロを幕舎に呼びつけ、ダリラと閨《ねや》をともにし、欲情を癒せるように手伝え、と激しい言葉で命じた。

「たったそれだけですか。閣下はもっと難題をお言いつけになるのが常でしたが」

「こら」と公爵は怒って、「そうでもないぞ。夢魔や地獄に棲むお化けに夜伽《よとぎ》をさせようっていうんじゃない。朝になって、昨夜のお愉しみの相手が一塊の石炭やすべただったとわかるなんて惨めだからな」

「閣下」とペドロは真剣に言った。「間違いなくダリラとお愉しみになれるようにしてあげます。なんでもおっしゃるとおりにいたしますよ。あの娘のいる小屋の入り口を二尋《ひろ》ばかり開けておきましょう」

ペドロは外に出ると、地面に倒れている猫を見つけた。三日前に死んだやつで、悪臭を放っていた。それを拾いあげ、魔法のような技術でこの猫をバッグパイプのような吹奏楽器につくり変えた。

ペドロ・カルボナーロはそれをもってドイツ人たちのいる小屋の後ろの壁に忍びより、吹き鳴らし始めた。ダリラは小屋のなかでこの音楽を聞くと、居ても立ってもいられず、あちこち走り廻ったり、飛んだり跳ねたりし始めた。やがて踊るのに飽き、覗き穴から小さな頭を出して、ちょうど昨夜、黄色い花をつけた蔦の茂みの間から見ると、ペドロ・カルボナーロが片足で小屋のすぐ前に立ち、頬をふくらませて猫の笛を吹いていた。そこで、「あなたは誰、なんというお名前?」と訊いた。

カルボナーロは、「アラーヴェルツハス(直訳すれば、世界中の憎しみという意味)だよ」と答えた。

「じゃ、明日またきて吹いてね。でも殿さまのいないときだけよ。殿さまは笛が嫌いだし、わたしが踊るのも嫌いなの」

「お前の殿さまはな」とカルボナーロはここでぴょんともう一方の足に踏み変えると、「悪魔か魔神だよ。おれがきてこんなことを言ったなんて、やつに言うなよ」そしてまた猫の笛を吹き始めた。

「どんな人なの」とダリラが好奇心に駆られて訊ねた。「悪魔とか魔神とかって?」

「悪魔ってのはな、人間を苦しめたり、苛《さいな》んだり、騙したりするし、稲妻や雷鳴を起こすこともある」

「じゃ、殿さまは悪魔なんかじゃないわ。わたしを騙したことなんか一度もないもの」

「それでもな」とカルボナーロが鴉のような声で、「やつが望んでいるのはお前の心臓と血だけだよ」と囁いた。

するとダリラは笑いだし、「あら、アラーヴェルツハスさんたら、嘘を言って! 殿さまがわたしの血と心臓をどうするっていうのよ」

「あいつの血管には血がないし、胸には心臓がないんだ。だからお前のがほしいのさ」とペドロは囁いた。

それを聞くと、ダリラは怒って「まあ、なんてひどい嘘をつくの、アラーヴェルツハス！　この目で殿さまの血が流れるのを見たし、この耳で心臓の音も聞いたわ」と叫んだ。

「いっしょにこいよ」とカルボナーロが迫った。「もっとましな殿さまを知ってるんだ。すらっとしていて男前だぞ」

「髪は褐色？　顔は凜々しくて白いの？」

「凜々しくて白い顔だとも」とカルボナーロが熱を籠めて、「それに心臓はいつもかっかと燃えているぞ」

そのとき入り口のところでグルムバッハの足音が聞こえ、ダリラは窓の覗き穴から頭を引っ込めて、「あっちへいって。殿さまの足音よ」とカルボナーロに囁いた。

ペドロ・カルボナーロがこっそり立ち去る間に、彼女はグルムバッハを迎えに急いだ。

グルムバッハは不機嫌で、何か心配事があるようだということが、彼女にはその足音でわかった。部屋の真ん中で立ち停まってくんくんやり、「瀝青と硫黄の臭いだ。お前たち臭わないか？」

彼のあとに続いて入ってきたシェルボック、イェクライン、フント、トンゲスがいっせいにくんくん嗅ぎ始めたが、トンゲスが、「きっとあの蔦ですよ。なにしろ凄い臭いで、頭が重くなったくらいですからね」

グルムバッハは椅子に腰をかけると、外套を投げだし、帽子を脱ごうとしたが、部屋に灯がついているとに気がついて、「ヤーコプ、灯を吹き消せ」と怒鳴った。——部屋が真っ暗でないかぎり、帽子を取ろうとしなかったのである。

ダリラはおずおずと彼の横にきて首に手を廻した。しばらくの間、みんな黙って暗い部屋に坐っていた。やがてグルムバッハが、「夜が明けるまでに銃を手に入れなくちゃならん。あの黄金を皇帝の手に渡してはいけないのだ。お前たち、何をぐずぐずしているんだ！」と叫んだ。

「殿！」シェルボックが言った。「おれたちのせいじゃありませんよ。嘘を言ったり、盗もうとしたり、金で手に入れようとしたり、いろいろ手は尽くしたんです。しかし、ポケットのなかでいくら金をジャラジャラ鳴らしても、銃だけは手に入りませんでした。たとえ永遠の至福と引き換えにしてやると言っても、だめだったでしょうな」

「原因は、コルテスが銃を失くした者は絞首刑に処すと誓ったからでさ。厳しい軍規を敷いていやがるんで」とイェクラインが言った。

「たとえ追剝になっても、あの黄金は皇帝の手に渡してはならんのだ！」とグルムバッハは叫んだ。「やつらはそれを新教の弾圧とカトリックの坊主らしい復讐のために使う肚《はら》だ」

「殿！ 今日、やつらは謝肉祭で、それぞれ金貨を二枚もらいました。だから大酒をあおるでしょう。やつらは皮のない葡萄の実が何よりの好物ですからね。みんな今夜は狂ったようにたらふく飲みますぜ。それで銃を失くすやつが出たって、明日、あっしは縄を切って絞首台からおろしてやるつもりはありませんな」とトンゲスが言った。

「こいつの言うとおりだ！」とシェルボックが言った。「さあ、みんなこいよ！　今夜銃が手に入らなかったら、最後の審判の日まで手に入らんぞ」

「おれはそうまで楽観的になれんな」とイェクラインが言った。「スペイン人たちはみんな銃に夢中で、まるで恋人のリーゼかグレーテみたいに銃をちやほやしてやがるからな。あんなやつら、虱に食われりゃいいんだ。では殿、いってきます」

ドイツ人たちはどたどたと出ていった。ただ一人グルムバッハだけが暗い部屋に残され、椅子に腰かけると頬杖をついた。奇妙なドイツの幻影を見ていたのだった。

最初は何も見えず、ただ遠くのほうからか、太鼓とコントラバスと横笛の奏でる旋律が聞こえてくるだけだった。いつも同じ旋律で、六回か七回、短く甲高く聞こえた。

不意に小さな森が見えた。冬の夜景だった。それなのにグルムバッハは、そこで起こることはなんでも見ることができた。

屋根に雪が積もり、井戸の木枠の表面が氷で覆われている。皇帝軍の騎兵の一隊が広場の中央にいた。隊長は若く肥った男で、スペイン軍の青絹の胴着をつけ、馬のような歯をしている。部下の騎兵が大勢その周りを取り巻き、槍が森の木立のように天にむかって林立している。ほかの連中が家々から木製の長持ち、家鴨、鶏、刺し殺した豚などを引きずりながら飛びだしてきた。騎兵が三人、締まった戸を角材で破っている。一人は老人を胸に抱え、短銃を鼻先に突きつけている。納屋が一軒燃えていた。地面には一人の青年が胸を撃ち抜かれ、血を流して倒れている。女が泣き叫びながらその上に身を投げた。ほかの女が二人、喘ぎながら道路を駆けおり、一人の騎兵がそれを追いかける。二人とも着物の裾を口にくわえて走っていた。

突然、ダリラが悲鳴をあげ、「殿さま、なぜあなたの心臓はこんなに激しく打ってるの」と訊ねた。そこでグルムバッハは、はっと夢から醒めた。皇帝軍に襲われた村の光景は消え去っていた。太鼓とコントラバスと横笛の旋律は依然として耳に響いている。目に手をあてて、「こんなに心臓がどんどん打っているのはドイツのことを考えていたせいだな」

するとダリラは彼の両手を摑んで、「殿さま、なぜあなたの血がこんなに騒いでいるの」

グルムバッハは立ちあがってダリラから身をふりほどいた。「ドイツのことを考えていたからだ」

「どこへいくの。一人だけで残るのはいや」と彼女は嘆き、衣服を肩から引きさげると、縋《すが》りついて、「お願い、ここにいて!」と哀願した。

グルムバッハは怒って押し退け、「もういい! これからでかけなくちゃならんのだ。今夜はそんな退屈凌ぎをしている暇なぞない」と怒鳴った。

彼がいってしまうと、ダリラは入り口の外へ出た。そこにはマティアス・フントが坐って見張りをしていた。そこでフントのところへいって小さな頭を肩に凭せかけ、「マティアスさん、見張りについたら、ながい夜の間、何をしてるの」と訊いた。

マティアスは唸っただけで、返事をしなかった。

ダリラは彼の髪をぐいと引っ張り、「マティアスったら、唸ってないで返事をしてよ。ながい夜の間、何をしてるの」

マティアスは不機嫌に渋々、「ドイツのことを考えとる」と言った。

それを聞いてダリラはかっとなり、彼の頭を叩いた。グルムバッハも部下たちもみんな、ドイツのことばかり考え、自分を除《の》け者にするなんて、と腹が立ったのだ。

それから彼女は部屋に戻って、眠ってしまった。頭が疲れ、蔦の臭いでくらくらしていたからだった。

そしてこの夜、彼女もドイツの夢を見たのである。

グルムバッハは革の胴着を着け、帽子も被っていなかった。彼の額やこめかみ、いつも帽子の下に隠れている左目を見たのははじめてだった。髪は褐色の巻き毛で、顔はとても美しく、凛々しくて、かつてないほど蒼白かった。だが不意に見えたのは彼が見知らぬ女を堅く抱き締めている姿だった。女は丸々とした顔、大きな太腿、厚い胸をし、重く大きな息をついていた。そこに突然マティアス・フントが現われ、この女を指さすと、「ドイツだ！」と言った。

謝肉祭

シェルボック、トンゲス、イェクラインは小屋を出ると、しばらくは陣営内の通路を躓《つまず》きながら進み、遠くでヴァイオリンや笛、それに叫喚する声が聞こえるところまできた。この音を頼りに進むうちに、大勢のスペイン人たちが謝肉祭を祝って酒盛りをしている広場に出た。その広場では三人とも、酒盛りをしている連中に突きあたったり踏みつけたりしないよう、大股で一歩一歩、まるで舞踏場の踊り手のようにおかしな恰好で歩かなければならなかった。

スペイン人が飲んでいたのは本物の葡萄酒ではなく、インディオが一種の葦の汁を蒸留してつくった紛いものの酒だった。この酒を飲むと、スペイン人たちは頭が熱くなって人が変ってしまい、罵ったり、喚いたり、殴り合ったり、摑み合ったりして、見境なく相手に悪戯を仕かけるか罵るしか能がなくなるのだった。

広場の真ん中で数人がヴァイオリンとバッグパイプを演奏していたが、誰も楽器を巧く使いこなせず、身の毛もよだつような音で、ただただ驚き呆れ返るばかりだった。その前で一人の男が両膝をくの字に曲げて頭を横に傾《かし》げ、片目をつむって踊りながら、これが正式のパッサメッツォ（イタリアで行なわれた古い舞踏の名）だ、みんないっしょに踊れ、と叫んでいた。

　しかしほかの連中は彼のことなど気にも留めず、誰もがいちばんの酒豪はおれだと競っていた。凶暴な酒でだらしなくなり、動作も緩慢で不機嫌になっている者もかなりいた。そして悲しみに取り憑かれ、いっそ死んでキリストに救われたいと思うほど、大きな溜息をついていた。この世の何もかもに嫌気がさしていたのである。またオランダやイタリアでやったという戦争のことや武勇伝について侃々諤々《かんかんがくがく》やっている連中もいたが、誰も相手の言うことを信じず、互いに道化師、臆病者、案山子《かかし》呼ばわりしていた。その間もせっせとこの地の酒を飲んでいたし、先ほどパッサメッツォを踊っていた男はいつの間にか樽に攀じ登って大きく宙返りしながら、われこそアプリア（イタリア南東部のプリヤ地区）の王なり、と喚いていた。

　ドイツ人たちが鯱張《しやちほこば》った足で酒盛りをしている男たちの間を通りぬけようとしたとき、一人が、「こん畜生、ドイツ人どもは肉を食いおわったら、酒の匂いを嗅ぎつけてきやがる」と叫び、ほかの一人が自分を跨いでいこうとしたイェクラインの足をつかまえて、「おい、どこへいくんだ。ここにいろよ。ここにはあんまり酒がないなんて思ってるんじゃあるまいな。この酒はインディオの国王のご下賜品だぞ」と叫んだ。

　ドイツ人たちにとってはこれは願ったりかなったりだった。イェクラインはさっそく腰をおろし、「酒が愉しく、とくとくと喉に流し込めるというのに、飲まないって法があるかい」と言った。シェルボックとトンゲスも地べたに坐った。シェルボックはポケットから大きなチーズを取りだし、それに齧《かじ》りついた。そしてチーズがすんなりとおいしく喉を通るように一齧りするごとに甕《かめ》の酒をぐいっとあおった。

「今日はみんなご機嫌だな」と彼は口いっぱいチーズを頬張り、しばらくして言った。「おれも嬉しいぜ」

「嬉しくないはずがあるか」とスペイン人の一人が言った。その男の髭は燕が巣をつくったようにもじゃもじゃだった。「嬉しくない道理なんかあるものかい。なんてったたって、インディオの国王が今日、黄金の笏をもっているその手で、明日おれの馬に刷毛をあててくださるんだからな」

ドイツ人たちはその男を見つめ、じっと聞き耳を立てていた。トンゲスは横に坐っている小男のスペイン軍の伍長のほうをむいて、「大将、あいつの言ってるのはなんのことですかい」

「うん」と、小人ほどしか背丈のない伍長は、「明日、この全無敵軍がここを出発してインディオの首都を攻略するのだ。都の上空にかかっている霧の雲を風が吹き払ってくれたからな」と言って、小人は手足を伸ばし、さも自分が霧を吹き払ったかのように、フーフー息を吹き始めた。

トンゲスはもっと質問を続けようとしたが、周囲の声がうるさくなってそれもできなかった。一人の酔漢《よっぱらい》が、「さあ、しこたま酒を食らって骨休めだ。さあ飲んだ、飲んだ、あとでどんなにげろを吐いたって構わねえ」と叫んでいた。

「今日は謝肉祭だ！」と別の男が咆えた。「今日までにせしめた酒は全部飲んじゃうんだ。明日になったら、モンテスマ国王の豚めが餌を食らっている金の皿をその口から取りあげてやる！」

「デ・レオーネ殿には」ともう一人が言った。「モンテスマは鱗《うろこ》形の金属を綴り合わせた靴を贈ったぞ。一列の鱗が金で、そのつぎが銀、そのつぎがまた金て具合にできているんだ。デ・レオーネ殿はこいつを履いて得意になって陣営を歩き廻ってるぜ」

「モンテスマは、キニョネスには道化を四人贈った。やつらはいろいろ面白いことをやってキニョネスの気晴らしに努めている」

「今日は謝肉祭だぞ。だったら祭の芝居をやらなくちゃな」

「そいつはいい退屈凌ぎになるぞ。兵隊と刑吏のどっちが高く跳べるか競争して、刑吏が負けるってのはどうだ」

「おれはユダヤ人の博労《ばくろう》の狂言を知ってるぞ。悪魔が博労を荷車に乗せて地獄へ連れていくんだが、ユダヤ人にまんまと盲の馬を買わされたものだから、馬のかわりに自分が荷車を牽くはめになるって話さ」

「おれも二人のユダヤ人の面白い狂言を知ってるぜ」とトンゲスが大きな声で言った。「アブラハムとイサクの話で、ケルンで見たんだ。天使がアブラハムを凄い茶番で滅茶苦茶にやっつける話よ」

「じゃドイツ人でその謝肉祭劇をやってくれ」と伍長が言った。そして立ちあがると、「さあ、喚いたり喧嘩したりするのをやめるんだ。ドイツ人たちが二人のユダヤ人の狂言をやってくれるぞ」

スペイン人たちは立ちあがってトンゲス、シェルボック、イェクラインの三人をぐるっと取り囲んだ。

「おい、お前」とトンゲスはシェルボックに言った。「イサクの役をやれ。なあに、腹這いになって愚痴を零《こぼ》していさえすりゃいいんだ。おい、メルヒオル、お前が天使だ。ズボンの前を開けろ。おれはアブラハムと父なる神をやる。それでと、小銃が一挺いるんだが」

「この悪党め、小銃なんかなんに使うんだ」ともじゃもじゃ髭のスペイン人が訊いた。

「アブラハムが小銃で一発イサクにお見舞いしようとするからさ。お前のを貸せ」

そう言ってトンゲスはスペイン人の手から小銃を奪い、シェルボックに目で合図したので、これで銃が手に入ったぞ、と二人は思った。

シェルボックが地べたに寝ると、トンゲスはその横に跪いて銃を頬にあて、怒った顔で歌い始めた。

アブラハムが銃を構えて言った
これでお前もお終《しま》いだ
愛しい息子よ、さあ撃つぞ
我等ノ父ヨを唱える時間はある
唱えてしまったら覚悟しろ
死刑執行だ!
動くな、じっとしておれ

ちゃんと狙えるようにな

歌いおわると、シェルボックの尻に銃口を押しつけた。シェルボックが愚痴を言い、歯をガタガタいわせながら、腹でも痛むように地面をのた打ち廻るのを見ると、スペイン人たちは爆笑し始めた。いまトンゲスは急に父なる神に変り、耳の後ろを掻きながら歌った。

父なる神は一人の天使を認め
こっちへきて、さっさと下界へ飛んでいけ
そして命じることをやれ
あのユダヤ人が撃てないように
火薬をびっしょり濡らすのだ
発砲できないように
だが注意しろ、風が強いから
かけ損なうな

イェクラインが仔犬よりもすばやくアブラハムの火薬にたっぷり小便をかけるのを見て、スペイン人たちはまたゲラゲラ笑いだした。しかしトンゲスは気づかれないように巧くシェルボックに銃を渡し、歌を最後まで歌った。

ユダヤ人町の天使は
アブラハムの火薬を濡らした
神が命じ給うたように
いやはや《モール・ド・ラ・ヴィー》！　誰がやったんだ
地獄へ堕ちろ！　悪い冗談だぞ
なんともひどいもんだ！
見ろ、あの悪いユダヤ人が悪態をつき
天使さまを捜している

おおユダヤ人よ、悪あがきはよせ
小銃は胡椒《こしょう》袋じゃない
威したって無駄さ
火薬は胡椒じゃない
撃つのは騎兵でなくっちゃ
ユダヤ人にはとても無理

歌いおわると、トンゲスはスペイン人たちにやんやの喝采を浴びた。一人が雀でも串刺しにしようかという勢いで剣をふり廻し、「人殺しで、高利貸しで、強情なユダヤ人なんか雷に打たれて死んじまえ」と叫ぶと、もう一人が、「ユトレヒトで三人のユダヤ人が男の子を地下室に連れ込んで刺し殺したが、曲がったユダヤ人のナイフが首に刺さっているのをこの目で見たんだ」と叫んだ。「おれたちの国のプフィンジンゲンでな」とシェルボックがすっかり興奮して喚いた。「牡牛がユダヤ人の葬式のときに死体を勝手に絞首台の下まで引いていったんだ。ユダヤ人はどこへ連れていけばいいいか、牛でも知っているぜ」

「こん畜生め！」ともじゃもじゃ髭の男が出し抜けに咆えたてた。「おれの銃はどこへいったんだ、返せ」

「おれはもってないぞ」とトンゲスが答えた。「きっと返してもらったんじゃないか」

「嘘つくな」とそのスペイン人は叫んだ。そして驚いて、これから屠られようとしている家畜のように目をぐるぐる廻した。「返してもらってなんかいないぞ、ええい、弱ったなあ。返せよ、さもないと赤い血が流れ落ちるくらい、きさまの首を捻《ひね》ってやるぞ」

「おい、冗談もいい加減にしろ。おれはもっとらん」とトンゲスは言って後ろをむいた。

さっきモンテスマ国王に自分の馬に刷毛をあてさせてやると言っていたスペイン人は、恐怖で気が狂ったように目が据わり、助けてくれる者はいないかと一人ひとりあたっていた。だが周囲の連中はみな押し黙り、ただ先ほどアプリアの王と称していた酔漢《よっぱらい》が地面に横たわって大きな鼾《いびき》をかいているだけだった。

「おお、イエスさま」とそのスペイン人は哀願しだした。「わたしは吊されたくありません。絞首台に連れていこうとなさるほど、あなたに何か悪いことをしたのでしょうか。どうか、どうか銃をお返しください」

そのとき彼は横に立っていた男に小突かれた。「何をギャーギャーほざいてるんだ。お前の銃なら、そこのイサクがもってるじゃないか」

本当にシェルボックの外套の下から、誰でもわかるほど銃が覗いていた。

「ちぇっ、しまった！　ちょっとからかっただけだよ」とシェルボックが莫迦みたいに笑って言った。

「ふざけるんなら悪魔と愉しみやがれ。おれにはふざけるな」とスペイン人は猛り狂って叫んだ。びっくりして、それまでに飲んでいた酒を全部吐いたものだから、男の衣服も胴着も汚れ、見るだけで反吐《へど》が出そうだった。

トンゲスはシェルボックの手から銃を取ると、スペイン人に渡して、「ほら、汚ない豚野郎、お前の銃だ」

「こいつ、おれを豚野郎呼ばわりしやがったぞ」と再び元気を取り戻したスペイン人が叫んだ。「おれの剣をもってこい」

「やめろ」と一人がその襟首を摑んで引き戻した。「酒を飲んだり、罵り合ったり、喧嘩するだけじゃ、つまんねえじゃないか。どうして今夜は骰子《さいころ》博奕をやらないんだ」

「こいつの言うとおりだ」とほかの連中が口々に叫んだ。「ドイツ人の茶番なんかでずいぶん時間を食っちまった。犬の骨の骰子をよこせ」

彼らは外套を地面に敷き、ポケットの銀貨や金貨を探った。それから骰子博奕に夢中になりだし、誰もドイツ人には目もくれなくなった。

ドイツ人たちはむっつりとその場に坐ったままだった。がっかりするやら、腹が立つやらでひとことも喋らなかった。銃を手に入れることができなかったのが、返すがえすも残念だったのだ。彼らはつぎつぎに甕の酒を飲んでいったが、飲めば飲むほど強情になって、思惑どおりに銃を手に入れるまではそこを動こうとしなかった。

遠くで夜が白み始め、冷たい朝風がドイツ人たちの顔にあたった。酒甕の一つが引っくり返り、零れた酒の蒸れるような匂いが鼻について、胸の辺りがむかむかした。

スペイン人たちから離れてしんねりむっつり坐っていると、博奕で銃が手に入らないだろうかという考えが頭をよぎった。見れば、すっかり丸裸になっても賭けている者は大勢いたし、なかにはもっと賭けるために、自棄《やけ》になって自分の外套や帽子や剣まで博奕の胴元になっている男に売る者もいた。胴元は骰子を貸したり、金貨を銀貨に両替したりするかわりに、みんなの儲けから寺銭を取っているのだった。

ドイツ人たちはたくさんのスペイン人がもう賭けられず、諦めて悲しそうに立ち尽くしているのを見て、ひそひそとしきりに相談し始めた。やがてシェルボックは不意に立ちあがると、博奕を打っている連中の後ろにゆっくり歩みより、その一人の肩を突ついて、「おれにも賭けさせてくれ」と言った。

「おい、あっちへいけ。ポケットには鐚《びた》一文ないくせに」

シェルボックはゆっくり腰をおろし、手をズボンのポケットに突っ込んで引っくり返し始めた。まず赤いネッカチーフ、つぎに一巻きの糸、ナイフ、チーズ、火口《ほくち》つきの燧石、靴に脂を塗る布、蕪を二個、昨日抜いた大きな臼歯、ベーコン、最後に一握りの金塊を取りだした。その金塊は水に揉まれて豆粒のような恰好になり、一つひとつが半ドゥカーテンの値打ちがあった。そういったものを彼はいつもズボンのポケットに入れていたのだ。

シェルボックがスペイン人たちに金塊を見せると、ドイツ人はいい鴨だということになり、博奕を打っていた連中は群がりよって、新しい骰子をもってこいと叫んだ。

シェルボックが金塊を二つ三つ自分の前に並べると、一人のスペイン人が、「こいつに二ペソ賭けるぞ」と叫んだ。

しかしシェルボックは頭をふり、「お前たちの金なんかいらん」と言った。

「それじゃ、幕舎にある外套用のメヒェルン織りの赤い布、九エレだ」

またもシェルボックが頭をふった。

「おれは極上の毛皮でつくった手袋だ」と別の男が申し出た。

「おれは聖母像だ。画家から鳥の卵に巧く描いてもらったものだぞ。それに大きなハム二本と大蒜《にんにく》を詰めた羊の腿肉をつけよう」

大きなハム二本と聞いて涎《よだれ》が唇から垂れかかったにもかかわらず、シェルボックは頑として譲らなかった。金塊を再び引きよせると、「賭けるのはお前の銃だ」と言った。

スペイン人たちは顔を見合わせ、骰子を貸している胴元にそっと目配せした。それから聖母像を描いた卵をもっている男がシェルボックのほうをむくと、気安く、「おう、なんで賭けないことがあるか。お前の黄金におれの銃を賭けるぞ」と言った。

シェルボックはそのスペイン人があまりあっさり銃を賭けたものだから拍子抜けしてしまった。もし小銃を失なえば、首に縄をいただくことになっていたからだ。どうも話がうますぎると猜疑心が晴れないまま、銃を手に取って詳しく調べてみたが、邪推したのとは違い、瑕《きず》や毀れたところはどこにもなかった。

「おい、これに火薬と弾丸もつけろよ」と彼は銃の到るところをじっくり撫で廻して調べたあげく、そう言った。

「おう、火薬も弾丸もつけてやるとも」とスペイン人はじりじりしながら言った。「さあ、骰子を取って、まずお前がふるんだ」

シェルボックは骰子を取って放り投げると、二の目、リャンコが出たのを見て、唸るように、「畜生、なんて厭な目だ、リャンコだなんて」

スペイン人は彼の手から骰子を取ると、五と言って投げ、「ほうら五だ。おれの勝ちだ。黄金《きん》をよこせ」

シェルボックは相手に金塊を押しやって、「もう一丁、もう一丁だ、ぐずぐずするな」と叫び、骰子をうんと高く放りあげたが、出たのは一《ぶ》の目《た》で、また負けた。

「おい、今度はおれにふらせろ」とトンゲスが言った。「おれのほうがうまいぞ」

シェルボックは骰子を手放そうとせず、博奕についちゃ、お前より玄人だぜ、ドイツじゃ居酒屋の亭主だったんだからな、と怒鳴った。

しかしトンゲスは骰子を引ったくり、シェルボックを押し退けて勝負をしたが、一度も勝てなかったので、金塊はつぎつぎにスペイン人のものになってしまった。

ドイツ人たちは負けがこむにつれて、ますます熱くなってすっかり逆上してしまい、スペイン人たちのイカサマ賭博にたわいもなく引っかかる始末だった。

それで彼らはしきりに罵声を浴びせたり、悪態をついたりしながら、つぎからつぎへと金塊を失なっていったが、こうしているうちに思いがけず、ガルシア・ノバロが体をかがめ、よろよろしながら通りかかった。革の財布を両手にもって歩きながら黄金を勘定しているのだった。

「おい、天国の秘書官殿」と人だかりのなかの一人がからかった。「こんなに早くから金貨の勘定か。一晩で一枚増えたのかい」

「二十枚にはあと何枚不足だ」

「三枚足らん」とノバロはぶつくさ言い、「あと三ペソ金貨がありゃ、二十枚だ」

「守銭奴の悪魔がこいつに取り憑いてるんだ。飲まず食わずで高利貸をやってるんだからな」

「やつはコルテスに立て替えてもらった二十ドゥカーテンを返そうと思ってるんだが、もう三枚足らんのだ」と胴元の男が言った。

「神がわしと同じ塵芥《ちり》でお創りになった生き物は、もう撃たないことにしている」とノバロは低い声で言った。

「おい、そんなら見ろよ」と胴元が言って、骰子をふっているドイツ人たちを指さした。「ここなら一ふりで三ドゥカーテン儲けられるぞ」

「わしの血と汗の結晶を穢らわしい博奕で賭けてみろというのか」

「金貨じゃない。ドイツ人の金塊に賭けるのはお前の銃だ」

ガルシア・ノバロは心配そうな顔をした。三ドゥカーテン儲けたいのはやまやまだったが、躊躇したのだった。

「やってみろ、やってみろ」と胴元が囁いた。「負けるわけがない。骰子はイカサマ、オランダ式に地面に転がしゃいい。そうすりゃ五か六が出る。ドイツ人は上に放り投げるから、一《ぶ》の目か二《たリャンコ》の目か三の目《くま》だ」

そこでノバロは勇気を出してイェクラインのところへ歩みより、「三ドゥカーテンに、こっちは小銃だ」と言った。

　ドイツ人たちがポケットを引っくり返して最後の金塊を取りだすと、イェクラインは、「よし、最後にもう一度おれがやる。もし今度も負けたらおしまいだ。すってんてんになって、とぼとぼ帰るだけだ」

「三回勝負！」と胴元が叫んだ。「秘書官殿、お前さんからだ」

　ガルシア・ノバロは震える手で骰子を取り、その上に十字を切ると、胴元に言われたとおりに転がした。

「五だ！」と胴元。

　イェクラインが投げると三だった。

「三の目《くま》だ！　また三の目《くま》だ！」とイェクラインは怒り狂って叫んだ。「どうしておれには五か六の目が出ないいんだ」

「あと二回ある」とトンゲスが言った。「きっと勝つさ」

　その間にノバロが二回目をふって、またしても五を出した。

　今度はイェクラインの番だったが、やはり三しか出なかった。

　イェクラインは打ちひしがれ、押し黙っていた。全財産をこの勝負に賭けていたからである。しかしシェルボックが、「まだ負けたわけじゃない。今度こそやつが一の目《ぶた》で、お前が六だよ」と囁いた。

　ノバロが最後の骰子をふった。

「六だ！」とノバロが言った。「勝負はついた。三ドゥカーテン儲かったぞ。さあよこせ、三ドゥカーテンだ」

「おれはもう一回ふれるんだ」とイェクライン。

「この大莫迦野郎め」と胴元が噛みつくように言った。「勝つには一ふりで十一を出さなくちゃだめなんだぞ。たった一ふりでどうして十一が出せるんだ」

「もう一ふり残っている」とイェクラインは強情だった。「悪魔の名にかけても、もう一回やるんだ」

ノバロはこれを聞くと、悪魔に手助けを求めたと思って縮みあがり、しきりに十字を切った。

イェクラインは骰子を摑んで、下から見えなくなるほど思いきり天高く放りあげた。

みんなが天を仰いでいると、空で急にピューッという音がしたと思う間もなく、骰子が落ちてきて跳ね、みんなの目の前の地面に刺さった。

イェクラインは身をかがめて目を調べ、頭をあげると、おちついた声で、「十一だ」と言った。

シェルボックもトンゲスも頭をさげて骰子を見つめていたが、大声で、「十一だぞ」と言った。

胴元は、「きさまら、おれを虚仮《こけ》にする気か」と怒鳴って骰子の上に身をかがめたが、たちまち飛びあがって両手を合わせ、「正真正銘間違いない、十一が出たぞ」と叫んだ。

骰子は落下の力で割れて、剣で真っ二つに断ったようになっていた。骰子は二つになって並び、一つは五の目、もう一つは六の目を出していたのである。

「やつの勝ちだ。秘書官殿、小銃を渡しなされ」と胴元は言った。

ガルシア・ノバロは心配そうにどぎまぎしながらイェクラインを眺めて、「お前が誰の力を借りたかわかっとるぞ。そいつはコルテスの陣営で猛威を揮《ふる》ったやつだ」と囁き、イェクラインに銃を手渡しながら、「さあ、受け取れ。覚悟の上で渡すのだ。こいつのおかげでいろいろ厭なめに遭ってきたからな」と言った。

「火薬と弾丸もだ」とイェクライン。

「残っているのは一握りの火薬と三発の弾丸だけだが」

「よこせ、よこすんだ」とイェクラインが迫った。「代金として三ドゥカーテンやる」

ノバロは黄金を見てイェクラインに火薬と弾丸を渡し、金塊を財布にしまうと、こっそり立ち去った。

スペイン人たちは絞首台の階段を登る人でも見るように、ノバロを見送っていた。しかしノバロはそれに気づかず、唇を動かして金を数え、心ここにあらずといったありさまだった。

スペイン人たちは集まって博奕を続けたが、ドイツ人たちはこっそりそこを抜けだすと、手に入るなんて信じられないというようにしげしげと銃を見た。

「やっと銃が手に入ったな」とトンゲスが言った。

「しかし三発分しか火薬がないんじゃな」とシェルボック。

「それでいい、充分だ」とイェクラインが小さな声で、「戦いの流れを変えるにはそれ以上いらんよ」

「じゃ、最初の一発は海老足の刑吏のやつを撃ってくれ。あいつはおれを吊すといって脅迫しやがった」とシェルボックがぶつぶつ言った。

「二発目はあの道化師で伊達男のメンドーサだ。やつはゲント市でおれの最初の主人を刺し殺したんだ」とイェクラインが怒って言った。

「三発目は残忍なコルテスの砂利を詰めたような心臓だ」とトンゲスが唸るように言った。

「ドイツ人たちはあそこにいる」とスペイン人の一人が叫んだ。

「三人で頭を突き合わせて何をやってるんだ。何をこそこそ話してるんだ」

銃が手に入ってスペイン人など恐れるに足らずと、シェルボックが、「それがお前になんの関係があるか」と怒鳴り返した。「自分の尻《けつ》に鼻でも突っ込んでろ、スペインの鼠の糞野郎め」

「おれたちはな、残った金を分けたのさ」とイェクラインが怒鳴った。

トンゲスは拳をふり廻して顎をしゃくると、目をぐるぐるさせて、「こら、糞坊主の奴隷ども、お前たちは空籤を引いたんだ。まことにお気の毒なこった。お前たちをやっつけるのに火薬なんかもったいないわい。ペストか疥癬か癲癇ででもくたばりやがれ」

刑吏

グルムバッハは夜もふけてから小屋に帰ってきた。なんとか手に入れようと腐心していた銃は手に入らなかった。けれども、いつまでも悲しみに暮れていたわけではなかった。ふと、乱暴で大胆な計画が心に湧き、くよくよしている暇はなかったのである。

入り口のところに寝そべって見張りをしているマティアス・フントは、何を！　というような昂然とした主人の顔つきを遠くから見ただけで、礼儀正しい猫被りの態度はこれでやめ、何か突拍子もないことをしでかそうとしてるんだなと悟った。だがひとことも言わず、好奇心と期待を籠めた目で主人を見つめていた。

「マティアス」とグルムバッハは言った。「いまから警戒を厳重にして、誰もわたしの部屋に入れるなよ。一人も入れるな。トンゲスもイェクラインもシェルボックもだ。なんとしてもいま小銃を手に入れなくてはならんのだ、たとえ地獄の悪魔を騙してもだ」

マティアスは忠実に命令に従い、ナイフを抜いてながい足を敷居に突っ張り、虱一匹這い込めないように見張っていた。

グルムバッハは小屋のなかへ入って戸を閉めると、悪魔の喚き声で目を覚まさないように、眠っているダリラを抱えて別室へ連れていった。

グルムバッハは黒魔術で悪魔を呼びだし、小銃をもってこさせるつもりだった。

そのために部屋の真ん中に火を熾し、剣で地面に円を描いてそのなかに入った。それから奇妙な恰好の木の根と毒草をポケットから取りだして火にくべ、ラテン語で悪魔おろしの呪文を唱え始めた。恐怖のあまり髪の毛が逆立った。

しかし辺りはしんと静まり返ったままで、悪魔は現われなかった。グルムバッハはぽつんと部屋の真ん中に立ち尽くし、火から出る煙がしみてひりひりするので、目を拭《ぬぐ》った。

「畜生、なんて無知な悪魔だ」とグルムバッハは苦々しく思った。「ラテン語もわからないなんて」そして今度はヘブライ語で呪文を唱えだした。悪魔というものは、カトリックの坊主でなければ、ユダヤ人だと信じていたからだった
しかし今度も悪魔は現われようとしなかった。悪魔が破廉恥にも尻をむけたままだなんて、これ以上地獄の鬼どもにからかわれるのはこっちから願いさげだ、とグルムバッハはかんかんになった。

そこで腕に剣で切り傷をつけ、血を炎に垂らすと、悪魔の名前をスペイン語で三度呼んだ。

青、赤、黄色にめらめらと炎が燃えあがると、グルムバッハはすばやく円のなかに戻った。今度こ

そ梁が撓《たわ》み、粉々になるほどもの凄い騒音と旋風を起こして悪魔が現われるはずだと思った。

しかしまたしてもなんの音もせず、火は以前のように静かに燃えているだけで、悪魔は現われようとしなかった。

しかしグルムバッハは入り口のほうをむくと、なぜいままでの努力が何もかも徒労におわったか、たちまちわかった。悪魔がもの凄い姿で現われるのは、でしゃばりで愚かな人間が誰一人悪魔おろしの恐ろしい情景を見物していないときにかぎるらしいからである。ところが、見ればペドロ・カルボナーロが入り口に立っているではないか。カルボナーロは部屋のなかを窺い、右手に卵を二つ、左手に脂の入った小さな鍋を持って恭しく、恐る恐る一歩ずつ入ってきた。

グルムバッハは、刑吏の愚行のために自分の努力がすべて台なしになったことに腹を立て、不機嫌になって、「この悪党め、間抜けめ、蟹《がに》股め！　ここで何を探してるんだ。誰がお前を呼んだ」と激しく叱りつけた。

「殿」と刑吏はおどおどした顔で言った。「この小屋の煙突から煙が出ているのが見えたので、火を熾してるんだな、そんなら卵を料理させてもらおうと思ったようなわけでして。どうぞお許しを」そう言って部屋のなかまで完全に入ってきて脂をひいた鍋をかけ、卵を割って入れると、両手を暖めた。

「いったいどういう口実でおれの部下に通してもらったんだ」とグルムバッハが厳しく訊ねた。

「殿、あなたの部下は入り口のところで、狼でも逃げだしそうなくらい大きな鼾をかいて寝てますぜ」

グルムバッハが外へ出てみると、マティアス・フントは入り口の前で横になってぐっすり眠っていて、どんなに揺さぶったり突いたりしても目を覚まし、起きあがることはなかった。

「あの蔦のせいだ」とグルムバッハは思いあたって腹が立った。「蔦のせいでぐったりして腑抜けになってしまったのだ。こん畜生め。だが、とにかくコルテスの刑吏のやつを叩きだして、最初からやりなおさなきゃならん」

小屋に戻ると、炎が縮まって小さくなり、部屋のなかはほとんど暗くなっていた。片隅で刑吏が、半熟の卵をピチャピチャと舌鼓を打って食べていた。

「この薄汚ないやつめ、まだおわらんのか」とグルムバッハは怒鳴りつけた。「お前の腹は底なしか。とっとと出ていけ。外ならいくらげっぷをだして空気を汚しても構わんぞ」

「おや、喧嘩っぱやい殿さま」と暗がりから返事が聞こえてきた。「また喧嘩を売る気かね。むかしの喧嘩に首を突っ込んで、どうやって抜いたらいいかわからないでいるくせに」

「お前というやつは、腹がくちくなったら、大口を開けて誰かれ構わずがなり立てずにはおられんのだな」とグルムバッハは言った。「この世でいちばん惨めなやつめ、さっさと出ていけ」

「おれはそんなに惨めじゃないぞ」と隅のほうから声がした。「それほど惨めじゃない。おれをそんなに罵りやがったらひどいめに遭うぞ。いままではお前のいい連れだったし、何かといい助言もしてやって、心底尽くしてきたじゃないか」

「この薄ら莫迦が、妄想を抱きやがって」とグルムバッハはひどくびっくりして叫んだ。「お前なんか知らんぞ。いつおれが刑吏なんかと友達になったというんだ」

「おれを覚えていないだと?」と暗闇から怒気を含んだ声がした。「もう忘れたのか、かつてお前が聖ヤーコプの日にプフィンジンゲン近くの国道で叛乱農民を率いてシュパイエルの大司教を攻撃したときのことを。あのときお前に言ったはずだ。大司教から手を引け、ライン河を溯って泳ぐのは難しいぞ。やめておけ、ちょっと喧嘩っぱやすぎるぞとな。だがお前は言うことを聞こうともせず、相手構わず摑み合い、闘い、殴り合ってしまった」

グルムバッハの思いは、突然またドイツで敗北を喫したときのことに戻り、今日も昨日も明日もすっかり念頭からなくなって、大司教のことを思うと怒りに襲われた。

「おれの村を襲いやがったんだ、あの糞坊主」と彼は吼えるように言った。「掠奪し、盗み、貧乏人を苛めやがった」

「でも、いまのお前は悠々たるご身分じゃないか」と隅から嘲るような声がした。「どこへいったって怖いものなしのお山の大将だ。だがそのせいで神聖ローマ帝国から追放され、乞食同然に零落《おちぶ》れてしまって、いまじゃキリスト教の洗礼と信仰にすがるしか能のない身分ときている」

「のらくらと生涯を送ってきたわけじゃない。人が箒《ほうき》で掃除しているのに、入り口で手を拱《こまぬ》いていたわけじゃないぞ」

「ほう、でもあのときはのらくらしていたぞ」と闇の声は高く、「スペインのカルロス公を助け、アーヘンで神聖ローマ帝国皇帝の王冠が授かるように事を運んでくれ、とおれが頼んだときよ。『お前の名誉に反することだろうかね、名誉なんて影みたいなものだよ』とおれは言った。『そのかわりゲント生まれのカルロス公はお前に金と土地と兵隊をくださるぞ』とな。だがお前は耳を貸そうともしなかった。ではなぜだったか言ってやろうか。お前自身がアーヘンの大寺院で讃美歌を歌ってもらいたいと念じていたからだ。黄金の王冠をその手で摑みたかったからだ」

「黙れ」とグルムバッハは逆上して声を震わせ、暗闇にむかって叫んだ。「おれの秘密を暴いたのは誰だ。あのときのことはおれと神しか知らんはずだぞ」

「神は何もご存知ないさ」と隅から怒鳴る声がした。「神が諸侯の高慢な胸算用など気に留めるものか。王たちが虚栄心に駆られて行なう列強間の戦争などより、一人の貧しい人間が昼に黍粥《きびがゆ》が食べられるかどうかに御心を悩ましておられるのだ。だがな、暴れ伯爵よ、おれはわかっていたのだ。あの日お前が対話を交わしていた相手が神ではなく、このおれだったのだ」

これを聞くと、グルムバッハの背中はぞくぞくし始め、火を吹き熾し、掻き立ててから燃えている割り木を引っ張りだし、それを松明にして隅を照らしたが、思わず手から落としてしまった。目にしたのは、隅に坐って暗闇のなかで恐ろしい呪詛を吐いている悪魔そのものだったからである。

しかしすぐに恐れを知らぬ勇気が驚きに打ち克った。松明を地面から拾いあげ、悪魔のところへ歩みよって、笑いながら、「いやあ、参ったな。その口の悪さですぐお前とわからなかったとはな。くるまでずいぶん待たせたな」

「そう暇じゃないんだ」と悪魔は唸るように言って隅から立ちあがった。「スペインの陣営にはたくさん顧客《おとくい》がいる。二人の殿さまに仕えていて、合図があり次第、畏まって参上しなければならんのだ」

「お前が仕えている二人って誰だい、悪魔大王《ルチフエル》」とグルムバッハは興味津々になって訊ねた。

「メンドーサ公爵とフェルディナンド・コルテスさ。メンドーサには情事と快楽、コルテスには栄光と権力を与えると約束したのだ。だが暴れ伯爵よ、お前の望みはなんだ」

グルムバッハは、コルテスとメンドーサが悪魔に身を売っていると聞いてびっくり仰天したが、自分やインディオがいくらコルテスの無敵軍に抵抗してもなぜ功を奏しなかったか、よくわかった。

「おれに何を望むのだ」とグルムバッハのすぐ近くまで歩みよって、悪魔がまた訊いた。「おれの背中の瘤《こぶ》に乗せてドイツへ連れ帰ってほしいのか。お前の国にまた連れ戻せというのか、現在、大司教がいかにもやつらしく焼き打ち、流血沙汰とやりたい放題やっている国に。あの坊主が焼き打ちをかけ、落城させたお前の堅城、ホーエンラインシュタイン城を再建せよというのか。おれにできぬことはない、この地上では大きな力をもっているからな」

「そんな大それたことは望まない、悪魔大王よ。火薬と弾丸つきの小銃がほしいだけだ」

「おっと」と悪魔が文句を言った。「小銃はやるわけにはいかん。コルテスとメンドーサと交わした約束に違反することなのだ」

「小銃をくれるのがいやなら」と怒り狂ったグルムバッハは拳を悪魔の鼻先に突きつけて、「地獄に消え失せろ。そしてペストに罹れ。お前の背中の瘤なんか借りなくたって、ドイツに帰ってみせるわ」

「ほう、それじゃ、この取り引きを溝《どぶ》に棄てたってわけだ。おれは身をかがめて拾うのはごめん被《こうむ》る。ほかのやつに頼むんだな」と悪魔は冷淡に言ってグルムバッハに背をむけた。

グルムバッハは怒気を含んだまま往ったりきたりしていたが、やがてすぐ自分がむきになって激昂しすぎていたことに気づいた。そこで立ち停まって悪魔の肩に手を廻し、お世辞を言ったり、さんづけで呼んだり、師匠呼ばわりし始めた。

「ウーリアン（悪魔のこと。直接その名を呼ぶことが憚られるときに用いられる）さん」と最後に言った。「いったい、メンドーサはお前さんに何をくれるのかね」

「メンドーサ公爵は自分の赤い血をくれると約束した」と悪魔は誇らしげに言った。

「なんとまあ」とグルムバッハは叫び、机を叩いた。「悪魔が騙されるとはね。グラナダではどんな坊主だって、メンドーサは母親が異教徒だったせいで、血管には赤い血ではなく、モール人の沙漠の砂が流れている、と説教壇の上から説教しているぜ」

「それは本当か」と悪魔が驚いて叫んだ。

「四旬節が復活祭のあとにくるのと同じくらい確かだ」とグルムバッハは笑った。

「それじゃ、陣営で飛び交っている噂は嘘じゃなかったのだ。信じたくはなかったんだが」と悪魔は嘆き、ギリギリともの凄い歯軋りをしながら、鼻の穴からフーフーと荒い息を噴きだした。

「コルテスは何を約束したのかね」

「ぴくぴく打つ心臓だ」と悪魔は不安そうに言った。

これを聞いてグルムバッハはこらえきれずに笑いだし、おかしくて立っていられないという風に木の長椅子に身を投げると、やっとのことで、「それじゃ、また騙されたわけだな。フェルディナンディナ島総督ディエゴ・ベラスケス殿がコルテスを派遣したのは周知のことだが、どんなに残忍な手口を使ってもこの国を帝国領にするためにすぎないのだよ。コルテスの胸のなかには心臓ではなく、小石が入っているんだからな。なんともまあ、みっともない騙され方をしたもんだ」

これを聞いて悪魔は両手で髪の毛を掻きむしり、すっかり絶望して、喚きながら頭を何度も壁にぶつけた。

「やつらがおれを騙して赤恥をかかせたからには」と悪魔は叫んだ。「小銃が手に入るようにお前を助けてやろう。しかしそのかわりに何をくれる?」

「左目をやってもいい」とグルムバッハは低い声で言った。

悪魔は、グルムバッハの目がもらえると聞くと、いままでの不運は忘れ、雌鶏に襲いかかる鷹のように跳びついて、「すげえぞ! よしのった。それで手を打とう」と叫んだ。そして隅へ走っていった。そこには水を湛えた桶があったが、それを喘ぎながら部屋の真ん中まで引きずってきた。

「覗いてみろ。何が見える」

グルムバッハは水桶を覗いて、「鏡のような水面に二、三人の男が映っている。腹這いになって骰子をふっているぞ。おれの部下のトンゲス、シェルボック、イェクラインが見えるが、ほかのやつは知らない」

「それから？」

「イェクラインが骰子を手に取って投げた。今度は相手の番だ。イェクラインが俯《うつむ》いたぞ。負けたんだ。あの間抜けめ。もう一度投げようとしているぞ」

「お前は目を賭けたんだ」と悪魔が言った。「だからその目が確かかどうか知りたい。イェクラインが今度三度目に投げたら、剣を構えて、骰子が地面に落ちないうちにスパッと斬ってみろ」

グルムバッハは剣を抜いて水桶を見つめていた。「イェクラインめ、また負けた。口論している。三度目を投げようとしている――骰子が高くあがった――」

「斬れ」と悪魔が咆えるように言った。「斬れ、スパッと」

グルムバッハの剣がピュッと唸って、バシャッと水桶の水を斬ったので、四方八方に水が飛び散った。

「今度は何が見える？」

「何も見えない。水が揺れて水鏡が割れてしまった」

グルムバッハと悪魔はしばらくの間、ひとことも喋らなかった。グルムバッハは一心に桶を覗いた。

「見えるぞ」とグルムバッハが突然言った。「ものの形になってきた。イェクラインとトンゲスとシェルボックだ。みんな頭を突き合わせて、手で銃を摑んでいる」

「じゃ、巧く斬ったのだ」と悪魔が満足して言った。「小銃はお前のものだ。さあ、今度はおれが報酬をもらう番だぞ」

「あの銃は確かにおれのもんだな、誰もおれから奪うことはできないんだな？」とグルムバッハが疑ぐり深く訊ねた。

「間違いなくお前のものだよ」と悪魔が答えた。「もうその両手でしっかり握り締めているようなもんだ。もしコルテスが無理やり取りあげようとしたら、『コルテスさん、あなたの親愛なる従兄弟さんからよろしくと頼まれました。いま頃あなたのことを思って、口の涎を拭っていますよ』と言え。そうすりゃコルテスはお前に手だししないはずだ。この呪文をよく覚えておくんだな。さあ、左目をいただこうか」

するとグルムバッハは三度《みたび》大笑いを始め、「それだから悪魔はいつも騙されるんだよ！　左目がほしいんなら、取れよ。左目はな、フェルディナンディナ島でスペイン人たちにくれてやったんだ。あの島へいって探すんだな」

そう言って頭の帽子をかなぐり捨て、ぽっかり開いた眼窩と、スペインの奴隷狩たちにナイフで切り裂かれたむごたらしい顔を悪魔に見せた。それは悪魔が大声で悲鳴をあげ、ぞっとして顔を背けるほど、身の毛もよだつような顔だった。

グルムバッハは、その顔を見た悪魔のあまりの驚きように、笑うのをやめ、悲しそうにまた帽子を目深に被って大急ぎで円のなかに戻った。騙された悪魔が不意に荒れ狂いだし、泡を吹いて両手で自分の髪の毛を掻きむしり始めたからである。そしてグルムバッハは悪魔が咆哮しながら部屋中を飛び廻り、やり場のない怒りに駆られて頭を壁のあちこちにズシンズシンとぶっつけ、やがて覗き窓から外へ飛びだしていくのを見ていた。

グルムバッハがどたばたと激しくのた打ち廻っている悪魔の姿を見せられ、唖然となって円のなかに立っていると、不意に入り口の戸が叩かれ、部下のメルヒオル・イェクラインが、「起きてください。殿、朝です。スペイン人たちは出撃しようとしています。霧が晴れました」と言う声が聞こえた。

グルムバッハは戸を開け、外に出てみると、トンゲス、シェルボック、イェクラインが立っていた。マティアス・フントも起きて目をこすっていた。

「おい、マティアス。また正体もなく眠りこけ、見張りを怠ったな」

マティアスは返す言葉もなくうなだれていたが、イェクラインが手にした銃をふって、「見てください、殿。小銃を一挺手に入れました。弾丸三発と一握りの火薬もあります」と叫んだ。

しかしふと欠伸を抑えると、「どうしてそんなに蒼い顔をしてるんです？　母君が逝去された夢でもごらんになったのですか」

「お前たち、誰かが覗き窓から出ていくのを見なかったか？」

「蝙蝠《こうもり》が一匹飛びだしていきましたぜ」とシェルボック。

「何を言ってるんだ。ありゃ梟だったぜ」とトンゲス。

「莫迦な！」とイェクラインが叫んだ。「窓から飛びだしたのは黒猫だ」

「おい、あそこを見ろ」と突然シェルボックが言った。「あそこにコルテスの刑吏が忍び足で歩いているぞ。ペドロ・カルボナーロのやつだ。銃を貸せ。一発目をお見舞いしてやる、おれを吊そうとしやがって」

「気が狂ったか、シェルボック！」とグルムバッハは叫んだ。「銃を放せ。三発しかないんだぞ。だから一発ごとに充分納得がいくまで相談し、考えたうえで撃つのだ」

「畜生、首吊り野郎め」とシェルボックは不満そうに石を拾った。「刑吏なんかがどうして急にここへきたんだ？　誰かあいつがきたのを見たか？　おれは見なかったぞ」

彼は腕をふりあげ、刑吏めがけて石を投げつけた。しかしペドロ・カルボナーロはひょいと体をかわしたので、石は横へはずれて飛んでいった。刑吏は立ち停まると、怒って両拳をあげ、グルムバッハを威した。

それから、びっこを引いてはいたが、ぴょんぴょん石や丸太や茂みを跳び越えて、大急ぎで立ち去っていった。

小銃

正午にはスペイン人たちは幕舎を引き払ってしまっていた。縄をかけた天幕の支柱や索具、鉄の鎹《かすがい》などが荷車に山と積まれていた。騾馬や驢馬がながい列をつくって並んでいて、一頭一頭背中に積む荷物が後ろに置いてあった。すでに大砲、臼砲、蛇砲（中世後期から十七世紀にかけて用いられた小口径で砲身が長い大砲）、パスヴォラン砲（十五世紀からフランス、スペインで用いられだした大砲で砲身が長い）、先込め砲には牡牛が繋いであった。スペイン人たちが〈寺男〉、〈寺男の犬〉と呼んでいた砲身のながいパスヴォラン砲と小さな臼砲の二門には火薬が詰めてあり、その轟音で馬のいなきを圧倒してスペイン人に出発の合図をし、またテノチティトラン市のインディオたちを戦慄させ、御しやすくすることになっていた。

コルテスは将校を数人率いて陣営近くの丘に赴き、デ・レオーネからテノチティトラン市の構造や秩序や政治など、本人が目で確かめた情報を聞いていた。

蒸し暑く雨模様の日で、雨雲が覆って空を暗くしていたが、インディオの都の数多い広場や通りははっきり見ることができた。そこには市が立って、青、黒味がかった灰色、白と無数のテントが並び、織物屋、床屋、染物屋、絨毯屋、皮鞣屋、瀬戸物屋などが商いをしていた。この市場には二本の通りがあり、その一本の猟師通りでは鶉、ヒタキ、水鳥、鷺などが売られ、広い青物屋の通りでは花、果物、蜂蜜、玉葱、大蒜《にんにく》、オランダ辛子などを売っていた。この二本の通りの近くにある陶器屋通りでは、上釉《うわぐすり》をかけた極彩色の陶器やいろいろな壺、タイルなどを求めることができた。デ・レオーネは、市場の左手にあるのが飲屋の通りだとはっきりわかったものだから、魚料理、鳥肉パイ、卵菓子などの匂いを鼻で嗅げるような気がした。

しかし実際はこれらの通りや路地はみな、悪臭芬々として汚なく、地面は人間と動物の糞で埋まっている、とデ・レオーネはコルテスに説明した。

「じゃ、インディオみたいな畜生どもにふさわしい家畜小屋だな」と、毎日水油やら香油を膚に塗り込み、髪を染めて縮らせているタピアが言った。「異教徒どもは虱だらけで汚ないし、疥癬に罹っていて、いつも蚤だらけで駆けずり廻っているからな」

「ここから見えるあの偶像は」とデ・レオーネは説明を続けた。「コルテス殿、インディオたちが最高神の像として崇め、篤く信頼しております。しかしあの像の後ろにこの最高神の寺院があり、その敷地たるや、人口千二百人の町を建てることができ、また世界最大のセビリアの大寺院と、ヒラルダ、アルカサル及びグラナダの二つの宮殿を並べられるほどです。しかしインディオは本当の神というものを知らないものですから、僧侶は中剃りもせず、髪を編んでおります。また毎日肉食で、粥を食い、水呑み百姓と同じように水をがぶ飲みしております」

コルテスは返事をしなかったが、メンドーサは笑って大声で、「へえ、なんて莫迦げた坊主どもなんだろう。ひょっとしたら、市民の若い細君たちにどうやって夜這いをかけたらいいか知らないんだろうか。もしそうだとすれば、せっかく時禱や徹夜の祈り《ヴィギーリェ》を学んだのがなんの役にも立たないわけだな」と言った。

「寺院の中庭では」とデ・レオーネが報告を続けた。「満月の夜になると、諸侯、大臣、顧問官たちの子弟が高価な外套に身を包み、黄金の飾りをつけて現われ、木でつくった悪魔の仮面をつけて、あの最高神を称える恐ろしい夜の舞踏を踊るのです」

すると、いままで黙ったままろくにデ・レオーネの報告を聞かずに立っていたコルテスが不意に彼の目をじっと見据え、ゆっくりとした口調で、「カカマとグァティモツィンもいっしょに踊るのか」と訊ねた。

「貴族はみんなこの円舞に加わります」とデ・レオーネが答えた。「あの二人は王家の一員ですから」

するとコルテスはまた黙りこくり、首にかかる巻き毛を掻きあげ、ひとことも言わずに半分体を廻しながら、ディアス、タピア、サンドバール、デ・ネイラ、アルバラードといった隊長たちに視線を滑らせた。

なんのきっかけもないのに突然、ディアスがでっぷりした顔を赤くして叫んだ。「あの二人の公子か、思い出したぞ。やつらは傲慢で、人間なんて水の泡のようにはかないもんだということも知らぬげに、反抗的な言葉を吐き散らしやがった」

「チョルーラの町でもインディオは反抗した」とサンドバールが咆えるように言った。「だがわれわれはやつらをどうした？　真っ赤なごった煮料理にしてくれたわ。塩のかわりに火薬、胡椒のかわりに鉛の弾丸を使ってな！」

「あんなやつら、切り刻んでやれ！　自分たちが草の茎みたいなもんだと思い知るようにな」とタピアが叫んだ。

「国王もつかまえにゃならん。そして黄金を出させるのだ。さもないと命あっての物種だということを教えてやる」とデ・ネイラが甲高い声をあげた。

アルバラードは両手とも拳をつくり、町にむかって威嚇するようにふりながら、「その開基祭を楽しみにしているぞ」とくり返し叫んだ。

だがコルテスの将校のなかでただ一人、ペドロ・ドリオだけは怒りに襲われるようなことはなかった。だからタピアやほかの連中がいきなりなんの罪もないインディオたちにむかって恐ろしく罵詈雑言を浴びせ、荒れ狂いだしたものだから、呆然としてしまった。彼は頭をふり、「やめろよ。どうしたんだ、いきなりそんなにいきり立って、人殺しだの、ごった煮だのと物騒なことを言いだしたりして？　みんな、そんな人殺しのことを考えているのか。なんてこった、そんならおれは手を引か――」

しかし神を畏れるこの言葉も最後までは続かなかった。コルテスの目が一瞬、彼に注がれたからだ。その目を見てはっと記憶に浮かんだことがあり、モンテスマの従者のなかにいた一人の老人のことを思い出した。その老人は醜く、せむしで、小さな棒か払子《ほっす》で猿のようにしょっちゅう頭や背中の瘤を引っ掻いていた。その老インディオのことを考えているうちに、やり場のない怒りに襲われ、狂暴で残忍な気持が生じた。それでほかの連中のようにいきりだして叫んだ。「そんなら槍で引っ掻き、棍棒で殴ってやれ、強情で汚ない、神を蔑《なみ》するあの異教徒どもなんか。やつらにはそれがいちばんふさわしい」

「あの気違いドイツ人とおかしな部下たちもいっしょに攻撃させないのか」とサンドバールが叫んだ。「あいつはおれたちが食卓の用意をしてごった煮のご馳走をつくっているとき、黙って指をくわえて見てなんかいないぞ」

「そいつはわたしに任せておけ」とメンドーサが言った。「グルムバッハはいっしょに町へはいかせない。これはわたしが引き受ける」

「あの異端者のやつの口のなかへ一発食らわせるつもりですか」とタピアが意気込んで訊いた。「あなたは利口な方だから、死馬に蹴られることはない、という諺《ことわざ》はご存知でしょう」

公爵は頭をふった。「それはだめだ。やつはモンテスマの宮廷のお歴々を味方にしている。そんなことをすれば大騒ぎになるぞ」

「おい」とディアスが叫んだ。「あんなやつになぜそんなに気をつかうんだ。あのドイツ人たちには槍と歯しかないんだぞ。こちらの銃や先込め砲を前にすれば、なんの抵抗もできずに黙ったまま消えちまうしかないんだ」

コルテスの将校たちはそれ以上ひとことも喋らず、飢えた恐ろしい目つきでテノチティトラン市を見おろしていた。町の通りは忙しげな人々で溢れていた。彼らは何か悪いことが起きるとは夢にも思わず、今日もいつものように商いをしたり働いたり、売り買いをしたり、大工仕事や鍛冶、使い走り、荷役などで乏しい日々の糧を稼ぐことしか頭にないのだった。

だがスペイン軍の隊長たちは、心のなかでこれらの民衆とその全財産を分配し合っていた。各人が森、牧場、養魚地のある何モルゲン（一モルゲンは二・五反から三・六反）かの土地と無数の奴隷たちをすでに手に入れたように思っていた。その奴隷たちは畑を耕したり、草を刈ったり、脱穀したり、木を伐ったりしてご主人の富を増やしてくれるはずだった。

ただアルバラードだけはそんな空想はせず、デ・レオーネの報告によれば、インディオの踊り手が満月の夜の円舞のときに身につけるという黄金に思いを馳せていた。目の前に浮かんだのは、インディオが首からかける蟹、魚、山羊、蛇を象った黄金の装身具の山とか、青、赤、白葡萄酒色の石を嵌めた指環、木綿と革で裏張りのしてある浮き彫り細工の兜と腕環の大きな山だった。そして目を閉じて、あるときは左手、あるときは右手をあげたりおろしたりし、両手をあげたかと思うとまた閉じ、まるで果てしない黄金の鎖を手から手へざらざらと移しているようだった。

その間、下の小屋ではシェルボックが主人に胴着を着せ、その上から外套をかけてやっていた。グルムバッハは外套の下に小銃を隠し持っていた。着せおわると四方八方からグルムバッハを眺めて、「どうです殿、巧く隠したでしょう。この外套の下にどんな嚙みつく動物が隠されているか、わかる者はいませんよ」

だがグルムバッハが返事をしなかったので、シェルボックは怒って不平を鳴らした。「殿、一日中ひとことも口をきいてくださらないなんて、いったいどんな熱病に罹ったんですか。なんてこった。酸っぱいビールを一桶も飲んだような顔をして！」

グルムバッハは両手で頬杖をつき、じっと目を据えていた。

「どうかしたんですか、殿、おっしゃってください！」とシェルボックが迫った。

「ループレヒトよ、昨夜おれは悪魔に会ったのだ」

「悪魔なんか糞食らえだ」とシェルボックは言うと、ぽかんと口を開けて十字を切った。

「悪魔がきたんだ」とグルムバッハは低い声で、「おれの顔が見たいと言いやがった。やつはこの隅に坐っていた。帽子を脱ぐと、それこそびっくり仰天して、喚きながら逃げていったよ。その悲鳴がまだ耳に残っている」

「悪魔の瘡《かさ》っ搔きめ」とシェルボックが驚いて叫んだ。

「神《イエズス》よ、やつはおれの顔をもう見なくてもいいように、両手で顔を覆いやがった。神よ、どうして悪魔でさえあんなに驚くほど、破壊され、二目と見られぬ顔になってしまったんだろう」

シェルボックはふとあることを思いつき、「じゃ、殿はきっと晩飯にレンズ豆とベーコンを食べたんでしょう。そんなとき、あっしは眠っているうちに悪魔と大勢の老婆の夢をよく見るんですよ」

「悪魔でさえ、おれの顔を見て真っ青になった。歯をギリギリ食い縛って両拳でおれを威しやがった。まるでおれがこの世では断じて幸福になれないように復讐しようと思っているみたいだった」

「尻尾と爪のある悪魔の畜生め」とシェルボックが呪った。「殿がレンズ豆とベーコンはもう二度と食べないと誓えば、悪魔も再びくることはないし、殿に復讐することもありませんぜ。なにしろ全智全能の神は、キリスト教徒を惑わすことができるのは晩に食べすぎたときにかぎると、悪魔の力を制限していらっしゃいますからね」

「ループレヒト」とグルムバッハは命じた。「外へいって鏡かガラスをもってこい。傷だらけの額と空っぽの眼窩を見てみたいのだ。もうながらく、人に見られんように帽子で顔を隠していたからな」

シェルボックは出ていき、インディオたちがスペイン人から金や銀で交換してもらい、装身具として胸にかけている鏡をもって間もなく戻ってきた。

「はい、鏡です。殿、ごらんなさい。悪魔があなたに吹き込んだほど殿の顔は恐ろしくありませんよ」

グルムバッハは鏡を受け取ったが、すぐに放りだした。この鏡にどんな醜怪なものが映るか、怖くなったのだ。

「外でダリラが笑ったり歌ったりするのが聞こえる」とシェルボックに嚙みつくように、「戸を閉めろ。誰も入れるな」

シェルボックは戸を閉め、閂《かんぬき》をかけた。しかしグルムバッハはまだ躊躇《ためら》っていた。

「つぎは覗き窓を閉めろ。誰も覗き込まんようにな。フェルディナンディナ島でスペイン人たちがナイフでどんな印をつけたか、誰にも見せんぞ」

シェルボックがつぎつぎに覗き窓を閉めて廻ったので、隙間からは一筋の明かりも入ってこなくなった。

「灯をともせ」とグルムバッハが命じ、シェルボックは燃えている木切れを渡した。

グルムバッハは鏡を手に取ったが、まるで焼けた鉄でも摑んだようにそれを放りだし、シェルボックを叱りつけた。「この間抜けめ、まだそこにいるのか。隅っこへいけ。お前だって見てはならん。誰もだ。見るのはおれ一人だけだ」

シェルボックは言われたとおり、突き出た腹を抱えるようにして片隅へいった。そうしてからようやくグルムバッハは、ゆっくりと躊躇いがちに帽子を脱いだ。鏡を覗き込もうとしたとたん、激しく戸を叩く音がし、トンゲスの、「殿、メンドーサ公がこられ、お話したいと申しておられます」と言う声が聞こえた。

これを聞くと、グルムバッハはすぐ鏡を放りだして再び帽子を被り、左目の下まで深く引きさげて外へ出ていった。

メンドーサ公爵は馬できていた。その横には黒馬と白い騾馬の雌がいた。二頭とも見事な鞍が置かれ、手綱がつけてあった。公爵はグルムバッハの姿を見つけると、馬からおりて抱擁し、「コルテスの贈物としてこの黒馬をもってきた。あなたが彼と並んでこの国の都に入城されるよう望んでいる。この騾馬はあなたの柔かい褐色の毛皮を乗せるために、わたしが引いてきたのだ」と言った。そしてダリラの体に腕を廻して軽々と抱きあげ、しばらくそのまま支えていたが、騾馬の背中におろしながら、「さあ、これで堂々といとしい殿さまのあとについていけるよ、褐色の毛皮さん」

「これはダリラよりシェルボックのほうが歓びそうだ」とイェクラインが言った。「いままではずっと汗をたらたら流し、荒い息を吐きながらダリラを背負っていかねばならなかったものな」

「おい、メルヒオル・イェクラインよ」とメンドーサが大声で、「お前はいつも突拍子もない考え方をするが、相も変らずおかしなことを言うなあ。スペインの陣営には馬が少ない。さもなければ、歩かないでもすむように馬をもってきてやったんだがな。お前はわたしの友人のいちばんの部下だったし、いろいろすてきな歌をわたしたちに歌ってくれたものな。お前の最初の主人とわたしがゲントのわが家の庭でやった最後の宴会のとき、お前がリュートに合わせて歌ってくれた月光と葡萄酒の歌はどういうのだったっけ」

そしてしばらく考えてから、柔かな声で低唱し始めた。

月は黙々と空をゆき
すでに夕とはなりぬ
今日は、わが友となれ
汝、月と汝、冷たき酒よ

今宵、眠りはわれを訪れず
ああ、わが恋人はわれを裏切りぬ

この歌を聞いてイェクラインは悲しくなった。この歌こそ、若いカスティリア人で、公爵に決闘で殺された最初の主人に何度も何度もリュートで伴奏して聞かせた歌だったからである。

しかし公爵は突然、途中で歌うのをやめると、「こん畜生、こんなところに立って歌っているが、こうしている間もコルテスが全将校とともにわれわれを待っているんだ。ライン伯よ、馬に乗れ。さあいこう。間もなく〈寺男の犬〉が吼える頃だからな」

グルムバッハは馬に乗り、大歓びで黒馬を走らせた。馬の背に跨がるのはずいぶん久しぶりのことだったし、当時、新世界には馬も驢馬もいなかったのだ。インディオが飼っている家畜らしいものと言えば、鶏だけだった。

しかしメンドーサは、グルムバッハが無敵軍とともに都へ入城できないよう、どうやって欺こうかと策を練っていた。メンドーサはしばらくの間、騾馬の背に揺られてグルムバッハと並んでいくダリラにお世辞を言い、頰を撫でたり、腕をさすったりしていたが、突然心配そうに空を見あげ、「ライン伯、雲を見ろ。きっと今日中に雨か嵐になる。さぞかしアゴスティン神父は困るだろうな」と言った。

「なんでいま頃アゴスティン神父なんて言いだすのだ」とグルムバッハが訊いた。

「あれ、知らないのか。コルテスは今日の夜明け前にこっそり数人の騎兵とともにのっぴきならない要件で神父をベラクルスに派遣したのさ。こういう要件では神父ほどうってつけの人物はいないからな」そう言ってグルムバッハのほうに身をかがめ、耳元で、「この国でもっとも珍しい宝をスペインに運ぶことになっているんだ。旧大陸の人間がまだ見たこともないようなものをな」と囁いた。

グルムバッハはこの言葉を聞き、心臓をぐさっとやられた思いがした。神父がモンテスマ国王の宝を携え、すでにカルロス皇帝の許へと旅立っていると思ったからだ。顔からさっと血の気が引き、手は無意識に小銃を探っていた。

その間に彼らはコルテスが将校といっしょに待っている丘の頂上に着いた。馬からおり、メンドーサはコルテスのそばへいったが、グルムバッハは将校団の後ろへ廻って、イェクラインにこっちへくるよう、そっと合図した。

コルテスはテノチティトラン市の地図を手にしていた。キニョネスが製作して、デ・レオーネが届けたものだった。その地図にはたくさんの道路や町でも大きな邸宅が記入されているほか、城壁、堅牢な塔、町を流れている数本の運河が描かれていた。この地図を片手に、コルテスは将校たちに任務を与え、命令をくだしていた。すなわち、各自が旗をもってどこの部署へつくべきか、歩哨を何人立て、どこに配置すべきか、大砲をどこに据えるかといった任務をやや声を高くして命じていたのだが、スペインの将校たちはひとことも聞き洩らすまいと、緊張して耳を傾けていた。

コルテスの言うことを全然聞いていないのはグルムバッハだけだった。悪魔が復讐してくるという恐怖に心を奪われていた。悪魔のもの凄い脅迫のことをくり返し考えないわけにはいかず、そうすると戦慄が背中を走り、ぞくぞくしながら、いっしょにいれば悪魔の怨みと復讐欲から逃れられるとでもいうように、ダリラのほうをふり向いて引きよせようとした。しかしダリラは離れたところで騾馬と戯れ、グルムバッハを気にも留めていなかった。

メンドーサが神父の隠密行の話をしていたことをふと思い出し、すぐに勇気と反撥心を取り戻すと、あの黄金は断じて皇帝の手に渡してなるものかとあらためて誓った。

「メルヒオルよ」とグルムバッハはイェクラインに囁いた。「用意しろ。おれたち二人は都へはいかないぞ。ベラクルスへ黄金を輸送中の乞食坊主のあとを追うんだ」

「メンドーサがそんなことを吹き込んだんですか」とイェクラインが言った。「それじゃ嘘ですよ。やつは二枚舌ですからね」

「皇帝があの黄金で不当に権力を増大させてはならんのだ。一クヴェント（昔のドイツの目方の単位。一・六六グラム）すら海を越えてはならんのだ。たとえそのためにおれが吊されるようなことになろうともな」

「殿」とイェクラインが諫《いさ》めた。「メンドーサのやつは根っからの悪党ですから、信用しちゃいけません。あっしの最初の主人にも悪事を働いたんですからね。巣の穴にいる狐だって公爵のペテンにはひっかかるかもしれませんよ」

「殿、あなたがいらっしゃらなくなったら、おれたちはどこへいったらいいんで？」とトンゲスが心配そうに、「ダリラを一人きりにしていくんですか。いいですか、スペイン人どもはどいつもこいつも彼女と情を通じたいものだと思ってるんですぜ。据え膳に手をつけないほど歯抜けで耄碌《もうろく》したやつなんかいませんよ」

「お前たち三人は」とグルムバッハは言った。「ダリラを連れてカカマ公子のところで厄介になれ。おれの友達だから、自分の家に泊めて下へも置かぬもてなしをしてくれるはずだ。このスペイン人はダリラと情を交わしたいと思ってるな、と判断したら、一人も敷居を跨がせるな」

「殿」とシェルボックが言った。「どうかあっしの言うことを聞いてください。二時間前にコルテスの天幕で、あの黄金が豚皮に包んで置いてあるのを見ました。殿は騙されています」

「ループレヒト、お前はここに残って梨の実でも焼いているんだな。お前なんかいらない。お前が兎《ハーゼ》の焼肉は大好きだが、坊主狩《ハーゼ》を好かんのはよく知っている」とグルムバッハが嘲った。

「殿」とトンゲスがぶつぶつ言った。「殿はまたメンドーサの嘘なんかにかぶりついたりして、まるで一切れの肉にかぶりつく卑しい毛織屋の犬みたいだ」

「莫迦、頓馬め」とグルムバッハが叱りつけた。「おれに構うな。痛風にでも罹りやがれ」

「殿、やつの言うことは本当です」とイェクラインが叫んだ。「殿は騙されているんですよ。これを聞いたら豚でも笑いだしますぜ」

「それじゃ、ここに残れ。おれ一人でいく。お前なんか鬼火で焼かれてしまうがいい。薄いスープみたいに薄情なやつだ」とグルムバッハが悪態をついた。「プフィンジンゲンのシュテファン・エーベルラインが生きていればなあ。あいつならつべこべ言わず、いっしょについてきてくれただろう」

ドイツ人たちは最初こそ小声で話していたものの、怒りが募るにつれて声を張りあげるようになり、グルムバッハの最後の言葉など、大声でイェクラインを面罵したものだった。

ドイツ人たちがふと気づくと、周囲が静まり返り、スペイン人たちがこの争いに注目していた。コルテスさえ話をやめ、石のような顔つきでこちらのほうを見ていた。周りにいるスペイン人たちはみな苦々しげにグルムバッハとその部下を眺めていた。ディエゴ・タピアは苦虫を嚙み潰したような顔をして、「あいつらはいつでも顎をしゃくって口汚なく罵り合っていないと気がすまないんだな」

ドイツ人たちは恥ずかしくなってもうひとことも交わさなくなった。

しかしコルテスは、ドイツ人の諍いで中断された話をもう続けようとはしなかった。身を乗りだしてじっと動かず、まるで海の怪獣でも見るような目つきでグルムバッハを見つめていた。すぐほかの連中もぽかんと口を開けてグルムバッハに見とれ、頭の天辺から足の先までじろじろ眺めだした。いったいコルテスはグルムバッハのどこを珍しく思っているのだろう、と知ろうとしたのだった。突然ディアスが、「おお、マリアさま。見ろよ、やつは小銃をもってるぞ」と叫んだ。

グルムバッハは外套を開いてガルシア・ノバロの銃を見せていた。

上を下への大騒ぎとなり、みんながグルムバッハのほうへ駆けだした。ディアスとタピアは走りながら剣を抜き、サンドバールは、「裏切りだ」、デ・ネイラは、「卑怯者め、やっつけろ、やっつけろ」と叫んだ。しかしトンゲスはじめ、ほかの三人の部下が槍を構えてグルムバッハとスペイン人の間に割って入った。マティアス・フントだけは槍ではなく、棍棒を構えて間髪を入れず、ひときわ大声で罵ったデ・ネイラの頭を二度、力任せにぶん殴った。しかしまた急に静かになった。コルテスがスペイン人とドイツ人を押し退け、グルムバッハの前に立ったからである。

グルムバッハはこうしてコルテスと面とむかうと、いまこそ命を賭して戦うべきものがノバロの小銃以上に重大なものであることを知った。それに較べれば、彼が部下といっしょに大麦や小麦、玉蜀《とうもろ》黍《こし》をつくっているこの国の畑、スペイン軍の一兵団の勝利や敗北など、ものの数ではなかった。いま相対しているのはコルテスではなく、ドイツを顎《あぎと》にくわえ、海を跨いで新大陸に前肢《まえあし》をかけているスペインの巨龍だったからである。グルムバッハは不敵にも憎悪を籠めてコルテスの目を睨みつけ、自分にもこの巨龍を倒すぐらいの力はあると感じていた。

そのとき、コルテスの声が冷たい風のように顔を打った。嗄《しゃが》れた別人のような声だった。「ラインの暴れ伯よ、その小銃は誰のものか」

グルムバッハは頭をふって答えようとしたが、まるで冷たい手が喉首にかかったように、急に喉が絞めつけられたような感じがした。かすかな恐怖が目覚め、心臓がとことこと打ちだした。だがこうした気持をふり払って姿勢を立てなおすと、しっかりした声で、「コルテス殿、この小銃はいまはもうおれのものさ」

コルテスの額の血管は怒張し、拳が握り締められた。将校たちはみな震えだし、接近する大きな嵐を避けるように、コルテスの背後に退いた。

それからコルテスはもう一度叫んだ。その声は遠くの空にかかる黒い雨雲から響いてくるように籠った、恫喝するような声だった。「その銃を返せ。それはお前のものではない。その銃には見覚えがあるぞ」

グルムバッハは急に胸が重くなったように感じて息ができず、山の下に葬られたような気がした。心のなかで恐怖の鎚《つち》ががんがん鳴り響いた。しかし再びこの恐怖に打ち克つと勇気を取り戻し、おちついた声で、「この銃はおれのものさ。おれは放さんぞ」

これを聞いてコルテスは一歩退き、頭を左右にめぐらして、助けを求めるように絶望した様子で将校たちを見やった。まるでグルムバッハの手中にある大きな災厄をスペイン無敵軍から取り除くために加勢してほしいと訴えているかのようだった。

そのときコルテスは、グルムバッハがその銃で無敵軍にくだすであろう流血の大惨事の恐ろしくもむごたらしい幻影をまざまざと見たのである。

周りに将校たちが立っているのが見えたが、全員が同時に息絶えているのだ。勇敢で意志の強いサンドバールが体をぐらぐらさせながら、あんぐり口を開け、胸から短刀の柄を覗かせて立っている。タピアは派手な衣裳をずたずたに裂かれ、血しぶきを浴びて立っていて、丸々したその顔は斧でぐちゃぐちゃにされていた。ペドロ・ドリオも何かに凭れて立っているが、まるで溺死人のような顔で、蒼みがかってふくれあがり、口と鼻から水が流れだしていた。またファン・デ・レオーネが両足を縛られ、これもまた縛られている両手を身を守るように胸の前に置いて、断末魔の苦しみに喘ぎながら、助けに駆けつけてくれる人もいない絶望的な救いを求めて絶叫しているかのように、口を大きく開けているのだ。

この恐ろしい幻影が目の前に迫って、その恐怖に戦慄したコルテスは、これが最後とばかり、ガルシア・ノバロの銃を返せ、ともう一度怒鳴りつけた。

グルムバッハにつめより、首を伸ばして恐怖の地獄の池の底から出る声、鉄も石ももちあがるかと思われるような声で、「銃を返せ、ライン伯」と叫んだ。

ここでグルムバッハの力は尽きた。

コルテスがすぐ目の前に立っているのが見えた。その姿は巨人のごとく聳えていた。頭は蒼穹に消え、空の黒雲が額をかすめ去って、その両拳からは雨が滴っていた。グルムバッハのほうは急に見る影もなくなり、卑屈で弱々しく、両手でもっている銃は重くなって地面へ地面へとさがり、もう支えきれずにいまにも滑り落ちそうだった。

そのときふと、心のなかでおどおどしたかすかな声が聞こえた。その声は、「黄金をカルロス皇帝の手に渡してはならん」とおずおずと囁いていた。その瞬間、あの夜、悪魔が教えてくれた呪文が頭に浮かんで、つっかえながら切れぎれに唇にのぼってきた。「あなたの従兄弟さんからよろしくと頼まれました。いま頃あなたのことを思って、口の涎を拭っていますよ」

この呪文を唱えおわると、コルテスの魔力は破れた。

グルムバッハの手足の重さが消え、心臓ががんがん鳴っていた恐怖の鎚の音ももう聞こえなくなった。しゃんとして両手でしっかり小銃を握り、おちついてコルテスの目を覗いた。目の前に立っているのはこの地上でもごく普通の大きさの男で、ほかの連中と較べ、頭一つも違わなかった。

コルテスは黙ってくるっとむきを変え、歩み去った。

コルテスはアルバラードのそばを通り過ぎるとき、立ち停まって、「やつを吊せ」と命じた。

「誰をでありますか」

「ガルシア・ノバロだ」

呪い

　ガルシア・ノバロは藁のなかで眠っていた。そこに踏み込んだペドロ・カルボナーロが両手を縛りあげ、「こら、悪党め、とうとうつかまえたぞ」と叫んで、突いたり叩いたりして追い立てながら連行してきた。

　ノバロは何が起こったのかわけがわからず、寝惚けてよろめき、縛られた手で目をこすっていた。強い雨を凌ぐために外套を頭から引っ被っていたが、髪の毛と衣服に藁屑がついていた。

　アルバラードが単刀直入に、「ガルシアよ、黄金におさらばを言え。絞首刑になるんだからな」

　ガルシアはびっくり仰天してアルバラードを見つめ、ズボンのポケットに両手を突っ込んで二十ドゥカーテンの入った財布を取りだし、アルバラードに渡した。地獄の沙汰も金次第だ、と言われたものと勘違いしたのである。

「さあこれを」と彼は言った。「だから放してくださいよ。吊されるほど悪いことはしていませんよ」

「小銃はどこへやったんだ」

「ああ、隊長、失くしました。賭けで負けたんです」

「語るに落ちたな」とアルバラードが怒鳴った。「妙な助平根性なんぞ出すからこんなめに遭うんだ。だからいま絞首刑で窒息せにゃならんのだ。陛下の銃で金儲けをしたら、どうなるか教えてやる」

「隊長」とガルシアは泣き喚いた。「あれは助平根性を出したわけでも不法行為を働いたわけでもありません。それなのに刑吏の地獄の爪にかけさせようとするんですか」

「お前が悪事を働いたのは事実だ」と刑吏はガルシアの首に手をかけ、「さあくるんだ、口を噤《つぐ》め。絞首台が大口を開けてお前を取って食おうとしているからな」

「ご慈悲を、隊長」とガルシアが絶叫した。「どうかお願いです」

「笑わせるな」アルバラードがガルシア・ノバロを逃がすのではないかと惧《おそ》れた刑吏が怒鳴った。「絞首刑は免れられんのだ。お前の魂が嬉々として肉体から離れていくように、今日絞首台でふり廻してやる」

アルバラードはグルムバッハをさして、「あそこにいるやつは、可哀そうにと思ってくれるかもしれんな。あいつから小銃を取り返したら、誓っておれが釈放してやる」

ノバロが後ろをふりむいて見ると、昨夜自分から銃をまきあげたドイツ人たちが並んで立っていた。

歓んだノバロはてっきりこれで刑吏が用意している麻縄の風呂に首まで漬からないですむと思い込んだ。単純なドイツ人のことだから小銃などすぐに返してくれると思ったからである。

そこでシェルボックのところへいくと、怒気を満面に湛え、「なんで口をぽかんと開けてそんなところに立ってやがるんだ。その銃のおかげで悪魔に首を吊られようとしているのがわからんのか」と威嚇した。

「そりゃまたひどい話だな」とシェルボックは耳の後ろを掻きながら言った。「本当の話、麻ってやつは草のなかでもいちばん厄介なやつだからな」

「そんならすぐ銃を返せ。なんでこんなところに突っ立って、おれさまに喋らせておくのか」とガルシアは命令口調で言った。

「小銃か」とシェルボックが言った。「そいつはだめだよ、あんた。おれのもっているのはおれんだ。ちゃんとした賭けで勝ったんだからな。おれたちが十一を出したのを忘れたのか」

ガルシアはドイツ人たちにはまったく銃を手放す気がないことがわかると、急に居丈高な喧嘩腰の態度をかなぐり捨て、震えあがって、「どうしても返してくれんのか。刑吏が追っかけてくるのが見えんのか」と哀れっぽく泣きついた。

「刑吏といっしょに麻を打つのはよくないな」とシェルボックは肩を竦めた。「やつはいつでもお前の頭を打穀場だと思っているのさ。諦めるんだな。どう見たってこの取り引きはお前に分が悪いからな」

「それじゃ、神の御言葉を無視するのか」とガルシアは絶望して金切り声をあげた。「福音書を読んだことがないのか。お前たちはキリスト教徒か、異教徒か」

ガルシアに異教徒呼ばわりされて腹を立てたトンゲスはにじりより、両手を膝にあてて啖呵《たんか》を切り始めた。

「おれたちが小銃を返すべしって、どの福音書に書いてある？　パウロがエペソ人《びと》にそう説教したのか、それともコリント人《びと》にそう手紙を書いたのか。とっとと失せろ。お前なんかよりおれのほうが福音書のことはよく知っているが、お前が吊されずにすむなんて、どこにも書いてないぞ」

この間、シェルボックは、ガルシアを誑《たぶら》かしておとなしくさせる手はないものかと考えをめぐらしていたが、いい考えが浮かんでガルシアに教えた。

「いいことを教えてやろう。どうにもならないんだから、諦めて男らしく吊されることだ」

「もういいか」とこのとき、太い木に立てかけた梯子の上からペドロ・カルボナーロが叫んだ。「それじゃ、二人並んで絞首台までちょっと行進だ」

ガルシア・ノバロは絞首台の梯子にいる刑吏の残酷な声を聞くと、恐怖のあまりがくっと膝を折り、どこかに逃げ道はないかと藁にもすがる思いで辺りを見廻した。すると突然、命を落とすはめになった小銃がグルムバッハの手にあるのを見つけ、すぐまた希望を抱いて近よると、恭しく頭をさげて、

「神のお助けでいま銃が見つかりました。どうか返してください。あなたにはなんの役にも立たないでしょうから」

しかしグルムバッハは頭をふり、「この銃は返すわけにはいかん。これはおれのものではなく、おれが仕えるこの国の王モンテスマ殿のものだ」

「そんな異教徒のためにわたしを絞首台へ送ろうというのですか」

「神よ、許し給え」とグルムバッハは言った。「モンテスマ殿はわれわれが難破してこの国の海岸に漂着したとき、パンと畑と道具を与えてくれたのだ。こうするほか、仕方がないのだ」

「じゃ、あなたは悪魔の手先になって、わたしにむごい復讐を遂げる手助けをしようというんですか」

「悪魔はお前にも復讐しようとしているのか。ひょっとして何かくすねたり、騙したことがあるのか」とグルムバッハは好奇心に駆られた。

「殿、聞いてください」とガルシアは必死になって早口に喋り始めた。「何もかもお話しますよ。わたしの住んでいた村には礼拝堂があって、そこにはミサに人を呼び集める鐘がさがっていました。それで悪魔はある晩のこと、人々がミサを欠席するように、鐘の舌を盗もうとしたのです。わたしが通りかかると、悪魔が鐘のなかを跳び廻ったり、唸ったり、荒い息を吐いているのが聞こえたので、鐘の下で十字を切ってやつが出られないようにしてから、走って村人を呼んできました。そして夜じゅう、朝になるまで鐘を鳴らし続けたものですから、悪魔は骨折し、今日でもびっこを引いていますが、その仕返しにわたしを絞首台へ送ろうというわけなんです」

「悪魔の復讐って、いつもそんなに残酷なのか」とグルムバッハは思わず口走った。

「今日こそお前を鐘の舌にしてやる」と梯子の上から刑吏が叫び、輪奈《わな》をふり廻した。「だが麻でつくった鐘のな」

「お聞きになりましたか」とガルシアは絶叫した。「どうかご慈悲ですから、その小銃を返してください」

しかしグルムバッハは強情だった。さっきはコルテスの圧力から銃を守ったが、今度はガルシア・ノバロに泣きつかれて生じた憐みの心と闘った。「神よ、許し給え。いくら頼んでも無駄だ。お前の願いを聞き届けてやるわけにはいかん」

そのとき刑吏は絞首台の準備をおえた。梯子から跳びおり、ノバロの腕を摑んで、「さあいっしょにくるんだ。麻縄の風呂で首を洗ってやる」

だがノバロは身をふりほどき、ダリラのところへ走っていって哀願した。「お嬢さん、あんたの最愛の殿さまに、小銃を返してくれるように頼んでください。キリストとあらゆる聖者にかけて。さもないと、ごらんのとおり、わたしは死ななければなりません」

しかしダリラは彼の言葉がわからなかったし、ましてキリストとか聖者とか言われてもなんのことやら見当もつかなかった。彼女は騾馬の革紐についている鈴を見つけ、それを鳴らしては、にこにこ笑いながら音色を愉しんでいた。

カルボナーロはガルシアをつかまえ、絞首台へどんと突きやると、梯子を引きずりあげ、輪奈を手に取った。

ガルシア・ノバロはグルムバッハのほうをむいてもう一度叫んだ。「可哀そうだと思って、小銃を返してください。さもないと死ななければならんことはよくおわかりでしょう」

だがグルムバッハはひとことも言わなかった。

「イエスの名にかけて、イエスの名にかけて」とガルシア。

だがグルムバッハは身じろぎ一つしなかった。

それでノバロは哀訴するのをやめ、しゃんと体を伸ばして両拳を握り締めると、怒りに任せて、絞首台の下に立っている人々が驚くほど、恐ろしい呪いの言葉を吐いた。

「それじゃ、おさらばだ」とグルムバッハにむかって、「神の呪いを受けるがいい。それはお前に苛立ちと惨苦をもたらすだろう。一発目がお前の異教の国王に命中するように、二発目が地獄の女に、そして三発目が——」

そのとき刑吏は輪奈を首に巻きつけおえ、梯子から突き落とした。

しかしガルシア・ノバロは、恐ろしい呪いの言葉を言いおわるまでは死んでなるものかと、輪奈から頭を抜こうとでもするように両手を首にかけた。口をぱかっと開け、唇をぴくぴくさせて喉の奥から言葉を吐きだそうとしたが、できなかった。目が眼窩から飛びだし、憎しみを籠めてグルムバッハを睨んでいた。しかし罪なことをしたものだが、ふとふざけ心にとらえられたグルムバッハは、絞首台の下へいってノバロを見あげ、怒鳴った。「おい、三発目は祝福してくれんのか。どうして急に黙ってしまったんだ」

すると台の下にいた人々は恐ろしさのあまり、よろよろっとあと退りした。

吊された男の喉から笛を吹くような、窒息しかかった呻《うめ》き声が、「それから、第——三発目は——

お前――自身に」と言ったのだった。

暴れ伯の騎行

雨が小止みなく降っていた。風は蔦の枯れ葉を吹きよせ、小山をつくっていた。それは二日前、スペイン軍の陣営をびっしり覆っていた蔦だった。辺りは黄昏れ始めていた。グルムバッハは鞍をつけた馬のそばに立って、苛々しながらスペイン軍の進軍を待っていた。ダリラは雨を避け、グルムバッハの外套の下に隠れていた。五時に、陣営で〈寺男の犬〉と呼ばれている小さな臼砲の轟音が響き渡ると、スペイン人たちは慌しく駆けずり廻って、小隊や中隊の隊伍を組み始めた。

グルムバッハはひらりと馬に跨ると、イェクラインに、「用意しろ。スペイン人たちは進軍するが、われわれは別行動を取る」

「殿」とイェクラインが言った。「辛抱なさい。スペイン軍がまだ進軍していないのが見えんのですか。いまオルビエド大司教が話を始めたところです。もうしばらく待たねばなりませんぞ」

「坊主は何を喋っているのだ」

イェクラインはちょっと耳を澄ましていたが、「インディオたちはキリスト教に改宗する気になれば、かならずや聖なる父の祝福が与えられ、これまでの罪が赦されるのだ、と話しています。インディオたちはいまから後は聖なる父とキリスト教教会の忠実なる僕《しもべ》である、とも言っています」

「法王は、ドイツでは誰も金を払ってくれないものだから、えらく熱心に新大陸に祝福を送っているわけだ」とトンゲスが嘲った。「坊主を盲信しているやつらを見ろよ、神妙に牝牛みたいな口つきをしてやがる」

周りのスペイン人たちは脱帽し、恭しく視線を地面に落としていた。マティアス・フントも脱帽すべきか決心がつかぬらしく、帽子に手をかけていた。

「マティアスを見てみろ」とトンゲスが叫んだ。「あいつ、ちゃんと帽子を被っていたくないらしいぜ。お前、ローマの坊主となんの関係があるんだ。おふくろが坊主と寝たのかい？」

イェクラインが笑って、「マティアスはかつてドイツの田舎道で坊主からチーズを一切れ恵んでもらったことがあるんだ。それからというものは坊主びいきなのさ」

マティアスは唸り、帽子を被ったまま、ひとことも言葉を返さなかった。その間に大司教は話しおえ、スペイン人たちはまた上体を起こすと、大司教の祈りの間ずっと、帽子を被ったままうるさくがやがやと議論していたドイツ人たちを敵意を剝きだしにして睨みつけた。

「さあ、いまだ、馬に乗れ」とグルムバッハが叫んだ。「メルヒオル、鷹が飛ぶように急がねばならん。さもないと糞坊主が先にいってしまうぞ」

「殿、なんでまたそんなに焦るんですか。じりじりして、まるで熱があるみたいに全身が震えていますよ。お待ちなさい。今度はメンドーサ公が話していますから」

「あんなやつ、心臓発作を起こしゃいいんだ。こんなところでわざわざ悪魔の復讐を待ってることはない。やつなんか山羊にでも突かれるがいい。やつはまだ喋っているのか。インディオたちにどんな戯言《たわごと》を喋っていやがるんだ」とグルムバッハは怒鳴った。

「自分の王の偉大な権力のことを話しています。カルロス五世はもっともすぐれたカトリックの王だと言っています。いや、いまはカルロスこそ崇高で無敵の主君、皇帝であり、全世界が歓んで臣下となっていると言っています」

「おれはその崇高で無敵の国王陛下が子供の頃、亡き父親とケルンの町を散歩していたときに黒い仔犬を怖がって逃げだし、ズボンいっぱいに糞を垂れたのを見たぞ。自分の父親でさえ、あの崇高な国王陛下から顔を背け、鼻をつままずにはいられなかったほどな」とトンゲスは叛逆的な口調で言った。

メンドーサが話している間、スペイン人たちはまた恭しく脱帽していたが、やがて話がおわると、歓声をあげ、帽子をふり始めた。隊長に点数稼ぎをしようとした一人の兵士はドイツ人たちのほうをむき、「おい、掛け矢と堆肥用のフォーク野郎ども、なんで首をおっ立てていやがるんだ。メンドーサ公が、いとも慈悲深くあらせられるおれたちの国王陛下に万歳を捧げたのがわからなかったか。陛下はおれたち同様、お前たちの君主じゃないのか」と叱りつけた。

「あれがお前たちの国王なら、ありがたく祭りあげておけ。ゲントのカルロスをな。やつをサフランと生姜と芥子で味つけして、新年の祝いに悪魔に進呈するぜ。なんでおれたちに国王が必要なものか」とトンゲスが怒って答えた。

将校たちを率いて馬を進めていたコルテスはいま丘の頂きに達し、ひらりと馬からおりてダキラール隊長の手から旗を取った。陣営の無数のざわめきはゆっくり鎮まり、かすかな呟きや囁きとなって、ついにはしんと静まり返った。将校も、元桶屋の従弟や牛飼といった兵士たちも、すべてがコルテスの唇に耳目を注いだ。するとコルテスの鋼《はがね》のような声が響いた。「それでは国王の第一総督である予が、この土地、町と城と砦を治める。そして『汝の兄弟が罪を犯すのを見たときは、これを罰せよ』と命じ給うた神の命により、連隊を率いるであろう。また救世主イエス・キリストの御名を新世界で信奉させるであろう。イエス・キリストは無限の慈悲と聖なる血によって旧大陸同様にこの新世界を救われるのだ」

コルテスは地球をもつ救世主の描かれている旗を開いてみせた。

すると周囲のスペイン人たちは恭しく跪き、突然コルテスの無敵軍は敬虔な羊の群れに、陣営は無言の祈りに満ちた大伽藍となった。深い沈黙が辺りを支配していた。ドイツ人たちさえもつぎつぎに脱帽してキリストの聖なる名と姿の前に身をかがめ、その真ん中でコルテスが跪いて両手を組み、祈りを捧げた。

しかし突然、祈っている群れのなかから、「あそこにキリストの御影《みえい》に脱帽しないやつがいるぞ」と甲高い声があがった。

祈っている人々は立ちあがってペドロ・カルボナーロを見た。彼は身をかがめたままグルムバッハを指さし、再び甲高い声で、「あそこにキリストの御影に脱帽しないやつがいるぞ」と叫んだ。見ると、蒼白い顔をして依然として帽子を被っているグルムバッハが立っていた。

グルムバッハに対して、あちこちでスペイン人たちの怒りと憤懣が爆発した。「あいつは悪魔の尻押しがあるものだから、つけあがってるんだ。キリストの御前でさえ、恭しい態度も取りやがらん」「あいつが聖者と崇めるやつのまたの名はユダ・イスカリオテだ。そいつを崇めているんだ」「一人がグルムバッハの鼻先で小銃をふり廻して、「床尾で帽子を頭ごと叩き落としてやろうか」と叫んだ。

グルムバッハはつっと剣に手を伸ばしたが、脱帽しようとはしなかった。

だが騒ぎのなかから急にメンドーサの冷やかな鋭い声が聞こえた。「ほっておけ。それはやつの責任ではない。それが新教なんだ。キリストを軽んじ、嘲り、再び売らねばならぬというのが教えだ」

グルムバッハは公爵がこのような嘘で新教を誹《そし》るのを聞くと、かっと頭に血がのぼり、自分がキリストを否認したのは容貌を恥じたためだったと、聖ペテロと同じ悲しみ、同じ後悔に襲われた。その後悔がひしひしと身にこたえたため、彼はキリストの御影の前へ歩みよって脱帽しないわけにはいかなかった。

スペイン人たちの怒りと憎しみの叫び声はぴたっとやんだ。帽子を被って人目を避けようとしていたグルムバッハの不幸と惨めさを目にしたとき、低い囁き声が口から口へと伝わった。そして誰もが視線を地面へ落とすか、脇へそらすかした。ぐしゃぐしゃに潰れたグルムバッハの顔をもうそれ以上正視していられなかったのである。

そのとき深い沈黙をつん裂いて悲鳴があがった。グルムバッハがふりむいて見ると、いままで知らなかった殿さまの恐ろしい秘密を見てしまったダリラが、両手で目を覆い、よろよろと、横に立っていたメンドーサ公の腕のなかに身を投げかけていた。

グルムバッハは心配そうな微笑を唇に浮かべ、両手を拡げてダリラの名を呼んだ。

だがダリラは、恐怖のあまり小さな顔をメンドーサの胸に埋めたまま、グルムバッハのほうを見ようともせず、「こっちにこないで。わたしになんの用があるの」と叫んだ。

これを聞くと、グルムバッハはくるっと後ろをむき、黙ったまま帽子を目深に被った。すると突然、フェルディナンディナ島でシェルボックがダリラを背負って岩壁を担ぎおろした日のことが思い出され、人間のすることなどは何もかも愚かでむごいものだな、と悲しみをひしひしと感じた。ダリラがいま自分の許から逃げるのは、もとはと言えば、彼女のためにディエゴ・ベラスケスの部下によって目を抉《えぐ》られた不幸のせいなのだ。

グルムバッハはやりきれなくなり、シェルボックのほうをむいて、「ほら、悪魔がこうやってわたしに復讐をしやがったぞ」と言った。

このとき〈寺男〉の喉から発射された二発目の砲声が轟き、この合図とともに、スペイン軍の騎兵中隊は丘をくだり始めた。トンゲス、シェルボック、それにフントはダリラをなかに挟むようにして騾馬に乗せ、スペイン人たちのあとについていった。そして平野にくると、立ち停まって帽子をふり、グルムバッハのほうに挨拶を送った。

グルムバッハはイェクラインと二人だけで丘の上に残っていた。部下たちを見送りながら、ダリラがふり返って別れの合図を送ってくれるのを待っていたが、後ろをふり返ることはなかった。やがてダリラと部下たちはスペイン軍の大群のなかに姿を消していった。それは遠くから見ると、まるでブンブンと大きな音をたてながら町へおりていく凶暴な熊蜂の群れのようだった。

最後のスペイン人の姿が視界から消えると、グルムバッハはひらりと黒馬に跨り、イェクラインに、「おれの後ろに乗れ。いくぞ」と叫んだ。

「そんなに焦っていらいらしてはまずいですよ」

「アゴスティン神父より先にイスタプラン峠に着かねばならん。さもないと黄金をもったまま、われわれの手から逃げてしまうぞ」

「殿」とグルムバッハの後ろに攀じ登りながら、イェクラインが叫んだ。「聞いてください。殿は騙されているんです。馬を飛ばしても無駄なんですよ」

グルムバッハは返事をせず、鞭を入れたので、馬はもの凄い勢いで丘を駆けおり、草原を疾駆していった。

貢ぎ物

テノチティトラン市からベラクルスへいく小道や街道はたくさんあるが、どの道もイスタプラン峠を通っており、今日これはスペイン人に〈ペテロの岩の峠〉と呼ばれている。

グルムバッハは三日かかってこの峠に着いたとき、アゴスティン神父がやってくるまでここに留まって休憩しようと決心した。

海沿いのこの山道の傍らにはインディオの小屋が数軒建っていて、それぞれ等身大の矢来柵からなる胸壁をめぐらしていた。この地方のインディオは戦争を唯一の生業《なりわい》としていたからである。どのインディオも投げ槍と弓で武装し、優秀な戦士となってくれそうだった。グルムバッハはスペイン人の黄金を分捕るために七、八名のインディオを味方に引き入れた。その間にイェクラインは彼らと交渉して大きな魚を二匹手に入れ、木の串でつくった焼き網で焙っていた。

「こうやってここに坐って糞坊主を待っていても、永遠にこないでしょうな」と魚を平らげながらイェクラインは言った。「わたしは殿より公爵の人となりをよく知っていますぜ。誰かれ構わず大嘘をつくのが何より好きなんです。やつはゲントでわたしの最初の主人につくり話を一つ聞かせたことがありましたがね、大洋を泳いでいて、被っている小さな帽子を脱いで、出会う船乗りたちに遠くから上品に挨拶する魚の話でしたよ。ねえ、われわれが航海していたとき、そんな挨拶をする魚なんぞいましたか」

「なあメルヒオル」とグルムバッハが言った。「おれたちは椰子《やし》の木に登ってはさみで実を切り落とすザリガニを見たじゃないか。たったいま食べた魚だって、騎士みたいに胸甲《むねあて》をつけていたじゃないか。新大陸には信じられないような動物がたくさんいるんだ。頭巾みたいな頭をした魚が泳ぎ廻っていたっていけないわけがあるか」

「殿、公爵の母親はグラナダのモール女で、やつはその母親から嘘つきの癖を遺伝で受けついでいるんです」とイェクラインが答えた。「いいですか、モール人というのは日がな一日、市場をうろつき廻っては、およそ阿呆らしい嘘やつくり話をするほか能がないんですよ。エメラルドとダイヤモンドでできた町があるとか、路地を走っている仔犬は王子か王様が変身しているのだとか、夜になると荷役人足や驢馬追いには幽霊や妖怪や悪魔が現われるとかいった話で、開いた口が塞《ふさ》がらないほどです。メンドーサはキリスト教の洗礼は受けているものの、モール人独特の嘘つきの心だけはいかんともしがたいのです。あなたはまんまと嵌められ、莫迦にされているんですよ、殿」

「もういい加減にしろ、この間抜けめ」とグルムバッハが叱りつけた。「別にやつの言葉だけを信じたんじゃない。昨夜アゴスティン神父の天幕の横を通ったとき、おれはインディオたちが食糧品をどっさり荷車に積んでいるのを見たのだ。魚、パン、ベーコン、水袋なんかをな。それに、遠出のことも話していたが、お前は間抜けだから聞こえなかったんだ。なにせお前たちときたら、いまだにインディオの言葉は一語もわからないんだからな」

「このわたしが愚かなインディオの言葉の一つや二つわからなくてどうしますか。この国にきてかれこれ二年になるんですからね。でもループレヒト・シェルボックはどうです！　なんて頭のいいやつでしょう。しばしばあいつはインディオの言葉を使って、あなたよりもながく難しい議論をやつらとすることができるんですよ」

「そうさ、シェルボックのやつはな。やつはインディオの言葉でパン、菜っ葉、蕪、魚、肉、酒、玉蜀黍をどういうか知っていて、一日中インディオをペテンにかけている」

メルヒオルはもう返事をせず、藪のなかに二人が手足を伸ばして寝ることができる場所を探した。

翌朝、グルムバッハが目を覚ますと、イェクラインは途方に暮れた顔をして横に立ち、耳の後ろを掻きながら、「殿、昨日味方に入れたインディオたちがずらかりました。ほかの連中もいっしょです。脱走したんだと思いますよ。やつらの小屋はもぬけの殻です」と言った。

「寝言を言ってるのか。それとも気でも違ったか」とグルムバッハが怒鳴りつけた。「インディオたちがなぜ脱走しなくちゃならんのだ」

「信用なさらないので？　へえ、じゃ下へいってご自身でごらんになれば、わたしの言うとおりだっておわかりになるでしょう。あのインディオたちはみんな莫迦で気紛れで、頭には脳味噌のかわりにもつれた糸が一綛《かせ》詰まってるんだ」

「さっさと木に登れ」とグルムバッハが命じた。「一人でも残っていないか見るんだ」

メルヒオルは言われたとおりにした。登るとすぐに、「殿、やつらが砂煙をあげて走っていきます。ここから四分の一マイルか半マイルでしょう」

すぐにグルムバッハも木に登ったが、上に着いたかと思うと、たちまち滑りおり、「あれはインディオじゃない。牡牛に牽かせた車と騎兵たちが見えるぞ」と叫んだ。そして急いで馬に手綱をつけて水を飲ませながら、「おりてこい。あれはスペイン国王のために黄金を運んでいる糞坊主に違いない。こら、悪党め、おれが公爵に騙されているなどと、よくも虚仮《こけ》にしてくれたな。やっぱりおれの言ったとおりだったじゃないか」

そう言って馬に跨り、一人で含み笑いをした。「黄金は一枚だって王の手に渡すものか。カルロス王よ、黄金がほしければ、はるかアウクスブルクのフッガー家までびっこを引きながらいくがいい」

上機嫌で馬上からイェクラインのほうをふりむき、「お前はおれよりも賢いって言ったな。森で兎が咳払いするのがわかるほど賢いってな」とからかった。

小銃をもって小走りにグルムバッハの後ろからついてきたメルヒオルは恥じ入り、頭がすっかり混乱していた。遠くに三台の牛車と、白衣の上に黒マントという聖ドミニコ会の服装をしたアゴスティン神父の僧衣を認めることができたからである。

「殿、用意はいいですか。うまいこと騙してくださいよ」と、スペイン人たちまであと千歩の距離に近づいたとき、彼は言った。「坊主を入れないで五人です。みんな武装しています」

その間にスペイン人たちはグルムバッハとその部下に気づき、近づいてくるのを立ち停まって待っていた。そこは軍用道路が断崖の縁まで二十歩ほどしかないところだった。谷底にはインディオの言葉で黒い湖という意味のイスタプランと呼ばれている小さな湖があった。

輸送隊の連中はグルムバッハだとわかって、びっくり仰天した。アゴスティン神父は、「われらの救済者キリストの恩寵とお慈悲を」と言って挨拶してから、ここであなたがわたしを待っているとは思いもよらぬことです、陣営から出発するちょっと前にコルテス殿や将校たちといっしょにおられるところをお見かけしたものですから、と言った。

「あんたが担ぐには重すぎると思って、かわって荷物を運んでやろうと追っかけてきたわけさ」とグルムバッハは単刀直入に言い、荷車を指さした。そう言いながら両手で銃を構えたのは、こんな無体な要求をすればスペイン人たちが激しく抵抗するに違いないと思ったからである。

ところがスペイン人たちは驚喜して馬から跳びおり、グルムバッハに走りよってイェクラインと二人の手を握り締めるのだった。しかしいちばん歓んだのはアゴスティン神父で、もう少しで僧衣をからげて踊りだすところだった。「あなたに神のお恵みがありますように」と神父は叫んだ。「きっとエジプトをまる四十年もさすらっていたユダヤ人たちでも、この三日間のわたしほど汁はかかなかったに違いありませんぞ」

グルムバッハはてっきり流血沙汰になるものとばかり思いこんでいたので、モンテスマ国王の黄金を積んだ荷車をこうまで嬉々として投げだされると、びっくりしてしまった。輸送隊の一人が、「それにしてもどうしてこんな仕事を引き受けるのかね、それもたった二人きりで。インディオが逃げてからというもの、おれたち六人で葦の茂みのなかをこの重い車をここまで進めてくるだけでも大変だったんだからな」と言った。

「なんだって」とイェクラインが叫んだ。「じゃ、あんたたちのインディオも逃げたのか」

「昨夜、やつらは山の上に火の合図があがるのを見たが最後、もうとどめようがなく、みんな逃げだしたんだ」

「じゃ、お前たちは山の上にあがった火を見たんだな」とイェクラインは呆れて、「誓って言うが、おれはそんなものは見なかったぞ」

「おれたちは藪のなかで眠っていたからな」とグルムバッハはアゴスティン神父のほうをむき、「その山上にあがった合図の火はどんな形をしていたのかね。蛇の形か、球形か、それとも孔雀の羽のようだったか。燃えていたのは一時間か二時間か、それとも夜っぴてかね」と訊ねた。

「火の環のようで、一晩中燃えていましたぞ」と僧が答えた。

「火の環だと」とグルムバッハは叫んだ。「あんたは本当に見たんだな」

「どの山の上にも、どの岩山の頂上にも二つの火の環が燃えて、その間から燃えるながい槍が西をさしてチカチカ光っておりましたな」

「大変だ！」とグルムバッハがイェクラインに言った。「山の上でそんな火の合図があったなんて、テノチティトラン市で何か起こったのかもしれんぞ」

しばらく二人は黙って顔を見合わせていた。それからグルムバッハは下馬すると、イェクラインにむかって、「メルヒオル、さあ仕事にかかれ。一刻たりとも無駄にするな」と叫んだ。

グルムバッハは輸送隊の一人から牛車の手綱と鞭を引ったくり、牛を叩いて谷の縁まで追い立てた。その後ろではイェクラインが同じようにほかの二台の荷車も追い立てていた。

スペイン人たちがそのあとから追ってきて、「車をどこへもっていくんだ。どうする気だ」

「湖に投げ落とすんだ」とグルムバッハが狂ったように、「車を投げ落とすんだ」

「気でも狂いなすったか」と僧侶は嘆き、「これはまた急に、なんて恐ろしい悪魔に取り憑かれたものじゃ」

しかしグルムバッハは、僧が叫び立てるのも委細構わず、牛の胸帯をはずして両腕で荷車をすぐ谷の縁まで押していった。それから大きく息を吸い込むと、銃を摑んで、喚いている輸送隊の連中を威し、「この荷車は突き落とさなきゃならん。一人でも抵抗するやつがいたら、一発こいつの煙を顔にお見舞いするぞ。痛いっ！　とか悲鳴をあげてる暇はないぞ」

そう言うと車に全身を預けて突き落とそうとした。

すると突然、荷車に張った幌《ほろ》の下から髭面が覗き、つぎに一人、また一人と顔を出し、その一人が、

「ど、どうするというんだ。無惨にも溺れ死にさす気か。おい、こん畜生め」

すると三台の車とも、幌と襤褸《ぼろ》が急にむくむく動きだした。溺死させられると聞いた連中が猫のよ

うに穴から這いだしてきたのだ。グルムバッハは呆気に取られて見ていたが、はたと何もかも読めたと思い、げらげら笑いだして、「三人、六人、八人、十人、――畜生、なんてことだ。それにしても公爵はまた見事に狡《ずる》賢く黄金を守らせたもんだな。襤褸にたかる虱みたいな連中よ、急に元気になりやがって。きっと黄金といっしょに水に飛び込みたくないんだろう、違うか」

それから笑うのをやめ、十人なんぞではなく、たった二人を相手にしているかのように、「出てくるんだ。つべこべ言うんじゃない。さもないと黄金といっしょにきりきり舞いしながら湖に落ちることになるぞ」

「なんということを」と一人のスペイン人が叫んだ。「黄金て、あんたが夢見てるのはどの黄金のことかね。藁のなかに鐚銭《びたせん》一枚でも見つかったら、首を吊ってもいいぞ」

「お前たちは金、銀、宝石、そのほかいろんな珍しい宝飾品を運んでいるくせに、しらをきる気か」とグルムバッハは怒った。

そのスペイン人はあんぐり口を開けて彼の顔を見つめていたが、やがて大声でけたたましく笑いだし、止めようにも止まらず、車から跳びおりると、「そうだとも、いまだかつて誰も手にしたことのない貴重品だとも。誰もお目にかかったことのない珍品さ。世界中が羨む貴重品だ。青い柘榴石、赤いルビー、肉と骨を食い荒らす宝飾品だぜ」

そう咆えるように言いながら、男はシャツをたくしあげ、足と体を見せた。それは見るも恐ろしく、前後とも疥癬、腫瘍、膿瘍で覆われていた。

グルムバッハはあと退りして、一人また一人と眺め、アゴスティン神父のほうをむくと、「それじゃ、モンテスマの黄金を車に積んでベラクルスに輸送するんじゃないのか」

「黄金なんて知りませんぞ」と僧は答えた。「インディオ特有の疾病に罹ったこれらの病人を船に乗せてスペインに送り、病院で治療を受けられるようにせよとコルテス殿に命じられたのですじゃ」

「いっそ埋められたほうがましだ」と患者の一人が呻《うめ》いた。「おれに効く薬はただ一つ、シャベルと鋤《すき》だ」

グルムバッハはゆっくりむきを変えると、うなだれたまま馬に歩みよった。「騙された。こうなったからには町へ取って返し、メンドーサと話をつけにゃならん」

「その前にキリスト教徒としての隣人愛で、この哀れな人たちをベラクルスへ連れていってくださらんか」とアゴスティン神父は悲しそうに言った。

「糞坊主め」とグルムバッハは怒鳴った。「いいか、ここに長居は無用なのだ。おれは騙されたんだ。てっきりコルテスがモンテスマの宝を車に積んでお前に運ばせ、カルロス皇帝へ献上しようとしているのだと金輪際信じて疑わなかったのだ――やつを虚仮《こけ》にして、青菜に塩みたいにしてやりたかったんだが。さあいくがいい。さらばだ。おれは引き返さんといかんのだ」

それからイェクラインに、「メルヒオル、牛どもをつかまえて、また車に繋いでやれ。皇帝が貢ぎ物を待ちくたびれんようにな。やつは新大陸の宝を涎を垂らして待っているが、この伝染病はコルテスがもたらした災厄のお返しとして、新大陸がスペイン国に送る正真正銘の敬意というわけだ」

こう言って馬に跨り、イェクラインを後ろに乗せた。しかし神父はその背中にむかって、「この恐ろしい伝染病をご存知なのですか。こんな病気は世界中でもまだ見たことはないが」と叫んだ。すると馬上のイェクラインがふりむき、「おれはよく知ってるぞ。お前たちは快楽を貪《むさぼ》ってその病気に罹ったのだ。そして快楽によって伝染してゆく。名前をつけるなら、ヴィーナスのペストとでもつけたらいい」と怒鳴った。

死者のミサ

グルムバッハとイェクラインは夕方まで馬を駆って、インディオが立ち去った村または市場のある町の近くまできたので、日がとっぷり暮れないうちにそこに着こうと、馬を急がせた。小屋に声が届くほど近くにきたとき、グルムバッハは急に馬をとめて跳びおり、「メルヒオル、この村にはスペイン人がいるぞ」

「スペイン人が？　燃えている小屋など一軒も見あたりませんよ」

「見えんのか。あそこの小屋の前に騾馬が一頭いる」

見ると、本当に一頭の白い騾馬が道路にいて、道端にたくさん生えている草や薊《あざみ》を食べていた。

「メルヒオル」とグルムバッハが囁いた。「今度こそやつらをつかまえたぞ。きっと黄金の運び屋たちだ。すぐいって、やつらの袋を空にさせんことには」

「ちぇっ、どうせ飼い葉袋ですよ」とイェクラインは忌々しげに、「まだ諦めんのですか。公爵はいつも黄金という手を使ってあなたをなぶり物にしているじゃないですか」

しかしグルムバッハは言うことを聞かず、再び死んでも黄金を渡すものかという熱病に襲われた。今度こそ魚を簗《やな》に追い込んだと信じていたのである。慌しく小さな村へむかい、そのあとからイェクラインが、日曜日に聖水盤をもって司祭のあとを追う寺男のように小銃をもって続いた。

白い騾馬は相変らず一頭だけ小屋と小屋の間に立って、道端の草の茎や薊を食べていた。グルムバッハは四方八方を見廻したが、スペイン人は一人も見あたらず、いらいらして入り口から覗いたり、窓や煙出しの穴を覗いたりしながら、「おい、こら、おい、出てこい」と叫んだ。

しかしいくら叫んでも、スペイン人は一人として出てこなかった。

「殿」とイェクラインが言った。「あの黄金のこととなると、あなたという人はもう藁束みたいにすぐかっと火がつくんですから。あんな黄金なんか、くれるといってもわたしはごめんです」

「おい、ほら、おいったら」グルムバッハはかんかんになって怒鳴った。「返事せんか。出てこいったら。出てこなきゃ、ただじゃすまんぞ」

それからイェクラインのほうをふり返り、「隠れているんだ。身動きせず、息をひそめていやがるんだ、悪党どもは」

「へえ、そんなに大量の黄金を輸送しているなら、笛や喇叭《らつぱ》やヴァイオリンで大騒ぎしているはずですがねえ」とイェクラインはからかいながら、騾馬に近づいて四方から観察し、「殿、神の創り給うた馬はどれもこれも同じだと言いますがね、誓ってもいいですが、こいつは公爵がダリラに贈ったあの騾馬ですぜ」

この瞬間、グルムバッハはイェクラインの腕を摑み、「しいっ、誰か叫んだぞ」

イェクラインはちょっと耳を澄ましていたが、「呻き声がします」と言い、すぐに「気をつけて。あそこの闇のなかを誰かが這いつくばってこっちへきます。こらっ、立ちあがれ、莫迦め。姿は見えてるぞ。起きろ。さもないと背中が紫色になるまでぶっ叩くぞ、十二日間薬を塗り込まなきゃならんほどな」

グルムバッハもその男を見ていたが、イェクラインよりも目がきくとみえて、「メルヒオル、どやしつけたって起きやしないぞ。やつは酔っ払っているか、重傷を負っているんだ」

イェクラインは地上に倒れて呻いている男のほうへ走っていった。しかし走りながらグルムバッハのほうをふりむき、両手を頭の上にあげて、「おお神よ、殿、すぐきてください、マティアスです」と叫んだ。

「誰だと」とグルムバッハは走りよりながら、「誰なんだ」

グルムバッハの前にマティアス・フントが倒れていた。服はちぎれ、髪は額に貼りついていた。意識は完全にあったが、喋れなかった。顎をぱくぱくさせ、片手を伸ばしてグルムバッハの膝を摑もうとしていた。

「マティアス、どこからきたんだ。何があったんだ」

「マティアス、おれがわかるか。おれだ、グルムバッハだ」

マティアスは頭をもたげ、両手を地面に突いて起きあがろうとしたが、また地面に倒れた。グルムバッハはその傍らに跪いて少し体をもちあげてやり、「マティアス、おれだ、グルムバッハだよ。怖がるな。おれがわかるか」

だがマティアス・フントは、またずしんと地面に倒れてしまった。

「殿、背中に一発、弾丸を食らっています。ごらんなさい。こいつの服には飲み屋の亭主のビールだらけの前掛けよりもべっとり血がついていますぜ」

マティアスはじっとグルムバッハの顔を見つめながら、ゆっくり右手をシャツの下に入れ、何か言おうと口を開けたが、一語も喋れなかった。

「マティアス」とイェクラインが悲しそうに言った。「こいつはいままでも口数の少ないやつだった。だがいま、死ぬ間際になって急にあれこれ喋りたくなったというのに、喋り方を忘れちまいやがったんだ」

グルムバッハは瀕死の男のシャツの下を探って、上流社会のインディオたちがやり取りする革紐結びの手紙を取りだした。

「われわれにこの手紙を届けようとしたところ、背中から一発撃たれたんですな。殿、読んでください。なんて言っているんですか」

グルムバッハは手紙を読み始めたが、読みおえると、「メルヒオル、これじゃヘロデ王もユダも聖者に加えにゃならんぞ」

「畜生め、何があったんです。殿、はやく言ってください」

「インディオの貴族が五百人、寺院で踊っている最中に銃と大砲をもったスペイン人に襲われて全滅したんだ」

「殿、モンテスマがいるというのに、どうして都でそのようなむごたらしいことが起こったのでしょう」

「モンテスマはコルテスに逮捕され、鎖に繋がれたんだ」

「鎖に繋がれた?」とイェクラインは叫んだ。「ああ、幸福ってなんて移ろいやすいものなんだ。侯爵や大臣でも拝謁を願うときは襤褸をまとい、謁見の間を匍匐《まほふく》しなければならなかったというのに、いまはコルテスの囚われの身になっているとは。それはカカマ公子からの手紙ですか」

「いや、カカマは死んだ。クイトラワ公子がおれ宛てによこしたものだ」

「鶸《ひわ》を連れている人ですか」

「そうだ。国王の弟で、鶸を連れている人だ」

というのは、王家の公子の一人が黄色と薔薇色の羽毛の小鳥をもっていたが、外出するときはかならずこの小鳥を連れていくほど可愛いがり、いつも花をつけた小枝にとまらせてもち歩いているのだった。それで彼の名前を覚えられないイェクラインは、〈鶸を連れた人〉と呼んでいたのである。

イェクラインは立ちあがって、グルムバッハを見据えた。

「殿、ごらんなさい。わがマティアスは死にました。われわれはこの国で四人だけになりました」

「いや」とグルムバッハは小声で悲しそうに、「残っているのは二人きりだよ、メルヒオル」

「殿」とイェクラインが叫んだ。「じゃ、シェルボックとトンゲスは――」

彼は途中で言葉をきった。グルムバッハは長い間重苦しく溜息をついていたが、やがて「二人とも死んだ。コルテスに二人とも絞首刑にされたんだ」

イェクラインは呆然として主人を見つめたまま、ひとことも口にしなかった。

「二人ともスペイン人がインディオの虐殺を始めたとき、黙って見ていられなかったんだ。二人ともメンドーサを罵り、トンゲスがメンドーサの口を殴ったのだ。それでコルテスの前へ連れていかれ、吊し首にされたのだ」

「全部手紙にあるんですか」

グルムバッハは頷いた。

「見せてください」

グルムバッハは結び目のある革紐を手渡した。イェクラインはそれをじっと睨んで手のなかでひねくり廻していたが、「わたしには読めません。読み方を習わなかったんで」

しばらくの間、二人とも黙って地面を睨んでいた。やがてイェクラインは拳をあげて誓った。

「こないだトンゲス、シェルボック、わたしの三人は誰に三発の弾丸をぶち込むか、ちゃんと決めたんです。一発目はコルテス、二発目は公爵、三発目は刑吏にって」

「なあ、メルヒオル。おれはこの三発の弾丸できっとスペインの無敵軍を殲滅してくれるぞ。生還して坊主に懺悔できる者など、ただの一人も生き残らぬようにな」

「三発でどうなさるおつもりですか」

「この三発でやる。この三発でな」

しかし二人ともこのときは、ノバロが死に際に叫んだあの恐ろしい呪いのことは考えていなかったのだ。

その間に辺りはとっぷり暮れていた。山々からは国中のインディオたちにあらためてスペイン人への復讐を呼びかける合図の火があがっていた。

「殿」とイェクラインが言った。「しっかりしてください。マティアスを小屋へ運ばないといけません。禿鷹どもをごらんなさい。嘴《くちばし》を大きく開けてマティアスに鎮魂歌《レクイエスカト》を歌うつもりですぜ」

二人は死者を一軒の小屋に運び込み、地面に横たえた。

グルムバッハは疲れきって、小屋の片隅にへたり込み、両手で頭を支えていた。

「今夜はどうして眠れよう。こんな悲惨なことになったのはおれの責任だ。きっとまだあの二人は絞首台にぶらさがったまま、おれを呼び、助けてくれと願っているに違いない。あの二人と残るべきだった。誠心誠意、忠告してくれたというのに」

「すんだことはすんだことです。公爵に見事にしてやられたんです。だからいまさら二人でどんなに嘆き悲しんだところで、どうなるってものでもありません」

「シェルボックのやつは、二、三週間前に山中でもの凄く冷え込んだとき、おれが甲冑の下につけていた二枚の毛皮を手袋にしたいからくれと言ったんだ。そのときおれは、『間抜けめ、お前に川獺《かわうそ》の毛皮なんかもったいないわ。寒けりゃ、息をかけて暖めろ』って言ったが、いまになってみると、なあ、メルヒオル、いまならこんな毛皮など進んでやるのになあ。だがもう歓んで受け取ってはくれまい。あいつを生き返らせることができるなら、永遠の救いのうち、おれの分をやってもいい」

その間にイェクラインは部屋のなかを探し廻って、インディオがプルケと呼んでいる焼酎の入った壺を二つ三つ見つけだし、部屋の真ん中まで引きずってきた。それから木の盃を二つ取ってきて、「殿、眠れないのと違いますか。死んだ仲間の名誉と思い出のために一杯やろうじゃありませんか。あいつらがまだ生きていたときはよくいっしょに飲んだじゃありませんか。競って酒樽を飲みほした仲じゃないですか。もっともそんなことをすれば、おかんむりになる人が一人いましたがね」

イェクラインは盃にインディオの酒を満たして自分のを飲みほすと、もう一つをグルムバッハのほうに押しやり、「それじゃ、灌水器も坊さんの聖ナルカナ、讃《ほ》ムベキカナというお祈りもありませんが、今日は二人で死んだ仲間の供養のミサをぱっとやりましょう」

グルムバッハはゆっくり焼酎を飲み、天井を睨みつけて、「メルヒオル、ドイツはすっかり変ってしまったという噂を聞いたぞ。なんでも、坊主たちまでが庶民に本当の礼拝の仕方や本当の神の教えがどういうものか教えようとしてるってことだ」

グルムバッハはまた盃を満たして飲みほし、喋りだした。「メルヒオル、お前、信じるか。一人の坊主が現われて、免罪権などあってはならぬ、懺悔も巡礼も必要なし、また教会の世俗権など一切認めないと説いているなんて。実際、誓って言うが、死んだ連中といっしょにいまドイツにいたらなあ、って思うよ」

「誓うなんてもったいない。あなたを固く信じていますよ」

「おれはドイツへいってその立派な坊さんに訊いてみたい。わたしをご存知ですか。わたしはグルムバッハという男で、以前はライン伯と名乗っていました。かねてから坊主どもの俗権への介入が癪だったので、抵抗したために皇帝から追放処分にされました。あなたが免罪権や懺悔などをローマの奸策だと決めつけておられるとすれば、わたしも同じ叛逆者で、われわれ二人は同じ道を歩んでいるわけです、とな」

グルムバッハとイェクラインは何回となく盃を飲みほし、イェクラインはしきりに頷いていた。グルムバッハは拳で空を打って、「あなたはわたし同様に叛逆者です。それなのにわたしの助けなどいらないとおっしゃるのですか。ごらんなさい、わたしは一人きりではありません」

そしてまた一杯飲みほし、辺りを見廻した。反抗心に燃えているグルムバッハの頭のなかでは、小屋は死んだ農夫たちの亡霊で満ちていた。グルムバッハは空になった盃で暗い片隅をさして、「ごらんなさい、お坊さん、立派な坊さん、敬虔な坊さん、ここにいるのがマティアス・フントです。ほかの連中がポケットを閉めているように口を固く閉ざしていますが、敏捷で腕は確かです。こんな男が二人もいれば、広びろとした野原のなかでも悪魔をつかまえることができます」

「もう死んじゃったのか、マティアスよ」とイェクラインが泣き声でいった。「嬉しいときも悲しいときもいっしょだったたっていうのに」

しかしグルムバッハはさっと起きあがると、せかせかと部屋のなかを往ったりきたりし始め、立ち停まるのは甕から酒を注ごうとするときだけだった。

「ここにいるのがシェルボックです。太鼓腹をしていますが、どんなに大きな堆肥の山でも跳び越えられます。あそこにいるのがトンゲスで、糞坊主を好むことといったら、まるで鼬《いたち》がまるまる肥った鶏を好むがごとしでした」

飲んだ酒でイェクラインはおろおろ取り乱してしまい、大声で泣き始めたが、グルムバッハは為す術もなく往ったりきたりしながら、死んだ部下の名を呼び続けた。「ディルクラウト、ペーター・ディルクラウト！　おい、こらっ、出てこい。猿みたいに毛むくじゃらだったが、喧嘩の名人で、額にがつんと一発食らわすだけで相手はかならず倒れて死んだものだ」

「ペーター・ディルクラウト」とメルヒオルが泣き喚いた。「あいつはちょうどズボンを穿こうとしたときにスペイン人に撃ち殺されてしまったんだ」

グルムバッハはイェクラインの言うことなど聞かず、また酒甕を抱きかかえるようにして口を拭い、木の盃をふり廻しながら、「ゲオルク・クノルバイン。出てこい。お前は豚の胃みたいに皺だらけの顔で歯抜けだったが、お前と殴り合った相手は、翌日はきまって足腰が立たなくなったもんだ」

「ゲオルク・クノルバイン」とイェクラインが泣いた。「お前はフェルディナンディナ島の岩山でスペイン人に刺し殺されたんだったなあ」

「シュテファン・エーベルライン」とグルムバッハが声を張りあげた。「クラウス・リーンハルト、二人とも出頭したか。畜生、乱暴でだらしないやつらだ。口が臭くて鼻が曲がりそうだったぞ。でも本当に信心深くてしっかりした連中だった――」

だがグルムバッハは急に黙って天井を見つめたかと思うと、片手を頭の上に翳して怒り狂い始めた。「こん畜生め、この屋根は雨漏りがしてるぞ、雨が入ってくるぞ。ディルクラウト。お前なんか山羊に突かれろ。屋根を修理し、壁を塗れって命じておいたじゃないか」

「殿」とイェクラインが目を据えて、「ディルクラウトと何を怒鳴り合っているんですか。やつは死んじゃったんですよ」

しかし焼酎のためにグルムバッハの頭は混乱していて、小屋には死んだ仲間がみんな揃っていると思っているのだった。

「エーベルライン、おれのところへこい。さあ飲め、さもないとちんばにするぞ。なんだと、飲みたくない？　酒がまずすぎるだと？　半フーデルが五ターレルもしたんだぞ。プフィンジンゲンでこれよりいい酒を飲んだことがあるか。おい、だからこれを飲め。飲まなきゃ両耳を殺《そ》ぐぞ」

「殿」とイェクラインが吼えるような声で、「耳を放してくださいよ。わたしはエーベルラインじゃありません。あいつはプフィンジンゲンの堆肥を全部食いやがれ、なんて言ったために、スペインの隊長に射殺されたんですよ」

グルムバッハは酩酊してまたほかの農夫の幻を見、イェクラインの耳を放すと、笑いだした。「はは あ、バルタザル・シュトリーグル、そこにいたのか。さあここへ坐れ。いやだと？　暇がないだって？　畜生、どこへいくんだ。長靴を磨き、ズボンをしっかりたくしあげて、帽子にごてごて羽を飾りやがって——飲み屋へでもいって、亭主から豚の焼肉でもせしめる気か」

イェクラインは主人がバルタザル・シュトリーグルの名を呼ぶと、猛烈に腹が立ってきた。いつかこの農夫にシャツと新品の青い上着を貸したまま、二つとも返してもらえなかったからだ。酒ですっかり気が狂ったようになっていたので、死んだシュトリーグルが青い上着を着て、小面《こづら》憎そうに自分を眺めているように思ったのだった。それで幻影を蹴とばし、拳で威して、「悪魔がまたきさまを吐きだしたのか。おれの上着を返せ。さもないと魔法で目の周りに青痣をつくってやる。なあ、おい、お前の指は十本とも盗みに都合よく曲がっているじゃないか」

「仲間たちよ」とグルムバッハが叫んだ。「こっちへこい。びくびくするな。おれのテーブルに坐れ。何をびくびくしてるんだ。おれはもう暴れ伯を名乗らん。ライン伯じゃないんだ。おれはグルムバッハで、国や人々を支配する力はないし、臣下など誰もおらん。おれはお前たちのように畑を耕し、蕪や穀物、大麦、野菜をつくっている。今年もし雹が降れば、冬籠りのためにお前たちのところへ物乞いにいくか、断食するかしなきゃならん」

「クノルバイン」とイェクラインがげたげた笑いながら叫んだ。すっかり酩酊して、不機嫌な歯抜けの老農夫の幻を見ていた。「クノルバイン、どうやらまた一ターレルばかり金をかき集めて牛小屋へ埋めにいくらしいな？　ゲオルク、ごきぶりがお前の金のところへ這ってきて、全部食っちまったぞ、ゲオルクよ」

「お前たち」とグルムバッハが喚いた。「なんでそんなに不思議そうに黙ってこっちを見てるんだ。酔ったんだな。じゃ、これからちょっとダンスを踊らせてやる。トンゲス、ヴァイオリンをもってこい。リーンハルト、バッグパイプを吹け。おれが太鼓を叩いてやる。長靴から藁すべが飛ぶくらい跳んで足をあげろ」

グルムバッハは部屋の隅で太い棍棒を見つけ、股に太鼓を挟んでいるようなつもりで、土器の酒甕を猛烈に叩きだした。

イェクラインは部屋部屋をどたどたよろけ廻り、両手を壁について笑いながら、「リーンハルト、なんでそんな苦虫を嚙み潰したような顔をしてるんだ。誰かが牛乳のなかへ藁すべか鳥の糞でも放り込んだのか」

グルムバッハは、目を閉じて騒々しく土の太鼓を打ち鳴らしていた。イェクラインは踊ろうとでもするかのように足をあげたが、うつぶせに倒れ、喚いた。「こら、ディルクラウト、なんてひどい音楽だ。お隣さんよ、また虱に苦しんでいるのか。いいこと教えてやろう。全部取って籠に入れ、蓋をすりゃ安心よ。女どもにからかわれた？　なんでお前は猿みたいに毛むくじゃらなんだ。シェルボックを見るがいい。どんな女だってやつを情夫《いろ》にしたがっているじゃないか。ああ、シェルボック、お前、どこからきたんだ。またダリラに添い寝をしてたのか。ダリラの胸で両手を暖めてきたんか」

グルムバッハは急に太鼓がわりに叩くのをやめ、酒甕を突き倒すと、イェクラインのほうへよろよろやってきた。

「シェルボックよ」とイェクラインはくすくす笑いながら、「こん畜生め。ダリラがお前の太鼓腹に惚れただなんて、どうやったんだ。昨夜もあの娘と寝たのか。うん、若い娘か、こいつはこってりした肉団子よりうまいからな」

「誰がダリラと寝たって?」とグルムバッハは怒鳴り、辺りを見廻した。「シェルボック、どこにいる? きさまの頭も腕も足も叩き折ってくれるぞ」

しかしイェクラインはすっかり酩酊してしまっていた。仰向けに引っくり返って足を伸ばし、鼾をかきだしていた。

「シェルボック」とグルムバッハは喚きちらしながら棍棒をふり廻した。「出てこい。お前なんか山羊に突かれて盲になっちまえ」

気違いじみた夢の妄想にとらわれているグルムバッハは、彼に棍棒で襲いかかられないように、死んだ農夫たちの幻がわが身を護りながらシェルボックを庇《かば》うのを見た。

「退《ど》け」とグルムバッハは喚いた。「クノルバイン、そこを退け。ディルクラウト、あっちへいけ。やつをぶち殺してやる。そこを退け。さもないと、この棍棒で虱と蚤ごとお前たちを叩き伏せるぞ」

グルムバッハは棍棒をふりあげ、酔いのために自分の目の前にちらついている驚く農夫たちの頭めがけて打ちおろした。死んだ農夫たちの幻影は悲鳴をあげて逃げ、道を開けた。それで、いま突然、小屋のなかにはシェルボック一人が立っているのが見えた。狡そうな小さい目で図々しく意地悪そうにグルムバッハの顔を見つめていた。

グルムバッハはひとことも言わず、両手で棍棒をふりあげてシェルボックの耳の後ろをしたたか殴りつけ、さらに肩、腰、手、頭と、片っぱしから情け容赦なく殴った。

グルムバッハは、シェルボックの幻が床に倒れて死ぬまで殴り続けた。

やがて満足そうに低い声で笑い、よろよろしながら部屋の中央へ戻ってくると、棍棒を落としてしまった。かがんでそれを探したものの、見つからなかったので、仕方なく体を起こそうとしたが、よろめいてどすんと床に倒れ、そのまま眠り込んでしまった。

翌朝遅く、グルムバッハは目を覚ました。

外ではイェクラインがはやくも馬に鞍をつけ、水をやっていた。

「殿、昨夜は死んだ仲間たちの夢を見ました」

グルムバッハは手を額にやって、「おれも昨夜、死んだ仲間の夢を見たような気がするが、もう覚えておらん」

「殿、本当ですか、トンゲスが死に、シェルボックも死んだってのは」

グルムバッハは甲冑の下から川獺の毛皮を取りだし、ためつすがめつしていたが、地面に投げた。

「これをシェルボックにやる気はなかった。ほら、そこにあるぞ。ほしければ拾え」そう言って頭を垂れ、溜息をついた。「やつを生き返らせることができるんなら、おれは永遠の幸福なんかいらん」

彼は自分が夢のなかでシェルボックの幻を殴り殺したことを覚えていなかった。

イェクラインは騾馬に乗ろうとしたが、グルムバッハが、「おれの馬の後ろに乗れ。そのほうが速いからな」と命じた。

「ダリラの騾馬はどうしますか」

「勝手に飼い葉桶のありかを探すさ」と言って叩くと、騾馬は跳んで逃げていった。それから威嚇するように銃を打ちふりながら、「メルヒオル、誓って言うが、間もなくこの国には乗り手のいないスペイン軍の馬がいっぱい走り廻ることになるぞ」

第一の魔弾

いま、わたしは地獄の門が開いた夜の秘密を語る段階にきた。

それは悲しみの夜と呼ばれている。あの夜、コルテスとスペイン軍がどんなことに遭遇し、なぜその夜がそう呼ばれているか、諸君たちの多くはきっとわかっているはずだ。

だがスペイン軍にこの不幸をもたらしたのがグルムバッハであったことを知る者は皆無だ。また、たった一発の弾丸でスペインの無敵軍《アルマダ》に勇猛果敢な復讐を遂げたことを知る人もいない。

この最初の一発、ライン伯の三発の弾丸のうち最初の一発については、ガルシア・ノバロの残忍極まりない呪いがいかにして成就されたかを話さなければならない。

スペイン人たちは、インディオの貴族たちを完全に虐殺し、国王モンテスマの身柄を拘束したその日、大声で悲しみ叫びながら道路や広場に溢れていた狂ったようなインディオの群れと衝突するのを恐れ、宿営所から出ようとしなかった。

インディオたちは、モンテスマにかわって全面的に臣服できる二人の指導者をすぐに見つけだした。

クイトラワとグァティモツィンの両公子で、二人とも偶然、寺院の中庭で行なわれたあの舞踏会に参加しておらず、大虐殺を免れたのである。

二人の公子がただちに煙と火の合図で全国のインディオに武器を取るよう呼びかけると、翌朝すでに周辺のインディオがやってきたし、潟のむこう岸に住むインディオも舟で湖水を渡ってやってきた。さらにその翌日には、ほかの町や地方のインディオたちが集結し、たちまち都のあらゆる広場、道路、家屋はそれらの人々で溢れた。あまりの多さにスペイン人が驚くのも無理がないほどの人数だった。

グァティモツィン公子は激しくかつ非常に好戦的な青年で、インディオたちを督励して連絡壕と砦をつくらせた。また短気な人物だったから、何がなんでもスペイン人を宿営地に封じ込め、本気で戦う決意のほどを示した。これにひきかえクイトラワ公子は年配の思慮深い人物で、できればスペイン人と和平交渉がしたかったので、部下にはスペイン人の宿営地を攻撃することを許さず、都に入ってきたインディオの毎日の食事に心を砕き、パンを焼かせる仕事に忙殺されていた。そのほか、役人を任命してインディオ同士の争いを調停させたり、あらたに到着したインディオにそれぞれ宿泊所を斡旋させたりしなければならなかった。

ところでグァティモツィン公子は支持者も友人も少なかったが、クイトラワ公子に味方する者は多く、それも日に日に増えていった。田舎から都に出てきたインディオの大半は戦う術を知らなかったからである。生来温厚なうえ、平和で安穏な生活に馴れすぎ、このときまで交易と農業しか営んだことがなかった。生まれてはじめてテノチティトラン市にやってきた彼らは妻子連れだった。こういった連中は到るところで見受けられたが、白と赤の毛房のついた長い木綿のシャツを着て歩き廻り、宮殿や商館、噴水、寺院を驚嘆の眼で眺めていた。色とりどりの天蓋をつけた大きな船で湖水を渡してもらっている者もいた。どのインディオも物見遊山に都へやってきたにすぎないかのようだった。

都の住民は住民で、次第にまた市場を訪れたり、道端で商いをするようになり、やがて以前のように商取り引きが行なわれるようになった。建築用の石材や材木、壺類、貝類、ザリガニ、鳥などをたくさんもっている者は市場に出かけて売ったので、誰もが戦争を始め、復讐を遂げることを忘れてしまったのではないかと思えるほどだった。

しかし神のご意志とお考えによれば、流される血はまだ充分ではないらしく、あらたに戦火が燃えあがって、悲しみの夜がスペイン人にやってくるように事を運び給うたのである。

インディオが以前にもまして平和を求めているのを見ると、コルテスはこっそりクイトラワ公子に、わたしの宿泊所に移っていただいたモンテスマ殿が快適にすごせるようにずいぶん腐心しているが、モンテスマ殿はご自身と廷臣のために吟味したあらゆる食べ物や料理を毎日四百皿以上も食卓に並べることに馴れておられるので、毎日将校を一人市場に派遣するから、クイトラワ殿が自ら必要な食糧品の値段を決めてほしい、と告げさせた。

クイトラワ公子は、コルテスが実は自分と無敵軍のために小麦粉と肉をほしがっていることはよくよくわかっていたが、モンテスマ国王の位に対する畏敬の念からその願いを許可したため、グァティモツィン公子の大きな不興を買った。グァティモツィン公子は兵糧攻めで敵の気勢を殺《そ》ごうと思っていたからで、臆病者めがと吐き捨ててクイトラワを責め、こういう駆け引きではおれのほうが一枚も二枚も上だということをコルテスに見せてやる、と息巻いた。

果たして翌日、グァティモツィンは市場から馬で帰るダキラール隊長を襲わせ、二、三人の兵士を打ち倒して取り引きした食糧品を奪った。満身創痍のダキラールはほうほうの体で逃げ帰った。

コルテスはこれを聞くと、スペイン人の宿営の城壁の上から二、三名のインディオの貴族を呼びよせ、モンテスマがクイトラワ公子と話をしたいと言っている、と伝えさせた。

間もなくクイトラワが一人の強そうな護衛と宮廷人を引き連れ、スペイン人の宿営の近くまでやってきた。すると城塞から突きだしているバルコニーに、コルテスがモンテスマと腕を組んで現われた。モンテスマは国王の地位を示す絢爛豪華な衣裳をまとい、全身にエメラルドなど緑色の宝石をつけていた。クイトラワもその従者たちも国王の衣裳を身にまとったモンテスマを見ると、大地にひれ伏し、一語も発せずに恭しくその言葉を待ち受けた。

やがてモンテスマはほとんど聴き取れないほど低い抑揚のない声で話し始めた。そこにいるインディオたちをまともに見ず、自分はこのとおり無事だ、捕虜になっているのではなく、完全に自由の身であり、進んでスペイン人のもとに逗留しているのである、当分の間はこの宿泊所を去るつもりはないと述べ、両手両足をあげて、鎖に繋がれていないことを示した。

それから、スペイン人を攻撃するのはやめ、将来コルテス殿が要求する貢ぎ物と使役には、国王である自分の口から下知されたごとく従うべきである、今後は可能なかぎり万事にわたってスペイン国王に奉仕しようと決心したからであると言った。

インディオたちはこの話を聞くと、しばらくなんにも答えられないほど大きな悲しみに襲われた。しかしついにクイトラワが立ちあがり、低い声で、われわれは以前と変りなくあなたを国王と見なし、すべて仰せのとおりにすると答えた。

それからコルテスはバルコニーを去り、ひどい仕打ちを受けて負傷したダキラールといっしょに引き返してくると、クイトラワにむかって、公子はスペイン国王に仕える熱意の表現として、ただちに一つ手本を示していただきたいと言い、負傷したダキラールを指さして、これはグァティモツィン公子の仕業であるから、すぐに公子を拉致し、叛逆者として罰して、今後は叛乱が起こらぬようにしていただきたいと言った。

クイトラワはしばらく考えていたが、印章の一種である小さな石の像を腕環からはずし、これを宮廷人の一人に手渡して、グァティモツィン公子にコルテス殿の前にただちに出頭し、襲撃の罪を償うようにという命令を伝えさせた。

しかし使者はすぐ戻ってきて、グァティモツィン公子はコルテス殿にこう伝えよと言われたと報告した。たとえ全インディオがそのような和平希求という妄想に取り憑かれているとしても、おれは違う。スペイン人の宿営にいくことがあっても、釈明のためではなく、腕ずくで囚われの身であるモンテスマ国王を救出し、都にこのような汚辱を与えたコルテスを殺害するためである、と。

コルテスはこの不敵な言葉を聞くと、冷たく無表情に、城壁の上にグァティモツィンを吊す絞首台を建てよと命じた。

それからクイトラワとほかのインディオのほうをむいて、やがてわたしとグァティモツィンのどちらが強いかわかるだろう、おちついて事態のなりゆきを見守っているがいい、お前たちが本当にモンテスマ国王の忠実な臣下であるかどうかはその態度でわかるからな、と言い置いて姿を消した。

それからコルテスは五十人の小銃手と数人の騎兵を集めて梯子と鉄梃《かなてこ》、斧を用意させ、この兵力を率いて即刻グァティモツィンの家を襲撃し、破壊せよとメンドーサ公爵に命じた。

ちょうどこの日に、グルムバッハはテノチティトラン市に戻ってきたのである。

グルムバッハは暑さと長途の騎行で疲労し、宿で眠っていた。

急に眠りから覚めたのは、夢のなかでスペイン軍の銃声が轟くのを聞いたためだった。

グルムバッハは跳び起きて外を眺めた。

しかしインディオたちは平常と変りなく仕事をしていた。家の前では仕立屋が通行人たちに、色とりどりの羽や織物でつくった外套を売っていた。その近くで大工が棟上げをしており、その傍らでは漁師たちが湖水から網を引きあげ、船人たちは舟に飲み水の桶を積んで家から家へ廻り、水はいらんかねと呼び売りをしていた。そのほかのインディオたちもそれぞれの仕事に精を出していた。その賑やかな生活の囂《かまびす》しさにもかかわらず、グルムバッハは小銃の音を聞いた。だが眠気で麻痺した頭では、都を襲おうとしている雷雨の音としか思えなかった。眠くてたまらず、よろめくように寝台に戻って身を投げ、目を閉じて空想のなかで雨のしぶく音を聞いていた。

そのときいきなりメルヒオル・イェクラインが部屋に飛び込んできて、「これはようお眠りで。外ではドンパチやってるのに御寝《ぎょしん》されているとは」と喚いた。

グルムバッハはぱっと跳び起きた。そしてイェクラインが息をつぐのももどかしく、グァティモツィンが窮地に陥っているけれども、ほかのインディオたちは手を拱いて傍観しているだけだ、と報告するのを聞きながら、相変らず家の前では仕立屋が買い手を追っかけ、外套を勧めているのを見ていた。まるで町は泰平の世にあるようだった。そのときグルムバッハは怒りに襲われ、空の酒甕をその仕立屋に投げつけ、「こんな莫迦なインディオなんか、ペストでくたばっちまえ。最後の審判の日がきても、やつらは右往左往してくだらん品物を買ってくれそうな客を探すに違いないぞ」と悪態をついた。

それからイェクラインのほうをむいて、「インディオの大司祭か法王のところへいって、大太鼓で警報を告げるように言え。さもないとおれがただじゃおかんとな」と命じた。

インディオの大寺院のなかには、大人の背丈の三倍の高さをもち、人間の皮膚を鞣《なめ》して張った太鼓があり、敵襲のときに祭司たちがそれを叩いて非常警報を出すのだった。

イェクラインはすっ飛んでいった。グルムバッハは階段を登って屋根に出ると、胸壁の上にあがってグァティモツィンの家のほうを窺った。

はじめは砂塵と硝煙しか見えず、その雲から小銃の銃声と命令を飛ばすスペイン軍の隊長の声が響いてきた。鉄梃と斧をふるう音も聞こえたが、これはスペイン軍がグァティモツィンの家を四方から包囲し、閉じた門を叩き毀している音だった。次第次第にグルムバッハの目には、厚い雲の間にスペイン軍とインディオが戦って揉み合っている様子が見え、その真っ只中にいるメンドーサ公の姿を見分けることができるようになった。周囲の家々の平らな屋根には無数のインディオが群がって高みの見物を決め込んでいたが、あるものはモンテスマの命令を遵守して、またあるものはグァティモツィンがクイトラワを侮辱するような言葉で叱責したという理由で戦闘には参加せず、この事態が道化師や楽師の騒々しい演戯ででもあるかのように、わいわい喋りながら、もの珍しげに見おろしているのだった。

しかし突然、グルムバッハはイェクラインが下のほうから大声で呼ばわるのを聞きつけ、そちらを見ると、イェクラインは石畳の上を靴の踵も取れそうな勢いで必死に走っており、数人のインディオが石と棍棒をもって猟犬のように彼を追跡しているのだった。グルムバッハは彼を助けようと大急ぎで階段を駆けおりたが、そのときすでにイェクラインは入り口から駆け込んで、ばったり倒れ、「殿、はやく戸を閉めてください。殻竿《からざお》をもって追っかけてくるんです」と悲鳴をあげた。

グルムバッハは入り口を閉め、丸太を閂《かんぬき》にした。「そんなに走らされるなんて、いったいやつらにどんな悪さをしたんだ」

イェクラインはしばらく堆肥の上に打ち捨ててある死んだ豚のように横たわって、窒息しそうに口をぱくぱくさせて息をしていたが、背中をさすりながらゆっくり起きあがると、「莫迦の猿どもめが。あんなやつら、みんな疥癬か肺病にでも罹りゃいいんだ」

外では依然として、殺せ、殺《や》っちまえとインディオたちが大声で喚きたてていた。

「お前、背中をいやというほど棍棒でどやしつけられたんだろう？　畜生、いったいやつらにどんな悪さをしでかしたんだ」

「殿、インディオの司祭のところへ走っていったんですが、クイトラワの命令がないと太鼓は叩かないって抜かしやがったんです。そこでクイトラワのところへいって、スペイン軍を攻撃しろと部下のインディオに命じるように、あらんかぎりの声で怒鳴りました。しかしやつは鶸《ひわ》を手にのせて撫でさすったり、パン屑をやったりしているんです。外ではグァティモツィンが命がけで戦っているというのにですよ。そこでもう一度大声で怒鳴ってやったんですが、また返事なしです。それで――」

イェクラインは用心深く一歩さがって恐る恐るグルムバッハを横から見た。

「それで、言ってだめなら体に言うこと聞かせてやれと思いましてね、やつがぶっ飛ぶほど一発顔にお見舞いして逃げてきたようなわけです。まずいことをしましたかね、殿」

「なんの因果でお前みたいな阿呆に見込まれちまったんだろう」とグルムバッハは怒った。「こうなったからには、インディオたちはおれたちをこの家から出してくれんぞ。どうやってグァティモツィンを助けにいったらいいんだ。お前の莫迦さ加減ときたら、荷馬車一台分以上も糠《ぬか》味噌が頭に詰まってやがる。こいつは正真正銘、間違いないことさ」

「殿、そんなら屋根に登りましょう。きっと簡単に隣の家の上に出られますから、見つからずに下におりられますよ」

二人は階段を駆けあがった。屋根に出たとたん石礫《つぶて》や矢が雨霰《あられ》と飛んできたので、慌てて下へおりなければならなかった。インディオたちは隣の家々まで占領し、クイトラワを殴ったイェクラインに是が非でも復讐してやるぞと躍起になっていた。

グルムバッハはこの家から一歩でも出ようものならこちらの命が危ないことがわかったので、再び階段をおりた。そこの一室には石造りの大きな張り出し窓があった。

グルムバッハがその窓のなかに入ったちょうどそのとき、スペイン人たちは斧や鉄梃でグァティモツィンの家の重い戸を叩き毀してしまった。そして入り口を守っているインディオを一人、また一人とやっつけ、殺していくのが見えた。はやくもスペイン人たちは勝ったと思って勝ち関《ヴィクトリア》の声をあげ始めた。

そのときグルムバッハはガルシア・ノバロの小銃を手に取った。

いましも太陽が沈もうとしていた。イェクラインは大地と別れてゆく太陽の最後の光で城壁の上の絞首台を見た。すると、いやでもすぐシェルボックとトンゲスのことが思い出され、大声で、「絞首台の下にいる刑吏、ペドロ・カルボナーロをごらんなさい。殿、銃を貸してください。あいつの土っ腹に穴を開けてやります。太陽《ひ》の光が腹を抜けていくように」と喚いた。

しかしグルムバッハは返事をせず、立ち尽くしたまま、この三発の弾丸でどうやってスペイン軍の威力を潰滅させ、グァティモツィン公子を絞首台から救えるか、ひたすら考え続けていた。

だが、はやくもイェクラインはつぎの新しい標的を見つけていた。戦闘の只中にメンドーサ公爵がいるのを発見し、すぐグルムバッハにせがみだした。

「あそこにやつがいるのが見えるでしょう、あの気取ったためかし屋が。銃を貸してください。あいつの絹の服を襤褸屑にしてやります」

しかしグルムバッハは耳を貸さず、黙って手で小銃の重さを測りながら、どうすればこの張り出し窓からスペイン軍を全滅できるか、必死に頭を絞っていた。グァティモツィンがコルテスの手に落ちたら戦争は負けで、この国が永久にスペイン人のものになるのは必定だとわかっていたからだ。そのため、イェクラインが小銃を取ろうとしたときも、彼を押し退け、憎々しげに睨みつけたのである。

しかしメルヒオルはじりじりして腹を立てたあげく、突然逆上し、前にいるのが自分の主人なのも忘れて肩を摑むと、「小銃を貸さないつもりか。この莫迦者め、裏切り者め、大泥棒め。よこせ、さもないときさまの歯を喉のなかへ叩き込むぞ」とまくし立てた。

そのときグルムバッハは探していた男をついに見つけた。イェクラインの手を肩から払い除け、「あそこにいるあいつが、城壁の上にいるコルテスが見えるか。火薬を詰めろ。燧石《ひうちいし》を打って火縄に火をつけろ」

グルムバッハは膝をつくと、小銃をあげてコルテスに狙いを定めた。

「発射《うて》！　標的はあいつだ！　撃ち倒せ！」と後ろのイェクラインが絶叫した。

だがちょうどグルムバッハが撃とうとしたとき、スペイン軍の隊列でいつ果てるともない歓声が湧き起こった。公爵の部下がグァティモツィンを縛って家から連れだし、絞首台のあるスペイン軍の宿営地へ連行したのである。

その歓声の凄さといえば、家々の屋根にいるインディオたちが拍手喝采し、自分たちの見たものが道化か喜劇役者の演戯ででもあったかのように、愚かにも仇敵であるはずのスペイン人たちに両手をあげて万歳して見せたほどだった。

そこでグルムバッハは黙って悲しげに身を起こした。何もかもが水泡に帰し、もはやコルテスを殺してもグァティモツィン公子の命を救えないことはわかっていた。茫然自失の状態になってグルムバッハは発砲しないまま銃をおろした。

いまやイェクラインは狂気にとらえられ、逆上していた。グルムバッハの喉元に一発見舞うと、憎しみと怒りでわなわな震えながら、「スペイン人に買収されやがったな。この裏切り者め。さあ撃て。お前なんか梅毒に罹りやがれ」と絶叫した。

グルムバッハは張り出し窓の上に立って、重く息を吐いた。敵の陣営を見廻していると、コルテスが落日の光線を浴びながら誇らしげに、見るからに残忍な感じで立っていた。その傍らには将校たちのディアス、タピア、アルバラードが、またその近くには廷臣と召使を従えたモンテスマ国王がいた。王位を表わす青いマントを羽織り、黄金の靴を履いて、額には頭飾りをつけていたが、悲しそうで深刻な面もちで立っていた。

これらの人々の上に、いままさに夜の帷《とばり》がおりようとしていた。そのときふと、グルムバッハにある考えが浮かんだ。それはユダ・イスカリオテの行為のように恐ろしく、狂犬の頭脳が考えついたかのように残忍極まりない考えであり、自分でもたじろぐほどだったが、何にもまして賢明な考えであった。

焦躁のあまり震えながら、グルムバッハはイェクラインのほうをふりむいた。

「メルヒオル、はやくしろ。銃を取れ。そして火縄をおれによこすんだ」

そう言って指で空中にスペイン人の宿営地を囲む円を描き、声を引きつらせて、「スペイン人どもは一発で殲滅されるぞ」

それから上ずった声で、「全員がな、メルヒオル、全員だぞ」とつけ加えた。

そのときイェクラインは再び正気を取り戻していた。彼は跪いて小銃を掲げ、息をとめてグルムバッハの口を見つめた。

「構え」とグルムバッハが低い声で言った。「目標、モンテスマの胸！」

「殿、何をなさるんですか。わたしたちにはよくしてくれた方じゃないですか」とイェクラインは驚いた。

「胸を狙え」

「殿、ご慈悲を。あんな善良な国王の殺人者になんかしないでください。あなたもわたしも国王に忠誠を誓ったじゃありませんか」

「目標、王の胸！」とグルムバッハは怒り狂って威すように叫んだ。

「殿」とイェクラインは嘆いた。「ごらんなさい。国王はあなたの姿に気がついて挨拶の合図を送っています──」

「目標、王の胸だ！」とグルムバッハは恐ろしい声で言った。

イェクラインは命令に従い、グルムバッハは火縄の火を移した。

ガルシア・ノバロのものだった銃は轟音をたてて最初の一発を吐きだした。グルムバッハは目を閉じ、腕で顔を覆った。

むこうの城壁では、モンテスマ国王が悲鳴もあげずに廷臣たちの腕のなかにくずおれた。

その瞬間、路上のインディオとスペイン人の叫喚はぴたっとやみ、突如としてぞっとするような静けさがテノチティトラン市を襲った。

その静けさを破って、突然コルテスの恐ろしい声が響き渡った。「陣営へ戻れ」

それと同時にメンドーサ公も馬のむきを変え、石畳の上を退却してスペイン軍の陣営に到達すると、ふり返って、「陣営へ戻れ」と叫んだ。

だが時すでに遅かった。彼のあとからグァティモツィンを連行してきたスペイン人たちは、もう一人も生きていなかった。押し潰され、踏み潰され、粥のように潰されていた。

野次馬として町の路上に溢れていたインディオというインディオが黙って音もなく、何万人もの数で前進してきたのである。

大多数の者は武器をもっておらず、いま手にしているものか、地面から拾いあげたものをスペイン人に投げつけた。ある者は木材を、ある者は小石を、またある者はなかが空洞になっている瓢簞《ひょうたん》を投げた。命令されたわけでも、号令をかけられたわけでもないのに、押しとどめることのできない勢いで前進してきた。スペイン軍の臼砲が二十人倒すと、百人がそこに立っていた。運河があれば泳いで渡り、塹壕があれば自分たちの肉体で埋め、黙ったまま恐ろしい力と不屈の気魄でスペイン陣営に突入した。インディオたちの頭には、自分たちの国王が城壁で斃れたからには全員がスペイン人を道連れにして死ぬまでだということしかなかった。

彼らの頭上にスペイン軍の臼砲よりも大きな音で、鞺鞳《とうとう》と轟き渡る音がしていた。それは人間の皮を張った、百年もの間沈黙を守っていた神聖な大太鼓の音だった。

グルムバッハは何も見ず、何も聞いていなかった。モンテスマ国王が微笑みながら死ぬ姿がまだ瞼に焼きついていた。

そのときメルヒオル・イェクラインがグルムバッハの腕を揺さぶり、かすれた声で囁いた。「殿、いっしょにきてください」

グルムバッハは頭をもたげ、一歩踏みだしたが、よろめいた。テノチティトラン市の道路と家屋がぐるぐる廻っていた。自分の弾丸で自分が生みだし、喚び起こした嵐の力に茫然となっていたのである。

しかしイェクラインはその腕を取って強引に階段をおりていった。たちまち二人はスペイン軍の陣営めがけて突き進む無言の大きな渦に巻き込まれてしまった。そして忍びよる夜の暗がりのなかへ、数えきれぬ群集とともに入っていった。二人はこの瞬間、脇目もふらず黙々とスペイン軍の臼砲の砲火に身を投げだす何万という肉体のなかの二つにすぎなかった。

二人とも死んだガルシア・ノバロのことに思いを馳せたり、最初の弾丸に籠められた呪いがいかに身の毛もよだつほど現実のものとなったか、考えている暇はなかった。

ペドロ・アルバラード

全国のインディオがコルテスの無敵軍《アルマダ》に襲いかかり、もの凄い破滅と悲惨と殺戮とをもたらしたあの悲しみの夜、インディオに追撃され、追いつめられたスペイン軍が東の貯水池に架かっている橋を渡って逃げたとき、コルテスのもっとも優秀な隊長のファン・デ・レオーネが投げ槍で胸を貫かれて倒れるという事態が起こった。

勇敢な男で、死をも恐れることのなかったこのデ・レオーネは、ただちに中隊の部下を呼び、自分に構わず、各自わが身を救うように努力せよと言った。それから道端に這っていって、小姓に使っていたのでいまもそばにつき添っている若者に、インディオにつかまって生き恥をさらすことのないよう、頭に弾丸を撃ち込んでくれと命じた。

しかし自らもまた全身に矢と投げ槍の傷を受け、血を流し、喘ぎながら、突然コルテスがこの負傷者の傍らに、姿を現わした。そして窮地に陥っているデ・レオーネをどうやって救おうかと辺りを見廻すと、近くに二人のスペイン兵が倒れていた。だがともに傷を負っており、とても連れていけそうになかった。

　ところでこのすぐ近くには、死んだモンテスマの宮殿があった。石造りで、つい先日コルテスが念には念を入れて防御のために補強させておいたものである。負傷者たちにこの建物のなかへ避難するよう命じ、キリスト教徒として、勇敢な男として、さらにまた国王の忠実な部下として、再び救出にくるまではなんとしてもインディオの攻撃を防いでほしいと言い聞かせた。そしてデ・レオーネの手を握り、無事を祈っているぞ、このコルテスは決してお前のことは忘れないと言った。それからデ・レオーネの小姓を呼びよせ、二人で道路を駆け戻って、前線でインディオと戦った。インディオたちはコルテスの姿を見ると、大群をなして押しよせ、たちまちコルテスは包囲されて逃げ道を失なってしまった。

　宮殿は大きな庭園の背後にあり、全部石でできていたが、三方を湖水の水が囲んでいたので、圧倒的軍勢で攻めてきてもわずかな人数で二、三時間はもちこたえることができた。

　二人の負傷したスペイン兵はデ・レオーネを門のところまで引きずっていったものの、門は閉ざされていた。しばらく叩いたり呼んだりしていると、一人のスペイン兵が開けてくれたが、やはり負傷兵であった。

　三人はやっとのことでデ・レオーネを狭く曲がりくねった階段の上まで担ぎあげ、たくさんの蠟燭と木製の吊りランプで照明している広間に入った。そこはバレンシアのオリーブ市場と同じくらいの広さだった。

広間の中央には勢いよく火が燃え、二人の人物が坐って暖を取っていた。その一人が身を起こしてデ・レオーネをじっと見つめながら、「なんともひどい話だ。また何人かきたのか。なんで這いつくばってるんだ。あんたは人間か、家畜か、虫けらか、コルテスなんか悪魔に食われちまえ。昔からこが病院ででもあるみたいに、ひどい重傷者ばかりよこしやがって」と怒鳴りつけた。

いま到着したばかりの人たちが片隅を見ると、コルテスがすでに少し前にここへ送った負傷兵が二人いた。二人とも跪いてナイフで地面を掘っていた。

火にあたっている二人の男のうち一人は声で誰かわかった。それはペドロ・アルバラードで、よくきたなと不機嫌に言った。もう一人は黙ったまま火にあたり、身じろぎもしなかった。

「なんと、アルバラード殿じゃないですか」と負傷兵の一人が言った。「まだこんなところにおられるのですか。コルテスと全無敵軍は町から逃げだしましたぜ。この宿営にいるのはあなたと、逃げることのできないわれわれだけです」

「そうよ」とアルバラードが怒鳴った。「コルテスは馬も鎧ももってない丸腰の愚かなインディオから逃げたんだ。ここに黄金を置き去りにしたままな」

スペイン人たちが辺りを見廻すと、広間の床一面に、無数の金、銀、宝石をあしらい、花や貝殻、鎧、動物などを象った宝飾品、モンテスマ国王の宝物殿にあった奇妙で不思議な品々の山だった。金製の皿や茶碗、盃といった国王の食器が床に散乱し、また手のこんだ模様の極彩色の豪華な織物もあった。このときスペイン人たちには、ひとことも口をきかない、アルバラードのもう一人の仲間が誰かわかった。それは死んだモンテスマ国王そのひとで、国王は裸のまま宝物に囲まれ、火のそばに坐っていた。アルバラードは国王が倒れて死ぬのを見ると、すぐここへ引きずってきて豪華な衣裳、鎖、指環を丹念に剝ぎ取ったのだった。

片隅には螺旋階段が上まで続き、登りつめると木製の戸があって、そこからどんどん叩く大きな音が響いてきた。アルバラードは庭に面している窓に歩みより、コルテスではないかと覗いたが、戻ってくると、階段の上のほうにむかって、「静かにしろ、女《あま》め、戸からさがれ。さもないとあがっていって最上の礼儀作法を教えてやるぞ」と叫んだ。

上で戸を叩く音がやんだ。アルバラードは地面に横たわって呻いているデ・レオーネを見ると、「あれはダリラだ。片目のドイツ人のものだったインディオの売女さ。いまじゃメンドーサが情婦《いろ》にしている。実際あいつは女を売女にする名人だからな」

アルバラードは何回か広間を往ったりきたりしていたが、立ち停まると、「あの女は痂《かさぶた》一つない体をしてるからな」

「なぜ上の部屋に閉じ込めたんですか」と一人が訊いた。

アルバラードは怒って上の部屋を拳で威すように、「ふん、あの女は目にしたものはなんでもほしがるんだ。くだらないカーニヴァルの衣裳につけるからといって、もうリボンに結び紐、留め針、銀製の鐘を二個も盗《と》っていきやがった」

それから負傷者たちにむかって、「ナイフを取って、そこで穴を掘っている連中を手伝え。インディオどもに発見されんように、宝物をうまく隠すんだ」と命じた。

スペイン人たちは一所懸命ナイフで三和土《たたき》を掘り、黄金を埋め始めたが、その間にアルバラードはそこいらに散らばっている黄金の宝飾品を空の長持と袋に詰めていた。

一時間掘ると、一人がナイフを放りだしてびっこを引きながら窓のところへいき、庭を見おろした。

「コルテスの姿でも見えるか。それとも白馬に跨ってお前を助けにくる聖ヤーコプの姿が見えるか」とアルバラードがからかうように訊ねた。

「見えるのは何百人というインディオばかり」とそのスペイン兵はこぼした。「まるで蜜菓子に群がる丸花蜂みたいに家を取り巻いてブンブンいってますぜ」

「コルテスのやつから上着を質に取っておきゃよかったんだ。やつが戻ってくるようにな」とアルバラードは嘲った。

デ・レオーネが呻き始め、地面を輾転としながら何か言おうとした。

「おい」とアルバラードは笑って、「デ・レオーネ殿、皮膚が裂けていては寝苦しいかね」

「コルテスは」とデ・レオーネは呻いた。「湖水のほうからくるだろう」そして手で窓のほうをさして、「湖水を渡ってくる」と囁くような声で言った。

アルバラードは頭が鈍く、どうすれば自分の身とまとめた黄金を安全なところへもっていけるか、ろくに考えていなかった。しかしこう言われてみると、さすがに隣室へいった。そこの窓からはかなりむこうまで湖水を見渡すことができた。それからすぐにひどく興奮し、慌てて戻ってきた。本当に遠くに一隻の帆船らしい影が見えたのだ。だが兵士たちにはそのことをひとことも洩らさず、彼らがコルテスの送ってくれた援軍に気づかぬように、全員を速やかに入り口から外へ出すにはどうしたらいいかを考えた。

そのとき一人の兵士が、ナイフを横に置いて、布のかわりにモンテスマ国王の宝である豪華な織物を槍で貫かれた足の傷口にあてて繃帯をしなおそうとしていた。

これを見てアルバラードは逆上し、びっくりしている兵士の手からその布地を引ったくると、「よくも汚ない貴様の血でベトベトにしてくれたなあ。見ろよ、豚が食いついて離れないほど汚れちまったじゃないか。出ていけ。入り口の外に出ていろ」と喚き散らした。

兵士たちはそれだけはやめてくれ、後生だからと叫び始めた。しかしアルバラードは聞く耳をもたず、容赦なく外へ叩きだし、戸を閉めて、「外のほうが穴は掘りやすいぞ。外の土は粘土でやわらかいからな」

それから火のところへ戻って両手を暖めながら、いまは自分一人だけになった広間を見廻した——死んだモンテスマは依然として火のそばにうずくまり、デ・レオーネは顔を地面に押しつけてかすかに呻いていていた。

「おい」とアルバラードが言った。「デ・レオーネ殿、あんたにも二本手があるじゃないか。なんで鼻を地面にこすりつけてるんだ。松露でも探しているのかね」

デ・レオーネは発熱して悪寒に見舞われていた。アルバラードを召使の一人だと思って呻き、囁くような声で、「走っていって薬草をもってこい。蒸し風呂に使うんだ。おれは寒い」

「なんで蒸し風呂なんかが必要なのだ」とアルバラードが訊いた。「あんたはまっとうなキリスト教徒だとばかり思っていたぞ、デ・レオーネ殿。わかった、あんたの父親は異教徒のモール人だな。連中はしょっちゅう風呂に入って汗を流すのが好きだからな」

ちょうどこのとき、外で舟が岸に乗りあげる音が聞こえた。アルバラードはすぐデ・レオーネをほったらかして外へ駆けだし、コルテスがデ・レオーネ救出のために送ったメンドーサ公とペドロ・ドリオを舟から助けおろして、家のなかへ入れた。

アルバラードは舟を見て歓んだ。もし横笛をもっていたら、有頂天になって踊りながら吹いただろう。「主《キリエ》よ、憐れみ給え《エレイゾン》」と低い声で笑い、黄金を指さした。「とうとうきてくれて、なんともはや、ありがたいこった。コルテス殿が黄金のことを忘れちまったかと思って心配していたぜ。舟には充分ゆとりがあるかい」

「お前たち全員がやっとだな」とドリオが答えた。「それに、黄金をもっていけるとしたら、せいぜい包み一つか二つだ」

「一つだと?」とアルバラードは声を低くし、熱烈な口調で、「ここにある黄金は全部運ばんといかん。穢らわしい異教徒どもには、一甕の酒を買うだけの金も残しちゃならん」

「何を言うか。まず負傷した可哀そうな仲間を舟に乗せにゃならん。どれだけあんたの黄金を積む余地があるかはそれからの話だ」とペドロ・ドリオは言って、アルバラードに背をむけた。

アルバラードの顔は怒りのあまり、サフランを加えた黍粥のように、さっと黄色くなった。「お前らは莫迦だ」と舌打ちした。「舟には一人も乗せんぞ。銀が一握りあれば、コルテスは外にいる負傷した連中より立派な兵隊を買えるんだ。あんな連中はもう蛆虫を肥やすしか能がないんだからな」

「おれはコルテスの命令どおりやってるんだ。黄金のことなんて何も聞いてないぞ」とドリオはきっぱり言った。

それから手をパンと打つと、「おいこら、みんなこっちへこい」

だが叫びおわらないうちに、アルバラードがドリオを引き倒し、胸の上に跨って喉を絞めつけていた。

「黙れ」とアルバラードは泡を噴いた。「この莫迦め、なんできさまの土手っ腹に剣を突き刺さんのか、われながらわからんほどだ」

ドリオは必死に抵抗し、喘いでいた。しかし悪賢く残酷な心をもつメンドーサ公はとっくにアルバラードの味方についていた。黄金を見るとすぐ、負傷兵を乗せるより黄金を守ったほうが賢明だ、あんな体では逃走中のスペイン軍の足手まといになるのがおちだからな、とひそかに考えていたのだ。それですするとドリオのところへいき、「これ以上あいつを怒らせるな。憤慨のあまり、獣みたいに分別がつかなくなっている。おれたち二人とも絞め殺されるぞ。あいつの言うとおりにしろ。言うことを聞いておけ」と囁いた。

「じゃ、気違いみたいなこんなやつのために可哀そうな仲間を裏切れというのですか。これだけのキリスト教徒をむざむざ猛り狂ったインディオどもの手に渡せというのですか」

「まあな。やつらは異教徒と和睦を結んで、それぞれ何か商売でもすりゃいいんだ。煙突掃除や豚肉の切り売りでもな。おれの知ったことか」とアルバラードが悪態をついた。ドリオはゆっくり身を起こした。

その間にメンドーサは、失神して血の池のなかに倒れているデ・レオーネを見つけた。

「そこにデ・レオーネがいる。こいつだけわれわれの舟に乗せるんだ、アルバラード」とメンドーサは囁いた。

「腐肉ですぜ、腐った肉の塊でしかない。メスと止血用の海綿で外科医の応急手当てを受ける値打ちもない」とアルバラードが軽蔑したように言い、足でデ・レオーネを蹴飛ばした。だがデ・レオーネは身動き一つしなかった。アルバラードはそっぽをむくと、「こいつの体にはもう火の粉一つ残っておらん。やつはこのままにしておこう」

同時に、黄金を詰め込んだ長持を取ってドリオの肩にのせた。

「人を驢馬か荷担ぎ人夫みたいに扱いやがって。このおれに何を担がすんだ」とドリオが叫んだ。

「貴族はもっと尊敬されてもいいはずじゃないか。誰かほかのやつを探せ。だがカスティリアの貴族を荷担ぎになんか使うな」

「貴族であろうとなかろうと、文句があるなら悪魔にでも言え」とアルバラードが食ってかかった。

メンドーサはドリオに、「いいからやつの言うことを聞け。そのほうがいいぞ。やつが猛り狂ってるのがわからんか」とそっと耳打ちした。

ペドロ・ドリオがアルバラードのもの凄い見幕に気圧《けお》されて、黄金の詰まった長持を呻きながら湖畔まで引きずっていく間、メンドーサは火のそばに腰をおろして手を暖め、このおれにはさすがにアルバラードも荷運びなどさせないな、といい気になっていた。

それから死んだモンテスマを調べていたが、それを傍らへ押し退けて笑うと、「おい、異教徒の王よ、そんな不機嫌で妙な目つきで睨むな。洗礼を受けておれば、いま頃は復活して永遠の生を享け、そんなに悲しそうに睨むことはないのにな」

そのときアルバラードが現われ、この野郎といった風に憎々しげに睨みつけ、嘲るように、「閣下もちょっと担いでいただけませんかな。それとも、そこの階段をあがってわたしが閉じ込めておいたご愛人さま、もしくは売女のところへでもいかれますかな。あんたに首ったけだから、一回か二回お み足を運ばれても無下に撃退したりはせんでしょう」と言った。

メンドーサ公は急にアルバラードの威すような顔が怖くなって、おとなしく立ちあがると、黙って黄金の袋を担いだ。

三人は死んだモンテスマの宝をうんうん唸りながらつぎつぎに湖畔まで運んだ。その間、家の玄関の間では五人の負傷者がアルバラードの命令どおり、懸命に穴を掘っており、こうしている間にもメンドーサとアルバラードに黄金を卑劣に騙し取られているとは、露ばかりも気づいていなかった。

ペドロ・ドリオは舟に乗って、アルバラードから一つまた一つと荷物を受け取っていたが、長持、包み、箱、縫い合わせた豚皮などとかぎりがなく、「お前のお祈り《パーテルノステル》にはおしまいのアーメンがないんか。もう充分だ。さもないと三人とも溺れ死ぬぞ」と叫んだ。

岸にはまだ金銀を詰めた重い長持が三個もあった。吝嗇なアルバラードはこの最後の三箱も失なってたまるものかと、「さあ受け取れ、三つ合わせたって大した目方じゃない」

「もう一個しか積めんぞ。さもないと舟が転覆するぞ。お前とメンドーサが乗ったらな」

「ちょっと待ってくれ」と家から出てきたメンドーサが、「インディオをちょっと怒らせてやるからな」

メンドーサはモンテスマの死体を抱えた。残忍な性《たち》の彼は、インディオたちが絶望し、悲嘆に沈むさまを見たかったのである。死体を抱えて家の反対側にある窓辺に歩みよると、インディオたちに死んだ国王の姿を見せ、それから彼らの真ん中に放り投げた。そして薄笑いを浮かべて眺めていると、インディオたちは号泣しながら国王の裸の死体に取りすがり、やがて悲しみと怒りで胸も張り裂けんばかりになって、広間の壁も床も震撼するほどもの凄い勢いでこの家に殺到してきた。

そのとき突然、戸のむこうにいる負傷兵たちが嘆き、叫び始めた。インディオたちの怒りに驚くとともに、コルテスが自分たちのために送ってくれた援軍を騙し取られたとわかったからだった。彼らは、おれたちを猛り狂ったインディオの手には渡さないでくれと絶叫した。

しかしいくら哀願しても、メンドーサは鼻であしらい、ゆっくりと歩いて宮殿を抜け、舟が繋いであるはずの岸辺までやってきた。

その間、アルバラードは三つの長持のうち最初のやつを開けていた。三つのうち二つはどうしても置いていかねばならなかったからである。最初の長持には翼を上下させる鳥、頭を頷かせては水を噴く亀、ブンブン唸る蜂など、金銀で精巧につくったからくり細工が入っており、粋を凝らした技術の奇蹟とも言うべきこれらの作品は残したくなかったので、すぐ舟に積み込んだ。

そのあと、好奇心に駆られて二番目の長持を開けて見ると、目が痛んで涙が零れた。この長持こそ、無数の宝石をちりばめた重い金糸の織物というもっとも貴重な品が収めてあったからである。あのお人よしのドリオさえおらず、舟に乗るのがメンドーサだけだったら、この宝ももっていけるのに、という考えが脳裡をよぎった。そしてなんとかペドロ・ドリオを厄介払いできないものかと考えだした。

そのときドリオがパンと肉をポケットから出して食べ始めるのが目に入った。

アルバラードは即座に槍を摑むと、「なんで金曜日に肉なんか食らうんだ。お前なんか悪魔に食われちまえ」

ドリオは目を見張ってアルバラードの顔を見つめたが、食べるのをやめずに笑った。今日は金曜日ではなく、月曜日だったからだ。だがアルバラードが槍の柄でしたたか頭を殴りつけたので、ドリオはもんどり打って舟から落ち、甲冑の重みですぐに沈んでしまった。

「神の敵、聖者の敵め、お前が破滅したのは自分の責任だ」とアルバラードは沈んでいったドリオにむかって喚いた。黄金を心配するあまり気が狂ったようになっていたので、良心の呵責を感じず、自分の言ったことは本当に真実で、だからペドロ・ドリオという罪人を神聖な教会の掟どおりに罰したにすぎないのだと思っていた。

それから豪華な織物の入った長持を舟に積み込んだが、またしても三番目の長持を開けて調べてみたいという衝動に駆られた。それには金や銀でつくられた聖者像や聖体顕示台、キリスト磔刑像などが入っており、いずれもモンテスマの金細工師たちがスペインのものを手本にしてコルテスのためにつくったものだった。これほど神聖な道具や彫刻が最後の長持に詰まっているのを見て、アルバラードはいまはっきりと、このような黄金は一つたりとも異教徒の手に残してはならぬという神の意志を感じた。そこで最後の長持も舟に積み、そのかわりメンドーサ公を宮殿に置き去りにしようと決心した。

メンドーサが湖岸まできて見ると、舟は石を投げて届くくらい湖水の沖を走っていた。

「おおい、アルバラード、これはどういうことだ」と彼は呆れて叫んだ。

「風で舟が岸から流されてしまったんだ」とアルバラードは怒鳴り、必死に帆と舵を操った。

「戻ってきて乗せてくれ」

「引き返せないんだ。帆や舵をどう扱ったらいいかわからんのだ。あんたを乗せてやりたいのはやまやまなんだがね」

「アルバラード、正気か」とメンドーサは不安に駆られて叫んだ。

アルバラードは返事をせず、不機嫌に空中で手をふったが、周りを飛び廻るうるさい蠅さながら、メンドーサの言葉をふり払うかのようだった。

そこでメンドーサは自分が黄金を手に入れるために哀れな負傷者を騙したように、アルバラードに騙されたのだと、はたと思いあたった。もの凄い恐怖に駆られ、遠ざかるアルバラードにむかって、「後生だ、インディオたちがこの家を襲ってくる!」と叫んだ。

「やつらをできるだけ殺して、精いっぱいキリストに敬意を払うんだな」とアルバラードは叫び返した。風が速やかに舟を進め、その後すぐ公爵が哀願する声は少しも聞こえなくなった。

こうしてアルバラードは湖水を渡り、目的地へとむかった。いつもの癖で目を半分閉じ、コルテスとスペイン軍、馬具をつけた馬たちがじりじりしながらこの黄金を待ち焦がれている様子を心に浮かべていた。そして自分自身が無敵軍のいつ果てるともない歓声に包まれ、感謝や賞讃の言葉を浴びせられている姿を見ていた。策略と嘘を用い、残忍かつ不屈の意志で黄金を最後の一かけらまで町からかっさらい、あとには微塵も残さぬことに成功したからである。アルバラードは自分の幸運を歓び、ほくそ笑んでいた。

モンテスマの宮殿で組み立て用の橋が見つかっていた。建築技術の粋を凝らした奇蹟と言うべきものので、見るからにすばらしいものだった。かつて国王が拵えさせたこの橋のおかげで、猟や旅行の際、どんな川でも好きな場所を渡ることができた。

コルテスはこの橋を使って、東の堤防の、インディオたちによって破壊され、崩された箇所を修復し、再び人馬が通れるようにしていた。東の堤防は島につくられたテノチティトラン市から湖水を経て陸に通じていたのである。そしてまる一晩、この橋をめぐって攻防戦が続いた。コルテスは堤防の入り口に塹壕を掘って、粘土と粘土瓦で砦をつくらせ、ゴンサルボ・デ・サンドバール隊長以下十五名の小銃手と、まだ士気の衰えていない兵士数名がそこを守っていた。

この一隊は剣と鉄砲で明け方まで無数のインディオの攻撃に耐えていた。インディオは天も崩れんばかりの喚声をあげ、狂ったように堤防と橋を占領しようとしていた。

しかしいま、コルテスの大無敵軍の哀れな敗残兵たちが陸地をさしてその堤防の上を逃げていくのだった。ひしめき合い、大混乱をきたしながら、弩兵や小銃兵、輸送隊、騎兵、女、馬丁たちの群れが橋にむかって押しよせた。上を下への大騒ぎで、たいてい負傷して松葉杖をついたり、頭や手に血で染まった繃帯を巻いており、衣服はぼろぼろにちぎれ、水が滴っていた。みな疲労困憊していたうえ、大きな恐怖に襲われ、荒れ狂うインディオから逃れて助かりたい一心で、われ先に橋を渡ろうとしていた。自分だけ岸に取り残されるのではないかと不安に駆られ、踏みとどまろうとする者は皆無だった。

コルテスは堤防の端で引っくり返っている車の上で、湖水に背をむけて坐っていた。そして悄然として、臆病風に吹かれて腑《ふ》抜けになった惨めな群集を眺めていたが、これこそかつてあれほど誇り高かった無敵軍が一夜にして変り果てた姿だった。そして自分はこの泣き喚いている連中と異国にきて、明日の食糧も火薬も大砲もなく敵に完全に包囲されているのだ、としみじみ思い、両手に顔を埋めた。悲しみと怒りに打ち負かされ、顔を覆っている手の下では一粒の涙が目から零れて頬を伝った。

不意にコルテスは立ちあがった。サンドバールの指揮する後衛から自分の名を呼ぶ声が聞こえたのだ。抜き身の剣を手に、完全武装の男が堤防の上を走ってきて、遠くから名を呼び、松明の明かりでコルテスの姿を認めると立ち停まって、ぜえぜえ喘ぎながら、サンドバールが速やかに援軍をほしがっている、これ以上インディオを防ぐのは無理だ、部下の半数は斃れ、サンドバール自身も頭に重傷を負った、と報告した。

それでコルテスは悲しんでいる暇などもうなかった。すぐにサンドバールに援軍を送ろうと、ディアスとタピアの名を大声で呼んだが、二人ともとっくに死んでいた。恐怖で狂ったように橋へ殺到して逃げてくる弩兵の一隊をつかまえたが、コルテスには構わず、どんどん走っていってしまった。そのなかに隊長のデ・ネイラの姿を見つけ、腕を摑んだ。デ・ネイラは立ち停まってコルテスを見つめたが、顔面蒼白ですっかり取り乱していた。

「デ・ネイラ、怖がって小便なんかちびるんじゃないぞ。いっしょに砦へ戻れ。もう二、三回反撃しなきゃならん」

しかしデ・ネイラは身をふりほどくと、走ることにかけては無敵であることを示そうとでもいうように、大急ぎで走り去った。コルテスが辺りを見廻し、どうやって潰走をくい止めようかと途方に暮れていたとき、ふとある考えが閃き、敗走中の群れに立ち塞がって、「戻れ、戻るんだ。インディオどもがおれたちの黄金を分捕ったぞ」

そのなかの一人、フランシスコ・モントホラスという恐れを知らぬ大胆な大男が立ち停まった。コルテスはこの男に、「大変だ。インディオどもが荷物を襲って黄金を分捕りやがったぞ」と叫んだ。「そいつは大変だ」とモントホラスは驚いた。すると一人また一人と、つぎつぎに立ち停まり、みんなコルテスの顔を見つめた。コルテスは大声で、「おれたちで取り返さねばならん。黄金をインディオどもに渡すやつは裏切り者だ」と呼ばわった。

すると七、八名がコルテスの言葉どおりに、「おれたちで黄金を取り返さねばならん」と叫んだ。それでコルテスはこの連中とともにサンドバールを助けに砦へ走った。しかし運悪く、ちょうどこのとき、アルバラードが舟でやってきたのである。ここまでくる間、アルバラードは自分が黄金をもって到着するこの瞬間のことしか考えていなかった。それですぐ上陸すると、「こっちだ、こっちへこい。おれが黄金をもってるぞ」と歓声をあげた。

アルバラードが包みを一つ取って陸に投げあげると、黄金の大きな音が遠くまで響いた。すると兵士たちはすぐ立ち停まり、どっと舟に殺到してきて、歓声をあげながら、長持や箱や包みに入っている救出された黄金を高く掲げた。コルテスがふりむいて見ると、サンドバールの救援に駆けつけるのは自分一人で、誰もあとからついてこず、せっかくの計画も水泡に帰してしまった。

そこへサンドバールの部下たちも悲鳴をあげながら堤防を走ってきた。サンドバールが斃れ、砦はインディオに占領されてしまったのだった。

「はやくしろ」とアルバラードが命じた。「肩に担いで運んでいくんだ」そしてコルテスにむかって、「帝国を三つぐらい買えるだけの黄金ですぜ。わたしが命を張ってもってきたんだ」

しかしインディオたちが橋までやってきて占領することをひどく恐れていたコルテスは、アルバラードを怒鳴りつけた。「悪魔がそうしろってお前に命じたのだから、悪魔はお前に礼を言うだろうよ」その間にモントホラスとその仲間は包みや長持を担いで、インディオがこないうちに橋を渡って逃げようとした。だがコルテスの考えは違い、怒ってもの凄い形相でアルバラードを睨みつけると、「その黄金をおろせ」と命じた。

「いや、閣下、ご心配なく」とモントホラスは不満げに、「銘々一包みずつなら軽く担げますから、たいして足手まといにはなりません」

「運ばなきゃならんものはたくさんあるはずだ」とコルテスは大声を張りあげ、「その黄金をおろせと言ったんだぞ」

「とんでもねえ」とアルバラードが悪態をついた。「コルテス殿、おれ一人で黄金を背負っていけって言うんですかい」

そのときふとコルテスは、インディオの追跡をくい止め、充分時間を稼いで橋を破壊する方法を思いついた。堤防の上に黄金をたくさんまき散らせば、インディオたちがそれに飛びついて、拾い集めるのに相当時間がかかるだろうということだった。この考えが閃《ひらめ》くと、すぐさま包みを一つ取ってもちあげ、ふり廻したので、黄金が堤防の四方に飛び散った。「黄金はここに置くのだ」

アルバラードは悲鳴をあげてコルテスを睨みつけたが、顔面蒼白で愕然となっていた。しかしコルテスは今度は長持をもって中味をぶちまけたので、金の指環が堤防の上をころころ転げ廻った。それから櫃を足蹴にして引っくり返すと、金銀の皿がガチャガチャと水のなかへ落ちた。アルバラードは衝撃を受けてよろめきだし、両手でこめかみを押さえた。だがコルテスがまたほかの長持をもって中味をまき散らしたので、黄金の聖者像が砂のなかに転がった。アルバラードはもう見ていられず、コルテスに跳びついて、このような気違い沙汰をやめさせようとした。コルテスが昨夜の大きな戦禍によって突然発狂したとしか思えなかったのだ。

だがコルテスはただちに長持をおろし、剣を抜いてアルバラードに迫った。

するとアルバラードは意気沮喪し、びっくりして両手をあげながら身を縮めると、あと退りして、狂人でも避けるかのように、空の長持の後ろに隠れた。

狂ったコルテスが何をやりだすのか、アルバラードはそこから窺った。そして戦慄し、悲嘆に暮れながら包みが一つ残らずつぎつぎに空にされ、宝飾品が全部ばらまかれ、失なわれていくのを見ていた。

その間にスペイン人たちはことごとく橋を通って対岸に着いていた。それを見たコルテスは、空っぽの長持や櫃を置き去りにしたまま、最後に橋を渡った。そして対岸に着くと、大工たちに橋を取り毀すように合図した。その間に砦の前の塹壕を土と石で埋めおえたインディオたちがもう堤防の上を走ってきていたからである。

大工の一人が空の長持の間にうずくまっているアルバラードを見つけ、すぐこっちへくるように呼びかけた。だがアルバラードは返事をせず、絶望して両拳で頭を支え、黄金のある場所を動こうとしなかった。

もう一度大工が命を大切にしろ、インディオがくるぞと叫んだ。だがアルバラードは片意地を張り、命がけであれほど苦労して都から救いだしてきた宝が散乱している場所を離れようとしなかった。死にたくはなかったが、黄金を残したままコルテスやスペイン軍と進んでも無意味なように思われたのだった。

アルバラードは隠れていた長持の後ろから身を乗り出して四方を窺った。辺りを見廻すかぎり、一人ぽっちになっていたので、四つん這いになって散乱した黄金を再び集めだした。金の首飾りは長持に、指環はつぎの長持に、もう一つには金の皿や鉢を、さらにもう一つには聖者像や磔刑像を入れた。一心不乱に拾い集めていたので、目の前や背後で何が起こったのかも気づかないでいると、突然インディオが喚声をあげて襲いかかった。

心ならずもアルバラードは身を起こし、槍を取ってインディオに立ちむかった。散乱した宝を拾い集めてふり分ける時間が奪われ、腸《はらわた》が煮えくり返る思いで、たちまち何人も突き殺した。その怒りは、インディオたちがびっくりして逃げだすほどの力を発揮した。彼らが逃げだしたのは、さほど人数が多くなかったし、今度はもっと人手を集めて襲撃しようと考えたためだった。

アルバラードは槍を放りだし、半ば水に漬かっているエメラルドをちりばめた金糸の織物を拾うと、ばたばた振って皺を伸ばし、丹念にたたんで長持に入れた。それからすぐに銀の靴を片方拾い、もう片方を探していたところ、インディオが今度は大人数でわっと襲いかかってきた。

最初こそアルバラードは槍で追い払い、ときどき近づきすぎたやつを二、三人怒りを籠めて槍で突き殺し、身を防いでいたが、しかし背後からこっそり忍びよった二人のインディオは、雄叫びをあげてアルバラードに襲いかかると、足を引っ括《くく》って生け捕りにしようとした。それと同時にほかのインディオがどっと殺到し、二人が槍にぶらさがったので、アルバラードはあっと言う間もなく地面に倒れた。

インディオに負けたと感じたアルバラードは、コルテスと無敵軍のほうをむいて助けを求めた。さっきまで堤防の切り通しの上に架かっていた橋はもうなかった。しかし次第に明けてゆく光のなかに、湖水の両側から迫ってくるインディオたちを絶えず防ぎながら、スペインの無敵軍が堤防の上を逃げていくのが遠くのほうに見えた。

しかしそれからすぐアルバラードはびっくり仰天し、夢でも見ているのではないかとわが目を疑って大声をあげた。スペイン兵たちが大きな荷物を肩に担いでいるのが見えたからである。前かがみになって重い荷物を担ぎ、まるでモンテスマの宝を都から担ぎだそうとしているように見えた。だが宝は地上に散乱している。突然、スペイン兵が喘ぎながら担いでいる重荷の正体がわかった。四方八方からインディオに攻められ、戦ったり逃げたりしていたものの、肩に担いでいたのは橋だったのである。取り毀した橋の角材や支柱、板、杭、索具、鎹《かすがい》、釘など、一切合財背負っていたし、馬にも積んでいた。病人や負傷者、半身不随の者など、誰もが同じ荷物をもっており、先頭に立つコルテスでさえ片手に剣を、もう一方の手に銅製の重い鎹を二本もっていた。アルバラードは目から鱗が落ちた思いだった。コルテスは逃げているのではない、気が狂ってもいなければ、絶望しているわけでもない、それどころか不幸の最中《さなか》にあっても依然として最後の勝利を確信していることがわかったのである。黄金も失なったわけではなかった。コルテスはすぐにそれを取り戻しにくるだろう。だから何もかも平気で残していったのだ。黄金も荷物も武器も、いや明日の食糧さえも。それはひとえに橋を運ぶためだったのだ。このことがわかってみると、コルテスはいつかその橋を使ってあらためて町に攻撃をかけようと思っていたのだ。人々が橋を担いでいったというのに、アルバラードは途方もない苦しみと後悔の念に襲われた。ほかの人々が橋を担いでいったというのに、自分は皿や動物の彫刻、鏡などといったなんの役にも立たぬ黄金のがらくたなんぞに執着していたのだ。

こうして煩悶しているうちに、アルバラードにもの凄い力がみなぎり、押さえ込んだりしがみついているインディオを跳ね退けて立ちあがることができた。立ちあがると、たちまち槍を取り、足の紐をふりほどいて、まるでさかりのついた馬のように暴れ廻りながらインディオを追い払った。こうして鬱憤ばらしをすると、雄叫びをあげ、両手で槍を地面に突き刺した。そしてインディオがあらためて襲いかかってこないうちに、ひらりと切り通しを飛び越えた。

突然、首まで水に漬かったが、足が底について岸に辿り着き、陸に跳びあがった。むこう岸からインディオたちの喚き声が聞こえた。衣服の水をきると、黄金のことは忘れ、速やかにコルテスに追いつくにはどうしたらいいかということばかり考えた。だが手ぶらではいやだったので、辺りを物色した。

　すると虫に食われ、湿気で半ば腐っている角材が一本転がっていた。ついさっきまでモンテスマの宝を必死に護っていたアルバラードは、こんな使いものになりそうもない角材でも大歓びで、身をかがめて拾いあげ、肩に担いだ。それからこのいまにも崩れそうな角材を担いで、堤防の上を、荒い息を吐き、よろめきながらコルテスの無敵軍のあとを追いかけていった。その角材のおかげで息がきれ、肩が痛んだ。なんの役にも立ちそうになく、悪臭を放つ汚ない代物だったが、アルバラードは命にかえてもこの橋の一部を守り抜くつもりだった。そしてコルテスと並んでこの橋を渡り、黄金の町テノチティトランに馬で入城する自分の姿を心のなかで思い描いていた。

一方、モンテスマの遺骸はインディオたちによって湯灌され、血痕を拭き清められて豪華な衣服を着せられていた。宮殿の庭園に葬るために、何千人もの人間が一日中、国王の葬儀に必要なものを急いで調達し、飾りつけに忙しく立ち働いた。

夕方になると、庭園の中央に石で礼拝堂を建て、内部の花模様の天蓋の下に墓を拵えた。それは黄金や宝石で飾られ、まるで玉座のように見えた。礼拝堂の周りに三重の柵をめぐらしたが、そのうち外側の二つは銀製で、内側の柵は金製だった。

その間にほかの職人たちが、宮殿の階段や昨日スペインの負傷兵たちを捕虜にして入れてあった広間を、また使えるように、美しい絨毯を敷きつめ、万全を期して飾りつけた。クイトラワ、グァティモツィン両公子が廷臣や高官とともにモンテスマ国王の埋葬に参列し、この宮殿の窓のところに並ぶ予定だったからである。

アルバラードに騙されたスペイン人のなかに、ただ一人だけインディオの怒りと復讐を免れた人間がいた。メンドーサ公爵である。インディオが宮殿に侵入してきたとき、ダリラの部屋に逃げ込み、モンテスマの料理人が蜂蜜や果汁、漬けた果物などを貯蔵している狭い部屋に匿われたのだった。そこに隠れはしたが、公爵はもう生きた心地はしなかった。ここを脱してコルテスの無敵軍に合流する道がないうえ、一日中インディオたちが家のなかを歩き廻る足音が聞こえて、今度こそ見つかったと、はらはらのしどおしだったからである。

夜もふけて十時頃、四百人以上ものインディオの僧が、白いマントと帽子を着けて宮殿の庭園に入ってきた。手には銀の燭台といろんな香を焚いている香炉をもっていた。そして問答形式をとって大きな声で追悼式を始めた。歌う者もいれば、それに応える者もいたが、突然口を閉ざすと、平伏した。グァティモツィン公子が貴族と廷臣を引き連れて、宮殿の窓に姿を現わしたからだった。

公子が手で合図すると、僧たちはすぐ身を起こしてまた歌い始め、悲しい儀式が続いた。

ところで公子の貴族たちに混じって、グルムバッハとイェクラインが大きな広間に立っていた。僧たちがモンテスマの遺体を運んでくるのを目にしたとき、二人は大きな悲しみにとらえられた。イェクラインは低い声で悲しそうに、「殿、国王は本当はもっとましな感謝を受けるべきだったんです。ごらんなさい。殿の弾丸を胸に受けて、馬が水を飲めそうなくらい大きな穴が開いていますよ」

グルムバッハは陰鬱な顔で地面を睨みつけていたが、「黙れ。こうしなくちゃならなかったんだ。あの黄金は断じて皇帝の手に渡すわけにはいかんのだ」

「あの死んだ国王は、かつてわれわれの船が海岸で難破したとき、パンや畑や道具をくれましたぜ。

殿、あなたにだって高い位を授けてくれたし。いつか大天使ウリエルが喇叭を吹き鳴らす最後の審判の日に、むごい殺され方をしたって、あの国王はわれわれを訴えるでしょうな」

「こうせざるを得なかったんだ」とグルムバッハが叱責した。「訴えるなら、天にましますの神にでも訴えるがいい」

「ガルシア・ノバロの予言は」とイェクラインはびくびくしながら小声で言った。「あたりましたな。殿、覚えておられますか」

「黙れ、この阿呆め」とグルムバッハは怒って、「モンテスマ国王の冥福のために我等ノ父ヨでも唱えろ」

このときイェクラインは自分の名前を呼ばれ、稲妻のようにすばやくふりむいて後ろを見ると、広間と反対側の隅の螺旋階段にダリラが立っていた。

「ダリラ」とびっくりするやら嬉しいやらでイェクラインは、「幽霊じゃないか。可哀そうなやつめ、迷ったか」

ダリラは躊躇いながら階段をおり、ゆっくりグルムバッハに歩みよると、両腕をその首に廻し、外套の下に顔を埋めた。しかし本当のところは、新しい恋人のメンドーサ公を町から救いだす方策しか考えていないのだった。

「ダリラ」と、グルムバッハは微笑《えみ》をつくろうとした。「一日中、この宿営にある家の隅から隅まで探していたんだぞ。心配で心配でしょうがなかったが、これでほっとしたよ」

「こっちをごらんなさい。インディオたちはなんとも滑稽な踊りをやってますぜ。本当の話、スペイン軍でも追跡して、やつらを殲滅していたほうがましなのにな」とイェクラインが言った。

「インディオといえば、僧侶か踊り子か子供に決まっている。戦争なんかするよりは、踊ったり笛でも吹いてるほうが好きなんだ。やつらのすべきことを一手に引き受けたからには、おれがちゃんとけりをつけてやる」とグルムバッハが言った。

事実、僧たちは大かがりな追悼式をおえ、ぐっと身をかがめたかと思うと高く跳びあがり、珍しい輪舞を踊り始めた。みな動物や悪魔を象った木の仮面を被り、いろんな動物の鳴き声を真似ていた。禿鷹のように鳴く者もいれば、蛙のような声を出す者もおり、狼のように吼える者もいた。僧の列を縫うようにして、六人の子供たちが亡き国王の遺体を担いで、ゆっくりと墓のなかへ入っていった。

グルムバッハとイェクラインは、死んだモンテスマが礼拝堂の墓に入っていくのを見ているうちに、あらためて悲しみと後悔の念に襲われた。イェクラインは目頭を押さえ、「殿、我等ノ父ヨを唱えて、葬られる異教徒の王を見送りましょう。アヴェ・マリアでもいいです」

二人とも手を合わせたものの、どちらもお祈りを唱えず、互いに相手の口元を見ていた。

「メルヒオル、大きな声で祈れ」とついにグルムバッハが言った。

「殿」と驚いたイェクラインが囁いた。「どういうわけかわかりませんが、我等ノ父ヨの文句がわからんのです。頭がすっかり混乱しちまいました。どうか殿が祈ってください」

「メルヒオル、おれも急に忘れてしまったんだ。一語もつぎの言葉に繋がらないんだ」

メルヒオル・イェクラインは額の汗を拭いながら、「神よ、お許しください。どうしても祈れないんです。いままでは何千回となく祈ってきたんですが」

「我等ノ父ヨ」とグルムバッハは絶望したような声を出したが、それ以上続かず、イェクラインを見つめると、あらためて唱えだした。だがまたもや「我等ノ父ヨ」しか出てこなかった。

「殿、善良な国王を殺したのがわれわれだからですよ。だから神がわれわれの祈りを聞こうとなさらないんです」とイェクラインがおろおろと取り乱した。

「ダリラ、お前が我等ノ父ヨかアヴェ・マリアを唱えるんだ」とグルムバッハが叫んだ。

ダリラは生まれてこの方、そんな祈りは一度も聞いたことがなかった。しかしグルムバッハを怒らせてはいけないと思ったので、しばらく考えていたが、やがてすぐ短い詩を暗唱し始めた。

萵苣《ちしゃ》、月光を浴びた萵苣
それは熱と痛風に効く

「なんてわけのわからんお祈りをするんだ」とイェクラインが怒った。「お前、我等ノ父ヨを知らんのか」

イェクラインがかんかんに怒ったので、ダリラはひどく不安になった。今度はグルムバッハの部下がよく歌っているのを聞いたことがあるほかの歌を思い出し、それを我等ノ父ヨだと思い込んで慌てて暗唱し始めた。

聖ヨーゼフが田舎に旅行した
手に袋をもち
それにパンと酒とソーセージを詰めて
おなかがすいたり、喉が渇いたりしないように
お菓子にベーコン、胡椒菓子
塩漬けの牛の足二本
聖ヨーゼフさま、どうかお願い
私を旅に連れていって

イェクラインはびっくり仰天したが、噴きださずにはいられなかった。「ダリラ、そいつは我等ノ父ヨじゃない。可哀そうなシェルボックのやつがいつも口ずさんでいた歌さ。やつにとっては我等ノ父ヨのなかの日々の糧《パン》がカチカチに干涸《ひから》びていたものだから、お菓子やベーコン、塩漬けの牛の足のほうをほしがったってわけだ。あっ、やばい。殿、わたしはずらからないと、ほら、あそこに鶸《ひわ》を連れたやつがきます」

ちょうどこのとき、クイトラワ公子が宮廷人に取り巻かれ、きれいな小鳥を手にのせて広間に入っ

てきたのだった。イェクラインは慌てて入り口から出ていった。昨日顔を殴りつけた公子の復讐が怖かったのだ。しかし公子はイェクラインに目もくれず、窓際のグァティモツィンのところへいった。この公子宮殿の前にいたインディオたちはクイトラワの姿を見つけると、黙って恭しく平伏した。この公子をモンテスマのかわりに国王にしようと思っていたからである。

クイトラワが手で合図をすると、インディオはいっせいに起立した。それと同時に下のほうから泣き喚く大きな声が聞こえてきた。それはいま縛って連れてこられた捕虜のスペイン人のもので、モンテスマ王のためにここで皆殺しにされることになっていたのである。彼らの亡霊が王の魂魄《こんぱく》に恭しく仕えるようにするためだった。

ダリラはこの悲鳴を聞いて激しく震えだした。メンドーサのことを思い、隠れている部屋で見つかろうものなら、まず間違いなく同じように惨殺されると思ったからである。

グルムバッハは我等ノ父ヨを思い出そうと、まだ必死に首をひねっていた。捕虜のスペイン人の悲鳴を聞いて目をあげて見ると、ダリラが震えているので、慰めてやろうと、「あいつらはみんな人殺しで、この国の破壊者なんだ。やつらのために泣くことはないよ。殺されて当然なんだ。略奪し、殺し、くすねるというのがやつらの日課だったんだからな」

いま刑吏が鋭利な石のナイフをもって捕虜のところへ歩みよった。彼らは一段と大声で泣き喚いた。

ダリラは全身を震わせ、咽《むせ》び泣きながらグルムバッハの腕から逃れた。

「じゃ、クイトラワに頼んでやろう。インディオのなかでは権力のある人物だからな」とグルムバッハは言った。「スペイン人たちを苦境から救いだしたら、おれが犯さざるを得なかった大きな罪も、たぶん神さまは許してくれるだろう」

グルムバッハはクイトラワのところへいって、インディオの習慣どおり大きな敬意を籠めて抱擁し、そっと耳打ちして助命を乞うた。だが公子は怒ってその腕をふりほどき、グルムバッハに背をむけた。

グルムバッハはゆっくりダリラのところへ戻ってきて、「彼らはみんな死なねばならん」と悲しそうに言った。「神はわたしが魂を罪から救うことをお許しにならなんだ」

ダリラはすばやく頬から涙を拭い、グルムバッハの顔を見つめて囁いた。「殿さま、この宮殿にまだ一人、刑吏に見つからなかった若い男の人がいるの。どうか助けてあげて、お願いだから」

グルムバッハは視線をあげ、「まだここにスペイン人がいるだって？　母親が産湯を使ったときに誤って溺死していたほうがましだったぞ」

「殿さま、助けてあげて」とダリラはもう目の前が真っ暗になって悲痛な声をあげた。「以前みたいにあなたの愛人《いいひと》になって、毎晩あなたにお仕えしますから」

「刑吏があんなにいるのに、どうやって助けるんだ。こっちは一人きりだぞ」と言ってダリラの手を摑むと、窓際に連れていき、庭園にひしめいているインディオの群れを指さした。ところがちょうどこのとき、刑吏たちが手に返り血を浴びるほどナイフでめった突きにして、捕虜を殺し始めたところだったのである。ダリラはよろめきのけぞり、死んでゆくスペイン人たちよりも大きく甲高い悲鳴をあげた。最愛のメンドーサの心臓の血が飛び散ったように思われたのだ。

「ダリラ、しょうがないな、お前の若い男とやらを助けてやろう。お前の切ない頼みとおれの心の重荷になっている殺人、急に唱えられなくなった我等ノ父ヨのためにな。やつはどこに隠れているのだ」

「あそこの部屋よ。蜂蜜や果物の漬け物がしまってあるところなの。おお、殿さま、助けてあげて。わたし、ずっとあなたの愛人《いいひと》でいるわ」

グルムバッハはしばらく考えていた。

「窓からおりないとだめだな。そうすると部屋や廊下をいくつか通って、インディオに出くわすだろうから、おれの外套を着、帽子を目深に被るのだ。そうすれば見張りもおれだと思って通してくれるだろう」

ダリラは緊張して一心に耳を傾け、身じろぎ一つしなかった。

「宮殿の前の岸におれの舟が繋いである。思いきってそいつに乗り、漕ぎだすんだ。ひょっとしたらコルテスやスペイン人のところにゆきつけるかもしれん。わかったか、ダリラ」

ダリラは頷いた。

「じゃいけ、急ぐんだ」

ダリラはじっと立ったままグルムバッハを見つめていた。

「外套をください、殿さま」

グルムバッハは肩から取ってダリラに渡した。

「帽子も」とダリラがもじもじしながら言った。

グルムバッハはぎょっとした。自分の潰れた目と滅茶苦茶になった顔のことをいまになって思い出したからである。躊躇いながら帽子に手をかけたが、またおろした。

「殿さま、いつまでも殿さまの恋人でいますから」とダリラはすばやく言った。それからメンドーサが愛撫してくれたときの睦言《むつごと》を二つ三つ思い出し、そのままグルムバッハに言った。「わたしの最愛の人、恋人、いちばん大切な人」

そこでグルムバッハは帽子を脱ぎ、ダリラに渡した。グルムバッハの潰れた目と切り裂かれた額を見るのは二度目だったが、ダリラは今度も恐怖にとらえられ、メンドーサの美しく白い顔を思い浮かべぬわけにはいかなかった。そそくさと帽子と外套を受け取り、いこうとした。

「ダリラ」とグルムバッハが呼んだ。

ダリラは縮みあがり、立ち停まってふりむいた。しかしグルムバッハの顔は見ず、目を地面に釘づけにして、悲しみと不安と恐怖の入り混じった声で訊いた。「何かご用？」

「その男が逃げてしまうまで、部屋で待っていろ。あとでいくからな」

ダリラは帽子と外套を抱きしめ、メンドーサの隠れている部屋に飛び込むと、恐れ戦《おのの》きながら戸を閉めた。

グルムバッハはダリラの不安と恐怖には全然気づかず、暗い隅へいって腕で顔を隠していた。こうして、庭園と宮殿にいるインディオたちがクイトラワを新王として戴くのを見ていた。グァティモツィンや広間にいるほかのインディオたちは床にひれ伏し、クイトラワの衣裳の裾に接吻した。庭園や道路から民衆の歓声がどよもし、貝笛の音と大小の太鼓の音がそれに混じった。

グルムバッハは隅に身を凭《もた》せかけていた。このような騒音のなかにいると、急に心が朗らかになった。なんだか神が良心の呵責を取り去ってくださったようだった。ダリラの言葉がまだ耳に響いていた。自分のことを最愛の人とか、いちばん大切な人と言ったし、いつまでも愛人《いいひと》でいますとも言った。すると急に我等ノ父ヨの文句が出てきたのだ。さっきまで思い出せなかった文句がつぎつぎに出てきて繋がり合った。急にまた祈ることができるようになって、びっくりしてしまった。歓びに圧倒されて一歩進み出ると、喇叭や貝笛、太鼓の騒音のなかで我等ノ父ヨの文句を大声で唱えた。二度三度とくり返し唱えていると、イェクラインが広間にこっそり入ってきて、クイトラワに見つからぬようにびくびくしながら壁に貼りついて辺りを見廻し、片隅にいるグルムバッハの姿を見つけた。

「月の光は悪魔がつくりやがったに違いない。いつだって見損ないをさせてくれるからな」と貝笛と太鼓の喧噪のなかでイェクラインは叫んだ。「もうちょっとのところで、あなたがダリラといっしょに小舟に乗って漕いでいくさまを見た、とわたしのズボンの空のポケットに賭けて誓うところでしたよ」

グルムバッハは顔を覆っていた腕をおろし、残っている片方の目でイェクラインを見据えた。

「殿、帽子は?　どうされたんです」

グルムバッハは無言のまま両腕でイェクラインを押し退けると、ダリラが待っているはずの部屋の戸のところへいって立ち停まり、大きく息を吸って大音声で、「ダリラ」と呼んだ。

返事はなかった。

グルムバッハは銅製の戸の環を摑み、怒りと焦躁で震えながら樫の木の戸を揺さぶり始めると、もう一度、「ダリラ、ダリラ」と呼んだ。

「殿、どうなさったんです。まるで気違い病院を脱走してきた人みたいに見えますぜ」

しかしグルムバッハは腰の剣を抜き、怒り狂って戸に切りつけたので、木片が四方に飛び散った。

「殿」とイェクラインが絶望的な声をあげた。「そんなに猛烈にやっつけるなんて、木の戸が何をしたっていうんです」

そのうち、クイトラワとグァティモツィンがグルムバッハの異様な振舞いに気づいた。広間のインディオたちはクイトラワのために行なっていた盛大な儀式を中断し、呆れてグルムバッハを見つめていたが、ひそひそ囁き合い、頭をふっていた。近づく者も二、三人いたし、一人は笑っていた。

そのときグルムバッハが戸を木っ端微塵にして室内に躍り込んだ。

「メルヒオル、銃だ、ここを出なきゃならん」とグルムバッハの叫ぶ声が聞こえた。

それからすぐ、滅茶苦茶になった戸から戻ってきた。

潰れた目といい、刀傷で滅茶苦茶になっているうえにいまは狂暴な怒りに引きつっているその顔といい、見るも恐ろしかった。

「騙された」とグルムバッハは呻いた。「二人で逃げやがった」そしてイェクラインを睨みつけ、猛り狂って、「悪党め、なんで突っ立ってやがるんだ」

「殿」とイェクラインがおろおろしながら、「こいつは、ガルシア・ノバロの呪いが実現したんですぜ。それでひどい不安と惨めな思いに襲われておられるんですよ。殿！　で、どこへいきましょうか」

「コルテスの陣営だ」

カタリーナ

この雨降りの夜、ずっと昔大西洋の彼方で起こったグルムバッハとその三発の魔弾の話を聞いてくれている戦友たちよ、わたしの話も間もなくおわろうとしている。

というのも、いよいよ第二の魔弾の話になったからだ。それは死んだノバロの予言どおり、グルムバッハがなんとしても復讐してやるつもりだったスペインの若造メンドーサのかわりにダリラに命中してしまったのである。

コルテスはタクバという、大きな堤防のむこう側の、湖水の西岸からさほど遠くないところにある村に砦を築いていた。コルテスは、あの悲しみの夜に辛酸を嘗めた部下たちがあらたな勇気を取り戻し、元気を恢復するまで、二、三日この堅固な宿営に滞在するつもりだった。

三日間というもの、グルムバッハはイェクラインとともにこの村の周りをうろついたが、スペイン軍の歩哨に咎められずに陣営に侵入する道は見つからなかった。

四日目にとうとうグルムバッハは、十二名あまりのスペイン人が村を出て深い森に入り、木を伐り倒して枝落としをしているのを目撃した。

遠くからこれを見ていたグルムバッハは、スペインの陣営に侵入する絶好の機会だと知った。夕方、スペイン人たちがきれいに枝を落とした材木を陣営に運ぶとき、グルムバッハとイェクラインはそれぞれ一担ぎの枯れ木を背負ってスペイン人のあとに続いた。

グルムバッハの思惑どおり、二人は歩哨に見咎められずに通り過ぎ、ほかの連中に続いて一人の老伍長の待っている広場までできた。伍長は材木を一本ずつ調べていたが、グルムバッハとイェクラインが枯木の束を投げだすと、かんかんになって文句を言い始めた。「おれをからかう気か。この木はなんだ」

「伍長殿、森から木を取ってこいと言われましたんで」とイェクラインがびっくりして言った。

「おれが言ったのは絞首台にする木だ」と伍長は怒鳴った。「みんな、こいつを見ろ。突っ立ってフランドルの牡牛みたいに口から舌を垂らしてやがる。失せろ、この大莫迦め。頭に鼠が巣をつくってるんだ」

「じゃあ、神さまにそう言ってくださいよ。こんなわたしをお創りになったのは神さまなんですからね」とイェクラインは言って、木の束を拾って肩に担ぎ、グルムバッハと急いで逃げだしたが、こうも穏便に事が運ぶとは、とほくほくしていた。

スペイン人たちは角材と支柱と木綿の布で百以上もの幕舎をつくっていた。木綿の布は大半がインディオの小屋から奪ってきたものだった。インディオたちは家の壁に絨毯や敷物を吊っていたのである。

グルムバッハがイェクラインと幕舎の間をうろついていると、松明持《たいまつ》ちが陣営の通りをやってくるのが遠くに見えた。松明持ちは二人の将校の先に立って道を照らしていた。グルムバッハはただちに立ち停まり、イェクラインを暗い粘土小屋のそばに引っ張り込んでしゃがむと、二人で暗がりのほうに顔を背けて木の束をいじくっていた。

それはアルバラードとデ・ネイラで、二人ともびっこを引いていた。グルムバッハとイェクラインのすぐそばで立ち停まって、しばらく議論していたが、やがて握手してそれぞれ自分の宿営へ引きあげていった。

グルムバッハとイェクラインはゆっくり立ちあがった。

「殿、スペイン人たちが幕舎で寝てしまうまでに、われわれが隠れる場所を探さないといけませんぜ。なにしろ殿ときたら、六フィート半もあるんだから、コルテスの将校に出くわせばすぐばれちまいますよ」

二人が身をよせている粘土小屋の隙間からは、一筋の光が洩れていた。グルムバッハはなかを窺った。

覗いてみると、照明の乏しい大きな部屋で、隅には小銃手や馬丁数人が寝ころんでおり、インディオのようにサンタ・クローチェ草の煙を濛々《もうもう》と喉から吹きだしながら、甕のインディオの酒を飲んでいた。なかには着飾った厚化粧の娼婦を侍《はべ》らせて、いいことをしている連中もいた。

グルムバッハはイェクラインのほうをむいて、「メルヒオル、ここにいることにしよう。この小屋は兵隊たちが将校たちの言うことを聞かず、こっそり酒保としてつくったものだ。みんな狂ったみたいにたら腹飲んで机や椅子の上にげろを吐いているから、きっとおれがわからないさ」

二人は酒保に入って暗い片隅に腰をおろした。誰一人気づく者はなく、酒保の主人役をやっている男が二人の前にやってきて酒甕を置いた。グルムバッハはポケットを探し、小魚を象ったインディオの銀の宝飾品を見つけて主人に渡した。

濛々たる煙が小屋に立ち籠め、二人の喉と胸に入ってきた。「殿」とイェクラインは悲鳴をあげ、「わたしは外へ出ますよ。このインディオの煙だけはかないません。喉がやられるんです。しばらく一人でいてください。わたしが外へ出ても見分けるやつはいませんからね。みんなが眠った頃、そう、一、二時間したらお迎えにきます」

イェクラインは入り口から出ていった。一人片隅に残ったグルムバッハは一甕飲みほし、続いてもう一甕飲んで、腰をおちつけていた。

酔ったスペイン人たちは互いに、また娼婦たちを相手に、阿呆らしい議論をしていた。ヘロデは赤い髭だったか黒い髭だったかとか、復活のときにヘブライ語を喋らなければならんのかといったことだった。酒がきれると、つぎつぎに立って娼婦を連れて、自分の宿営へ戻っていった。真夜中頃になってまだ部屋に残っているのは、娼婦が二人とグルムバッハだけだった。そのほかに主人と、これから出ていこうとする馬丁がいた。

この馬丁のために二人の娼婦が喧嘩になって、互いに首を折りかねない見幕で罵り合っていた。そして一人が相手を老いぼれの尾長猿と呼べば、相手は不恰好なふとっちょとやり返した。

馬丁はその間に一人で出ていってしまったが、娼婦たちは口喧嘩をやめようとしなかった。

「お前はいつもわたしから若い男を取りあげるね。箒の柄みたいに年寄りで干涸びているくせしてさ。体だって一ポンドの肉もついていないじゃないか」

「そういうお前こそ、鬘《かつら》なんか被ってるのは、病気の狐みたいに頭の皮がぽろぽろ剝けるからじゃないか」

そう言われた娼婦は、かっとなって湯浴みのとき水面に立つ泡のように勢いよく飛びあがった。

「お黙り。さもないと堆肥車に乗せてここから連れだされることになるよ」

「おや、羽のぬけた鳥さん」と相手が金切り声で言った。「威そうたってだめだよ。わたしゃ誰にも驚いたためしはないんだからね」

赤毛の鬘の娼婦は大口を開けて笑い、「お前は五週間前までわたしの女中で、わたしのパンを食べていたじゃないか。でもわたしの髪を梳《と》かしてもらえなかったし、薄絹も結ばせてもらえなかった。なにしろ百姓娘丸だしで、ごっつい指をしているからね。部屋と便器《おまる》の掃除がお前の日課だったじゃないか」

「なんと、女中まで陣営に連れてきたのか」と呆れたグルムバッハが訊ねた。

「女中と下男はたくさんおいていたわ。お偉いさんの情婦《いろ》だったのさ。でも飽きられてね」と娼婦は悲しそうに言った。

「それからどうしたんだ」

「小銃隊の隊長のものになったよ。でもあいつは硫黄みたいに恐ろしく臭くってね。それでまた別のアントニオ・キニョネスって男に乗り換えたんだけど、たった一晩でおさらばしたよ。老人でね、あれが全然役に立たなかったのさ」

娼婦はグルムバッハをじっと見つめると、「いっしょにきたいんならおいで。きたくないんなら勝手にしなよ。神の母、慈悲深い処女マリアがあんたを守ってくださるように」

グルムバッハはこの別れの言葉を聞くと、ぎょっとして娼婦の顔をつくづく眺めた。かつてよく聞いた言葉で、死んだ友人、つまりゲント市でメンドーサ公が決闘をして殺したあのカスティリア人がもっとも好んだ挨拶の言葉だったからである。それで娼婦が誰かわかると、驚いて叫んだ。「カタリーナ、カタリーナ・ファレスじゃないか！」

「おや、わたしを知ってるの」とカタリーナはさりげなく言った。「わたしと寝たことがあるのかい。じゃ今晩、いっしょにおいでよ」

そのときグルムバッハは、彼女が指に嵌めている指環に気づいた。これにも見覚えがあった。あのカスティリア人の持ち物だったからである。

「その指環をくれ。そのかわり、ほかの指環と鎖をやるから」

カタリーナは指環をはずした。「こんな指環なんかいらない。今晩いっしょにくるんならあげるよ。

それはただあの女のためさ。あいつはあんたがわたしといっしょにいくと知ったら、真っ黒焦げになるくらい怒るだろうね」

そう言って身を起こすと、もう一人の娼婦をからかうように、「ちょっと魔女さん、あんたの恋人《いろ》の悪魔は何をやってるんだい」

それからグルムバッハのほうをふりむき、体を彼に押しつけて、「おいでよ。もう待たさないで。それともいやなのかい」と迫った。

だがグルムバッハはその指環を落として、返事をしなかった。目を閉じると、心中ではゲント近郊の野原で死んでゆく友人のそばに跪いていた。友人がゆっくり口を開けるのが見え、悲しげなやさしい声が聞こえた。遠くから歌詞が流れてきて、耳のなかでかすかに響いた。

――卯月の空と
乙女の愛と雲雀《ひばり》の歌と
薔薇の花びらと――

そのとき戸が開いて、イェクラインがよろめきながら入ってきた。
二、三歩部屋に入ってカタリーナのところまでくると、肩を抱いて揺すぶり、喘ぎながら、「殿、殿！」と言った。

「おれはここだぞ、メルヒオル」とグルムバッハが怒鳴った。「どこからそんなに走ってきたんだ、まるでポーランド風のスープで茹でられた魚みたいな目をして突っ立って」

それでようやくイェクラインはグルムバッハがどこにいるかわかった。

「殿、最後の審判の覚悟をしといてください。神さまはこの世界に引導を渡すのをこれ以上お待ちになりませんぜ」と喘ぎながら言った。

「メルヒオル、何があったんだ」

「いらっしゃい。見せてあげますよ。いっしょにきてください。でも銃は忘れないで。ダリラとずらかったあの青二才の幕舎を見つけたんですよ」

グルムバッハはすぐに銃を取り、「そいつはいったい誰だ、メルヒオル」

「わかりません。殿の帽子と外套が幕舎に置いてあるのを見ただけですから」

グルムバッハはイェクラインのあとを追った。だが戸口でふり返った。

「ご機嫌よう、カタリーナ。神の母、慈悲深い処女マリアがあんたを守ってくださるように」

メルヒオル・イェクラインの誓い

二人はいまや人気が絶え、しんと静まり返っている陣営を忍んでいった。イェクラインがグルムバッハを案内して狭い通路を抜けていったが、不意にグルムバッハがイェクラインの手を握って地面に伏せて引きよせた。

二人の前方には広く暗い広場があり、その中央で六、七人の男が円座になって話か、骰子博奕をしているように見えた。

「こっちへこい」とグルムバッハが小声で言い、村人たちが雨水を溜めておく桶の後ろに隠れた。

「怖がらんでいいですよ、殿」とイェクラインが甲高い笑い声をたてた。「こいつらなら知っています。殿でも起こすことはできませんぜ。コルテスの刑吏のやつが今晩、こいつらをおねんねさせたんですからね」

いまやっとグルムバッハは、それがインディオの死体だとわかった。みな頭と右手がなくなっていたのである。

「どんな罪を犯したんだ、メルヒオル」

「ほかでもない、パン窯《がま》のなかにあったパンが、コルテスの無敵軍用には足りなかったからです。ああ、殿、これなんかほんの序の口ですよ。大惨劇の前口上にすぎません。殿が酒保にいる間にわたしが見なきゃならなかった大惨劇のね」

イェクラインは熱病に罹ったように身を震わせ、それから、「殿、わたしは長い間、ベツレヘムの幼児虐殺のことを思うと夜も眠れなかったもんです。でもそれにしたって、プフィンジンゲンの教会にかかっている一枚の絵にすぎません。だが今夜見たことは一生忘れられんでしょう」

イェクラインはインディオの死体を跨ぎ、グルムバッハを幕舎の路地へ連れ込んだ。その路地の出口には瀝青の松明が二本燃えていた。「あそこには何人か歩哨がいます。迂回しないとだめです」

「聞けよ、メルヒオル」とグルムバッハが小声で言った。「何も聞こえないか」

「はあ、よく聞こえます、殿」とイェクラインが声を押し殺して言った。「やつらが空中で風と踊っている音が聞こえます。サラバンドとクーラントですな。絞首台が聳えているのが見えるでしょう、われわれも森から伐ってくるのを手伝わされた材木でつくったやつですよ」

二人は絞首台のある広場に着いた。

「ごらんなさい、殿。ぶらさがっているやつらはちょっと変ってますぜ。一人として絞首刑になったやつみたいに舌を垂らしていないでしょう？　ええ、殿。今夜また、『やつらの舌を引っこ抜け』と怒鳴っているやつの地獄のような声を聞いたんですよ。覚えていませんか。昔わたしがゲント近郊の野原で、お前はおれの主人を騙し討ちにして刺したなって言ってやったとき、やつが『あいつの舌を引っこ抜け』と言ったのを。そうです。やつはいまでもこのお遊びが大好きなんですよ」

「そいつはメンドーサだったのか」

「そうです。やつは男前の若造ですから、誰だってそういつまでも腹を立てていたくないんですよ。だが、山羊の最上の脂が体の奥にあるように、やつは体の奥深くに残忍さを秘めているってわけです」

「スペイン軍が進軍したあとには」とグルムバッハが怒った。「小麦もライ麦も生えず、畑という畑には絞首刑に使う麻しか生えてこないんだな。だが怒るなよ。おれが二発の弾丸でスペイン人全員に首吊りと人殺しを忘れさせてやるからな。そこにぶらさがっている可哀そうなやつらはどんな罪を犯したんだ」

「この付近の百姓で、コルテスの無敵軍の侵入に逃げ遅れただけなんですよ。いらっしゃい。先へ進まねばなりません」

グルムバッハはイェクラインのあとからついていったが、ドイツのことが思い出され、悲しくなった。

「メルヒオルよ、おれがいまドイツにいられたらなあ。いま頃やつらはドイツで人殺しをしたり、畑を全滅させたり、家を焼打ちにしたり、暴れ放題かもしれん。農民たちが坊主や諸侯、それに皇帝に仕えるスペイン人の顧問官どもに乾坤一擲《けんこんいってき》の勝負を挑む気概を失なったのは返すがえすも残念だ。

以前ドイツにいたスペイン人は、輜重兵《しちょう》までが、まるで両手で髭でもむしるみたいに、農民から略奪していたんだからな。しかしいまだって――大変だ、なんだこれは」

路上を何かが唸りながら、二人のすぐ足元を転がって闇のなかへ逃れようとしていた。全身血にまみれたインディオだった。槍の穂先が体にくい込んだまま、折れた柄を引きずって土埃を立てていた。

イェクラインは燻《くすぶ》る松の木片でその顔を照らした。通りすがりに消えた陣営の篝火《かがりび》から取ってきたものだった。

「こいつをご存知ありませんか。わたしは覚えがあります。インディオの名前は忘れましたが確かドイツ語では〈月の通い路〉って名前でしたぜ。思い出しませんか。死んだモンテスマの侍医で、善良なやさしい人でした。コルテスがとらえて連れてきたんです」

唸っているインディオの上に身をかがめたが、いきなり松の木片を取り落として叫んだ。「殿、見ちゃいけません。どうか見ないでください。顎がざっくり裂けて血がどくどく溢れだしているんです――」

イェクラインは恐怖に打ちのめされ、両手で目を覆った。

インディオは闇のなかへ這っていった。イェクラインは両手をおろしてナイフを抜いた。

「ああ、背筋がぞくぞくっとした。あの可哀そうな男を追っかけていって楽にしてやります」

グルムバッハはあとに残っていたが、やがてイェクラインが暗闇から現われ、困ったような顔をして俯《うつむ》いた。

「殿、わたしにはできませんでした。やつが仔犬みたいにひいひい泣き、両手を合わせて命乞いするもんですから。わたしだということがわからず、スペインの人殺しか刑吏だとでも思ったんでしょう。こちらとしてはもういい加減に楽にしてやろうと思っただけなんですがね」

そう言って松明を拾いあげ、額の汗を拭った。

「あの男の舌は切り取られていました。ごらんになりましたか」とイェクラインは低い声で、「なんだか、自分の舌にナイフをあてられたみたいに、全身ががたがた震えます。舌を切られるくらいなら、血を六ポンド失なったっていい」

グルムバッハは黙って考えに耽《ふけ》っていたが、身を起こして、

「メルヒオル、おれはときどき心のなかで囁く声が聞こえるんだ。お前は喧嘩のしすぎだぞ、そんなに誰かれ構わず、怒鳴ったり摑み合ったりしてはならん、てな。『お前は、堂々と大手をふって歩けるだろうし、無一文になって国を追われることもなかったはずだ。ただ貴族たちと仲良くやろうと思いさえすればな。それがお前の名誉に反することなのか。名誉なんてはかない影みたいなものさ』とその声は言う。メルヒオル、このおれも老いと疲れで鈍感になれば、この声に負けてスペイン人や坊主どもと妥協したいと思いかねないのだ。もしそうなったら、お前が今夜のことを思い出させてくれよ。おれがこの憎しみを忘れんようにな。さあ、誓ってくれ」

「殿、ご心配なく。忌わしい今夜の残虐行為のことはこの舌で、未来永劫、あなたの耳に囁き続けます。殿も年をとって疲れ、こんなことは何もかもお忘れになるかもしれませんが、わたしの舌は断

じて疲れませんし、絶対忘れません。メルヒオル・イェクラインはこの地獄のような夜、このことを誓います。さあ、いきましょう。あなたの帽子と外套をお見せします」

狭い陣営の路地を通り抜け、メルヒオルは村の端まで主人を案内していった。そこからは庭園と畑になっていた。プラタナスとアカシアの木の間に二、三張りの天幕があり、イェクラインはその一張りの前で立ち停まった。

「ここからなかを覗いてごらんなさい」と低い声で言い、天幕の布の細い切れ目に指を突込んだ。

「ここにあなたの帽子があるんですよ」

グルムバッハは身をかがめて天幕のなかを覗き込んだ。

見えたのは広い部屋で、蠟燭で照明されていた。絨毯の上にはダリラにやった外套があり、その横に黒い繻子《しゅす》の豪華な衣服があったが、レースの裏地で、銀製の葉と花の飾りがついていた。部屋の中央にあるテーブルにはいろんな道具や書類がのっており、グルムバッハの帽子もあった。

「誰がここに住んでいるのか、わからんのか」とグルムバッハが訊いた。

「わかりません。でも、皇帝でも満足しそうな贅沢な部屋ですな」

「この繻子とレースの服を着て肩で風をきって歩いていたやつを思い出したようだぞ」とグルムバッハが小声で言った。

「殿、急にまた、酒で体が痺れたみたいに見えますぞ。さあ、小銃を」

「メルヒオル、どうも撃てそうもない気がする。神よ、お助けを。神が雲のなかからカインにおっしゃった言葉を、誰かがおれに言うことになるかもしれんからな」

イェクラインは呆れ顔でグルムバッハを見つめたが、やがて銃を取った。「まあ、撃ちたくないんなら、たとえ鉞《まさかり》が雨霰と降ってこようと、わたしが撃ちますよ」

「この天幕には何人もいるのに違いないのに、罪を犯したやつをどうやって見分けるんだ」

「なあに、難しいこっちゃありません。ちゃんと厚板に穴を開けておきましたよ。その穴から銃を差し込みますから、殿は入っていって、やつらを叩き起こしてください。誰かが帽子を摑むか、外套を肩にかけるかして、天幕の壁に影が映ったらそいつに違いないんです。そしたら、やつがありがとうと言う間もないほどすばやく撃ち殺してやります。殿、そのあとはどうしますか」

「そのあとは、四方八方からスペイン人たちが何事だと見に駆けつけるだろうし、そのなかにコルテスもいるだろう。そうしたらおれが三発目でやつを撃ち倒す。やつが死ねば、スペインがこの国を支配しているのもおわりだ。残ったやつらは雑兵で、惨めな敗残兵だ。撃つ値打ちもないわ」

「殿、よくぞお考えになりましたな。ではおさらばです」とイェクラインは言って、銃に二発目の弾丸を込めた。

第二の魔弾

天幕の控えの間には人気がなく、グルムバッハは緑色の布地の帷《とばり》をかき分けると、すぐに部屋に入った。外で天幕の隙間から自分の外套が地面に置いてあるのを見つけた部屋である。一方の窓際には祈禱机があって、その上に二本の蠟燭が燃えており、入り口のむかいの壁には世界地図がかかっていた。町、城、王国、海、山、河が描かれ、その地図の前にはメンドーサ公がこちらに背をむけ、何か考えごとをしながら傲慢な姿勢で立っていた。その茶色の髪は、しなやかな巻き毛になって白い襞襟の上にかかっていた。

世界地図にはスペインの領土がよその国の領土や島よりもはるかに大きく赤で描かれていて、ほかの王国や公国は小さく、大半はスペインと同じように赤く塗ってあった。グルムバッハはこの地図でドイツを探し始めたが、目をあちこちにやってやっと発見した。ドイツは小さく引き裂かれ、ほかの国々の間に隠れており、すっかりスペインの赤で塗られていた。

ドイツが目の前に髣髴《ほうふつ》としてきた。森や畑、百姓たちが夕方、村の野原でヴィオラとバッグパイプに合わせて踊っており、馭者が鞭を鳴らしながら道をくだってくる。村の背後には森と広い河がある。しかし野原の草や森の木の葉、ライン河の波など、何もかも濃いスペインの赤に染まっている。ドイツのことを思うと、グルムバッハは急に胸が苦しくなり、溜息を洩らした。

この溜息はかすかであったが、メンドーサ公は聞きつけた。

ふり返ると、グルムバッハの恐ろしい顔がすぐ目の前にあったものだから、びっくり仰天した。押し殺そうとはしたものの、悪罵の声が心のなかに噴きあがり、忘れていた少年時代の恐怖を覚えたときのお祈りの声と争った。目の前で天幕がぐるぐる廻り、蠟燭の火が聖ヨハネ祭の日のように踊った。だがその表情は、動じた気配はなく平静で、普段より蒼くなることもなかった。怯《ひる》んだ様子もなく、ちょっと驚いたといった声で、

「ライン伯！　あなたがこのスペイン軍の陣営におられるとは。きっと道に迷ったのだな」

しかしグルムバッハは単刀直入に、「迷ったんじゃない。こようとしてきたのだ」

しばらくして公爵が言った。「そんなら、あんたの命はこの手のうちにあることを考えるんだな。コルテスはまだ起きて書きものをしている。ここから二十歩と離れていないところで、国王陛下に首都からの退却に関する報告書を認《したた》めているのだ。その文書であんたを厳しく糾弾し、聖なる教会と国王への叛逆者だと書いている」

「好きなように書くがいい。どうせ最後まで書けやしないんだ」

公爵は死に対する戦慄と恐怖に襲われた。頭が必死に救いを求めていた。天幕の布の間から銃身が

自分の額を狙っているような気がした。船乗りが嵐に遭うと、船を救うためにまず貴重な積み荷を、それから食糧、水桶、乾し肉、最後に帆柱と、財産を残らずつぎつぎに海中に投じるように、公爵は自分の命を救うために何もかも棄てようとした。まず手始めがコルテスだった。

「ライン伯よ」と公爵は言った。「コルテスに災いが起こらぬよう、神のご加護がありますように。コルテスがもし死ねば、怖気づき、絶望したこの軍隊はとっくに四散していただろう。インディオの首都と黄金を奪回するために、この戦《いくさ》を継続できるのはコルテスだけだ。やつが死ねば戦はおわり、われわれの幸運も泥にまみれてしまうのだ」

公爵はこう言いながら、グルムバッハが自分を見逃がし、かわりにコルテスをその天幕に襲うものとあてにしていたのである。しかしグルムバッハは一歩も動かず、恐ろしい笑い声をあげて、「それじゃ、間違いなくこの戦いは朝になるまでにおわるわけだな」

この笑い声を聞くと、公爵は深い絶望感にとらわれた。だがその柔軟な頭は新しい企みを考えだし、助かるために二の矢を放つよう命じていた。それはスペイン人としての誇りと傲慢な態度を生贄にすることだった。

「信じてくれ。コルテスは現代でもっとも偉大な軍人だ。スペインの栄光はひとえにコルテスの頭上にある」だが、ここでにわかにその声は悲しみを帯び、顔に翳りがさしたかと思うと、苛められた子供が母親に訴えるように、嘆き始めた。

「ああ、わたしは何者なんだろう。生まれたとき、シーザーもアレキサンダー大王をも凌ぐ運命にあると予言された。占星術師は『世界中ニ汝ノ名声ハ轟クダロウ』(Resonabit fama per orbem)と言った。国から国へ、戦争から戦争へと駆け廻ってきたが、武勲を立てたのはほかの人ばかりだ。わたしの青春は空しく流れ去ってしまった。まるで煙突から出る煙のように」

公爵はグルムバッハの近くに歩みより、愁《うれ》い顔で縋《すが》るように、「なあ、この手が女の髪で括られているのはわたしが悪いのだろうか。この目が女の唇のせいで盲《めしい》ているのはわたしの罪だろうか」

そう言うと、公爵はなよなよした白い手をまるで女の髪で縛られているかのように後ろに廻した。そして女が瞼に接吻するのを感じているかのように、頭をのけぞらせて目をつむった。グルムバッハにはこのときほど公爵が美しく見えたことはなかった。少年のような美しい顔を仰向け、忘れた女の接吻を夢見ているような唇をして、悲しそうにグルムバッハの前に立ち尽くしていたのである。

だがグルムバッハは一かけらの同情も感じず、いらいらしながら小銃が発射されるのを待っていた。彼の思いはすべて、三発目で大虐殺者コルテスに加える制裁のことに集中していたのである。

だが公爵は喋り続けた。「ああ、連中はみんな、女たちがわたしに惚れるというこの運命を羨んでいる。だがこれからあんたに打ち明けることは誰も知らない」

秘密をそっと耳に打ち明けるように、一段とグルムバッハに近よったが、急に飛び退いて、「そうだ。わたしは娼婦以外の女性をものにしたことはないんだ。このわたしが、メンドーサ公爵ともあろうものが関わった女はみんな娼婦ばかりだったんだ。足は曲がり、目の落ち窪んだ小間物屋が淫売宿へいって半カスティリア貨幣一枚で欲望を満足させるみたいにな」

そして一歩あと退りして小声で、「まだ一度も男の唇に触れられたことも愛撫されたこともない高嶺の花の愛を何週間もかかって獲得し――接吻すれば、その女はほかの女たちのように娼婦に急変したのだ。しどけない娼婦の唇でわたしに笑いかけ、ものほしそうな娼婦の目つきで接吻を求め、娼婦の叫び声が耳にきんきん響く。一夜をともにしただけでわたしの腕を逃れ、酒場で衣服をたくしあげて召使どもの前で踊ったり、仰向けに寝て、通りすがりの馬丁を呼び込んだりする――ちょっと前に処女らしい無愛想さを唇から吸い取ってやったばかりの女がだ」

公爵がこう喋っているうちに、グルムバッハの心のなかにダリラの面影が浮かんだ。すると地面に寝そべり、馬丁をめぐってほかの娼婦と喧嘩をしていたカタリーナとそっくりに見えた。深い悲しみに襲われ、胸がいっぱいになった。生涯、いまだに感じたことがないほどの悲しみだった。

しかしグルムバッハは、もう二度とダリラのことは考えまいと誓っていた。それで怒ってダリラの面影を心のなかから追いだした。ダリラへの思いはまるで燃え尽きる火の炎のように萎《しぼ》んで消えていった。ただ、こんなに若いくせに、生意気な口をきいて過ぎ去った人生のことをとやかく言うスペインの若造に対する憎悪と軽蔑だけが残った。焦りに駆られた。全身の神経を立てて小銃の一発を待った。

だがその一発がなかなか発射されないので、厳しい声で公爵に、「もう結構だ。剣と外套を取っておれについてこい」と言った。

公爵は死の恐怖に襲われたが、平気な顔で外套に手を伸ばした。だがさっと手を引っ込めた。グルムバッハがダリラに貸してくれたおかげで、モンテスマの宮殿から逃げだすことができた外套だったからである。この躊躇《ためらい》がイェクラインの銃弾から彼の命を救った。人影が外套のほうへ手を伸ばすのが見えたとき、天幕の外にいるイェクラインは銃を頰にあてて構えたが、外套が拾われないので、ちぇっと舌打ちすると、失望して銃をおろしたのだった。

だが公爵は三番目の奥の手を使い、ダリラの命と自分の命を引き換えにしようと思っていたのである。

「その前にダリラに別れを告げさせてほしい」ともの柔かな声で言った。「ほら、ここに眠っている。わたしも貧乏籤を引いたものだ。この娘を連れてきて後悔している。夜となく昼となく、どうしたらあんたの許に帰れるかということしか考えていないんだからね」

公爵が秘密の壁布を開けると、帷子《かたびら》と黄金細工で煌《きら》びやかに飾り立てたベッドの上にダリラが寝ていた。目を覚ましていて、名工が珍しい黒檀の木に刻んだような見事な四肢を伸ばした。

しかし天幕のなかにグルムバッハが立っているのを見ると、びっくり仰天し、声もなく身を起こしてそっとベッドからおりた。

グルムバッハはダリラを見なかった。見えるほうの目も潰れた目も、両方ともつむっていた。メンドーサの話はもうこれ以上聞く気はなく、いますぐにでも銃をもってコルテスに立ちむかい、頭上にスペインの血まみれの栄光が輝いているこの大虐殺者に三発目で制裁を加えることしか考えていなかった。この快挙の知らせは大西洋を越えて遠くドイツまで届くに違いないと思った。すると突然、心のなかに遠くのドイツの大寺院が浮かんだ。たった一人でスペインの巨龍を退治したというので、自分の名誉を称えて讃美歌を歌う信者で溢れている。大波のように、天まで届けとばかり何千人もの人間の喉から讃美歌が轟々と鳴り響き、そのなかに喇叭と太鼓の音が入り混じっていたが、一段と高く、「世界中ニ汝ノ名声ハ轟クダロウ《レソナービット・ファーマ・ペル・オルベム》」という声が響いた。

しかし何千人もの讃美歌《テデウム》がぴたっとやむと、「わたしにどうしてほしいの」という声だけがかすかに耳に響いてきた。

グルムバッハはこの声を聞くと、目を開けないわけにはいかなかった。すると突然、また疲れ、深い悲しみに胸を塞がれてメンドーサの天幕のなかに立っていた。大寺院のざわめきは消え、目の前にダリラがいた。頭をメンドーサの胸に凭せかけ、腕をその首に廻していた。「わたしにどうしてほしいの」とダリラはもう一度言った。だがその言葉には、かつてグルムバッハの潰れた目と顔を見たときの恐怖も不安もなかった。最愛のメンドーサに訊いているので、ダリラの声はやさしく、柔和そのものだったのである。

だが公爵は首からダリラの手をはずした。

「ダリラ、お前の殿さまがやってきて、冬の美しい故郷ドイツへ連れていくとさ」

そう言って目を輝かせ、山を背後にした遠いドイツを見るような目つきをした。

グルムバッハはじっと立ち尽くしたまま、震えているダリラの肉体から片時も視線をそらすことができなかった。

だがメンドーサは新大陸とドイツのことを喋り始めた。

「この新大陸は蒸し暑くて、そのため人々は不機嫌になりやすい。熱い風がペストの瘴気をもたらし、そのために人々の精神は乱され、互いに徹底的に憎み合って、他人《ひと》の本性を正しく理解することをしない。血の騒ぎに駆られてわれわれはよろめき歩く。またこの国の空気はどんな人間に対してもすぐ怒りっぽくなり、軽蔑したくさせるものを含んでいる。ライン伯、ダリラを連れてここからあんたの故郷へいくがいい。ライン河のほとりに着く頃は冬で、雪が降っているだろう。冷たく澄んだドイツの冬、わたしは酷暑とペストで苦しめられるこの国で空しくそれに憧れているのだ」

ここでついにメンドーサはグルムバッハの思考を束縛し、抑え込んでしまった。天幕のなかで敗戦について報告を書いているコルテス、天幕の外で跪いて小銃を構えているイェクライン、地面に置いてある死をもたらす外套、グルムバッハの心のなかではこういったすべてのものの上に忘却の薄靄《もや》がゆっくりとかかり始めた。

しかしドイツが浮かんできて、再び農民たちが野原で踊っているのが見えた。杜松《ねず》の森や広い河も見えたが、今度はスペインの赤に染まってはおらず、どこを見ても一面真っ白だった。雪が野原に積もり、河が凍って鴉が氷原の上を飛んでいた。氷柱《つらら》を垂らした小枝を伸ばしている森の樅《もみ》と杜松の木の間を自分が馬でいく姿を見ていた。一陣の風が木々の梢から大きな雪の塊を落とした。グルムバッハは、馬が寒さのために老人のような声で呻くのを聞いたような気がした。

公爵が言葉巧みに髣髴とさせた冬景色の幻影の呪縛はあまりにも強烈で、グルムバッハは寒気と吹雪さえ感じるような気がした。ダリラが震えているのを見て、かがんで自分の外套を拾いあげ、寒さと吹雪から守ってやろうとでもいうように、それを肩にかけてやった。

グルムバッハが外套を手にしたとき、苦痛と驚きとが入り混じったはるかな思い出が甦った。突然甦ったその思い出を制止することができずに頭をふり、メルヒオル・イェクラインのことも、小銃のことも、大いなる裁きのことも忘れ、自分がなぜメンドーサ公の天幕にきたのかも忘れた。グルムバッハはドイツにいて、ダリラの体を目で愛撫していた。

そのときイェクラインの銃が、メンドーサ公がグルムバッハにかけ、金縛りにしていた魔法を破ったのだった。

外套を摑む手が影絵のように天幕の壁に映り、突然一人の姿がイェクラインの見ている天幕の布に映った。

その人影はグルムバッハの外套を肩にかけた。

轟音とともに二発目の銃弾が小銃の筒を離れ、ダリラの胸を貫いた。ダリラは悲鳴もあげずに地面に倒れた。

コルテスの逃亡

轟然たる銃声は夢見ているグルムバッハを現実に引き戻した。目の前の冬の日と吹雪とドイツの森は散りぢりに吹き飛び、突然またメンドーサの天幕に舞戻ると、この男に復讐するためにここにきたことを思い出した。銃声でメンドーサは死んだものと思い、心ははやくもコルテスの天幕に飛んで、天誅をくだそうとしていた。

そのとき天幕に立ち籠めていた硝煙が散ってメンドーサの姿が見えた。無傷で天幕の中央に立ち、手足を動かしたり伸ばしたりしている様は、思いきり跳躍して猟師の手を逃れたノロ鹿の趣があった。

その瞬間、グルムバッハの目は死んで横たわっているダリラをとらえていた。だが苦痛も悲しみも感じず、メンドーサのかわりにダリラを殺したイェクラインの奇怪な行為に驚愕しただけだった。悲しみの言葉を探したが見つからず、訝《いぶか》しげに頭をふりながら、おずおずとメンドーサに、「これは頭のおかしいメルヒオルがやったことだ。あんたも知っているように、やつの頭にはつまらん企みがうようよ詰まっていて、しょっちゅう妄想に駆られるんだ」

メンドーサ公は跪くと、死んだダリラの小さな頭を両手でもちあげ、

「どうしてわたしでなく、この少女をあやめたのかわからない。この娘《こ》だけは殺してはならなかった。祈れ、ライン伯よ。あんたの魂のために祈るんだ。わが救世主もヘロデの罪（嬰児虐殺の罪）はお許しにならんからな」と嘆いた。

グルムバッハは死体に一歩近づいたが、立ち停まって何か探すように頭を廻した。それからゆっくりと考えに耽りながら帽子を拾いあげ、死んだダリラが空《から》の目で怖がらないように、目深に被った。

「この娘は道に迷った臆病な小鳥のようだった」とメンドーサがしみじみと言った。「あんたとわたしの間をおちつきなくひらひら飛び交い、どっちへいったものやらわからなかったのだ。われわれ二人にささやかな共通点があるのを知って、それを愛していたとしか思われない。頭の頷かせ方とか、唇の動かし方とか、あるいは笑ったり、怒ったり、寝たりするとき、束の間だが二人とも似たところがあるんだろうな――わたしには見当もつかないが。でもこの娘はほかの人にはわからないことを知っていたんだ。二人が父親と血を同じくする――つまり兄弟だということをね。だからあんたのところからわたしのところへ飛んできて、死ぬはめになったんだよ。兄さん」

そう言うと、公爵はうなだれ、死んだダリラの手を握った。

グルムバッハはなんの悲しみもなく、黙ってダリラの前に立っていた。いままでダリラに会ったこともないような気がしていた。

その間に公爵は立ちあがると、ダリラが寝ていたベッドに歩みよった。そして小さな銀の鈴をもっ

て戻ってきた。一つは蝶を象ったもので、もう一つは鱗のある蛇を象ったものだった。それをそっと鳴らすと、ダリラのこわばった指に握らせた。

「二つともこの娘のものだ」と公爵は言った。「百個以上も銀の鈴を自分の部屋にもっていたんだ。おかしな娘だよ。それらの鈴に永遠の歌と音楽があったんだな。いっしょに逃げたときも、この二つは肌身離さずもっていて、いつもその音色に聞き惚れていた。この娘は万物《よろずのもの》が出す音を熱愛し、瀝青の松明がはぜる音でも何時間も耳を傾けたり、眠っていてもぱっと起きて、単調な雨だれの音に耳を澄ませていた。外で馬の蹄鉄を打つ音がすると踊りだした——ただ馬のいななきだけは嫌いで、聞くと耳が痛くなると言っていたよ」

公爵はまるで玩具を失くしたと嘆く子供のように、うなだれて地面を見つめていた。

それから体を起こし、反りくり返って高慢な顔で、「あんたなどいつでも殺させることができるんだ、十回死刑にしても飽き足りんぐらいだからな。でもあんたをここから逃がしてやろうと思っている。二、三日前、わたしの命を救ってくれたからな。そのお返しというわけだ。さあ、いくがいい」

だがまた悲しみにとらえられ、低い声で、「ひょっとしたら何年か先にドイツかフランドルでまた会うことになるだろう。そのときは世界も変って、いまよりも老化た相貌《ふけたかお》をしているだろう。二人ともお互いの目を覗き込めば、何も言わなくても朧《おぼろ》げながらこの不思議な娘のことを思い出すだろう。二人の娘はわれわれ二人を愛し、土気色になって静かに二人の間に横たわっている。蝶と蛇を象った銀の鈴を二つ握り締めてな」

しかし依然としてグルムバッハに心の悲しみは湧いてこなかった。だが雷鳴のような銃声に眠りを破られた多くの人ががやがやと押しよせてくるもの音が突然聞こえてきたが、その音もイェクラインの声にかき消されてしまった。イェクラインは入り口に立って、真っ先に入ってこようものなら、頭に一発くらわすぞと息巻いていた。

グルムバッハはイェクラインが大切な三発目の弾丸を無駄に撃とうとしているのを聞くと、一声怒声を発し、メンドーサを突き退けて外へ飛びだした。

外ではメルヒオル・イェクラインが小銃で天幕のなかへ飛び込もうとしているスペイン人たちを防いでいた。

グルムバッハはスペイン人を二、三人追い払うと、三発目を装塡してある銃をイェクラインから引ったくった。それからイェクラインのほうをむいて、「メルヒオル、凄い芸当をしてくれたな。お前の撃った弾丸は公爵ではなく、見事にダリラにあたったぞ。とてもじゃないが、褒められんぜ」

イェクラインを揶揄していると、いままで感じなかった悲しみが急に襲ってきた。メンドーサの言葉が現実になったようで、何年も過ぎ去って自分が老い、青春時代の過ぎし一日を思い出して、死んだダリラの薄れた面影が目の前に立ち現われるような気がした。グルムバッハはうなだれ、イェクラインが吃《ども》りながら自分の冷やかしに答える言葉は一語も聞こえず、まるで夢想する老人のようになっていた。

そのとき突然、聖母マリアの旗を入り口に立ててある近くの天幕のなかが騒々しくなった。小銃手が二人、入り口から出てくると、左右に畏まった様子で直立不動の姿勢を取った。そのあとから松明持ちが出てきた。

「逃げろ」と後ろでメンドーサの低い声がした。「コルテスがくるぞ。やつに見つからぬうちに、いっしょにくるんだ。逃がしてやる」

だがグルムバッハは頭をふった。その指は小銃の銃身に巻きついていた。

「くるならこい。待っていたところだ」

グルムバッハは天幕から出てきたコルテスにむかって歩きながら、この弾丸が死んだガルシア・ノバロの意志ではなく、自分の意志どおりに飛んでくれるよう、心で祈っていた。

コルテスは月を追う夢遊病者のようにゆっくり歩いてきた。一歩あるくごとに兜の黒と白の羽飾りが揺らいだ。磨いた鋼《はがね》の胸甲《むねあて》をつけていたが、松明の火を受けて真っ赤に輝いていた。天幕と人々、いや、グルムバッハ本人もその胸甲に映っており、全陣営と広い世界が、この時、この地の果ての地方で起こることが何もかもコルテスの不思議な胸甲に映っているようにグルムバッハには思われた。コルテスは片手に炎の文字で剣ハ敵ノ血デ赤シ《ルーベット・エンシス・サングイーネ・ホスティウム》と書かれている抜き身の剣をもっていた。

グルムバッハはこんなに近くコルテスとむかいあって、戦慄が走るのを覚えたが、勇気は失なわなかった。しかしわたしたち兵士の間ではかすかな驚きの囁き声が起こった。二度もスペインの無敵軍に銃をむけたからには、グルムバッハは死罪に問われ、その頭は刑吏のものであることは周知の事実だったからである。コルテスが残忍なほど癇癪持ちだということを知っていたので、われわれは誰一人大声を出そうとせず、合図があり次第、グルムバッハに襲いかかろうとしていた。

しかしコルテスは黙っていた。その顔は蒼く、死んで硬直したようだった。ただ胸甲には荒々しい生命が宿り、蠢《うごめ》いていた。それにはいろいろなものの姿や動作が、数知れぬほどの炎の色に染まって映っていた。まず炎の鏡に映るようにして、グルムバッハが陰鬱に、怒りを露《あらわ》にして立ち、威嚇するように両手で銃を構えている姿が見えた。

しばらくの間しんと静まり返っていたが、周囲に立っていたわれわれは、コルテスがゆっくり腕をあげ、グルムバッハに脱帽する様子を見て呆れ、戦慄した。

コルテスは今夜ずっと一人で天幕にいた。目の前には国王に宛てた、スペイン軍の首都からの撤退について述べた報告書があった。

「かくしてその夜、勝利は敵のものとなりました。我軍が陥った危険、及びインディオの攻撃によって被った甚大な損害を考慮し、またほかの堤防ともども最後の堤防が破壊されて我軍が全滅しかねないことを憂慮し、また戦友や大抵の兵士たちが負傷していることをも考え合わせ、この夜、撤退しようと決意した次第であります。小官は取り急ぎこの夜のうちに砦を去りました。しかしながら堤防の近くまできたとき、新たに水陸両面より無数の敵の猛攻を受けて、我軍は陸地に到達するまで大苦戦を強いられ、半数以上が戦死したうえ、陛下のために徴集した黄金や宝石、織物等、一切敵の手に落ちました。そのとき我軍が嘗めた辛酸、危険の程は神のみぞ知ることであります。

小官はあの悲しみの夜に起こった一切のことについて、ただ真実のみを陛下に認《したた》めました。小官は全力を挙げてキリストの栄光を増さんものと努めてまいりました。神が陛下のご寿命と王権を陛下のお望み通りご加護下さると同時に、王国と王権とを行く末長く伸展させて下さいますようにお祈り申し上げます」

コルテスはここまで書いてきて疲れを覚えた。頭が胸の上に落ち、睡魔に負けて奇妙な夢を見た。コルテスは、国王が高いテラスから海岸へ出る大理石の階段に立っているのを見た。高位の聖職者や領主たちが大勢王を取り囲んでいる。王のすぐ隣に侍従長のヴィルヘルム・フォン・クロイ、その横に王の懺悔聴問僧のユトレヒト出身のアードリアン・フロリソーンがいる。王の二人の将軍ディ・レーヴァとバプティスト・フォン・ロードロン、それからスペインとドイツ人の領主が何人かいるのがわかった。

コルテス自身は大理石の階段の一番下の段に恭しく跪き、悲しみの夜、スペイン無敵軍に起こった大きな不幸について恐る恐る国王に報告していた。聞けば、嗄《しやが》れた自分の声が訥々《とつとつ》と言っている。

「――このとき我軍が嘗めた辛酸、危険の程は神のみぞ知ることであります」

そのときバプティスト・フォン・ロードロンが発言し、語気鋭く手短かに、「戦《いくさ》では才智にたけていなければ、功なり名を遂げることはできぬ」と言った。

ディ・レーヴァは袖の衣ずれの音をさせて腕を腰にあてると、白い目でコルテスをじろじろ見つめながら、「貴殿はいたずらに多くの人命と兵器を失なったのだ。所詮は陛下の召使のなかでももっとも微力の者ということになる」

「また平和を好む無辜のインディオの血が残酷にもおびただしく流された」とヴィルヘルム・フォン・クロイが言った。「貴殿は無意味に男や女子供を多数殺したのだぞ」

「人はみな同胞《はらから》、われらと同じキリストの尊い血で救われるのじゃ」と司教のアードリアン・フロリソーンが小声で言った。

大理石の階段に跪いているコルテスは何か言おうとしたが、できなかった。惨烈を極めた戦闘でも感じたことがないほど大きな不安が心に忍びよった。しかし勇気を奮い起こしてひそかに、「この伊達男のレーヴァめ、これまで戦闘よりも舞踊ばかりたくさん見てきたくせに。こんなやつがおれに説教するなんて」と考えていた。

そして立ちあがると、「小官は起こった一切のことについてただ真実のみを陛下に申しあげました」すると突然、国王を取り巻いていた連中がすべて消え去り、湿った風が海から吹いてきた。テラスの上に残っているのは国王だけだった。

コルテスは国王の目がじっと自分に注がれているのを感じ、恐る恐る囁くような声で、「小官は全力を挙げてキリストの栄光を増さんものと努めてまいりました」と自分が言っているのを聞いた。

だがコルテスは黙ってしまった。目を塞がずにはいられないほど、国王が怒った顔をしているのがわかったのだ。それ以上国王の視線に耐えられず、一歩退がって足で階段を探る。だがその階段はなく、無限の虚空のなかへ転落してしまった。

そこで目が覚めると、茫然と天幕のなかに坐っていた。外で叫び声やもの音がした。ゆっくり身を起こすと、明かりをと命じ、胸甲をつけさせた。

それから外へ出て、人だかりがして騒がしいメンドーサ公の天幕へおもむろに歩いていった。だがコルテスの精神も思考も依然としてさきほどの夢にとらわれていた。視線を落として歩いていたが、国王の怒った顔は忘れられなかった。

いきなりグルムバッハと面とむかって立っていた。そしてこの瞬間、ながく細い顎といい、突き出た唇といい、夢で見た国王に奇妙に似ているその顔を見つめた。戦慄が走り、不安が心に忍び込んだ。ひどく取り乱し、あと退りしてグルムバッハに恭しく脱帽したのだった。コルテスが無敵のスペイン国王、神聖ローマ帝国皇帝カルロス五世に挨拶しているとは誰一人知る者はなかった。

グルムバッハが言った。「貴殿がお出ましとあらば、これから貴殿の裁判を行なおう、フェルディナンド・コルテス」

「陛下にはただ真実のみを申しあげました」と夢現《ゆめうつつ》のコルテスが喘ぎながら言った。

「この国は」とグルムバッハが大声で言った。「貴殿がくるまでは繁栄していたのだ。だがいまはどうだ。貴殿が血で染めなかった畑はなく、絞首台に変えなかった木はない」

「小官は、全力を挙げてキリストの栄光を増さんものと努めてまいりました」とコルテスが、囁くように言った。

「盗み、略奪し、黄金を手に入れること、これが貴殿の言うキリストの栄光だったのだ」とグルムバッハは怒鳴った。「絞首刑にすること、焼打ちをかけること、罪もない人を殺すことに貴殿は挙げて努めてきたのだ。そのかわりこの弾丸で報いを受けるのだぞ」

そう言うと、銃をあげてコルテスにつめよった。

コルテスは夢のなかのあの強烈な恐怖に襲われ、両腕で顔を隠すと、一歩また一歩、最初はゆっくり、次第にはやくグルムバッハから逃げだした。怒鳴りつけるグルムバッハが国王その人のように思われたからである。

スペイン人たちにはコルテスが逃げるのを見るのはこれがはじめてのことだった。コルテスが背をむけ、走っていくのが見えた。すると突然、スペイン人たちはすっかり怯《ひる》み、自分たちが少数で敵に包囲され、外国に取り残されており、しかも自分たちと故郷の間には大きな海があるということにふと気づいたのだった。コルテスが逃げるのを見ると、このような不安と絶望に襲われ、誰一人コルテスを助けようと思った者はなかった。

だがただ一人グルムバッハに立ちむかおうとした者がいた。アルバラードである。

ペドロ・アルバラードは幼時から、明けても暮れてもただ一つの夢を、一握りの黄金の夢を追い続けてきていた。どこにいようと、ドゥブローネ金貨やローズノーブル金貨が空中にちらついているのが見えたし、目をつむると、ドゥカーテン金貨がチャリンチャリン鳴る音が聞こえた。黄金の夢がアルバラードを新大陸に導き、艱難辛苦に耐えて死をも恐れぬことを教えてくれたのである。あの悲しみの夜でさえ、コルテスの無敵軍にいればきっといつか黄金や宝石はほしいだけ手に入るという確信を失なわなかった。

しかしいま、コルテスがたった一人の男から逃げていくのを見たとき、黄金の夢はあっと言う間に雲散霧消してしまった。ドゥブローネ金貨の輝きに目が眩《くら》むことも、ドゥカーテン金貨の音が耳に響くこともなくなった。一握りの黄金が目の前で埃となって飛び散り、欺かれた哀れな男は天幕の前に立ち尽くしたまま、空しく歓びのない世界を見つめていた。

凶暴な怒りに襲われ、頭に血がのぼって、アルバラードは槍を取ると、グルムバッハの胸を狙った。グルムバッハはアルバラードには目もくれず、ひたすら前を逃げていくコルテスを見つめて、周囲のことは何一つ気にかけていなかった。アルバラードが攻撃しようとしているのに気づいたイェクラインが高い声で、「殿、気をつけて。かがみなされ」と叫んだ。

その声でグルムバッハがふりむいて見ると、アルバラードに槍で狙われており、何か武器はないかと物色したところ、大きく尖った石が地面にあるのを見つけ、それを拾って彼の額めがけて投げつけた。

グルムバッハが再び視線をあげると、その間にコルテスは三、四頭の馬を繋いである場所に達しており、あっと思う間もなく、コルテスは馬に跨って丘を駆けあがっていった。だがそれで逃げおおせたわけではなく、グルムバッハも馬であとを追い始めた。

その間にメンドーサ公はにこにこしながらイェクラインに歩みより、親しげに肩を叩いて、「おい、ドイツの鳥さんよ、また新しい歌を囀《さえず》ったな。だがそれが最後だぞ。なんてきれいで明るく澄んだ声をしてるんだ。なんとも惜しい話だな。キューーレヴィント（涼風）さんの歌はどんなだったかな。昔、お前の主人と三王節のときに骰子博奕をやったとき、ゲントの〈黄金のストーブ館〉でお前が歌ってくれたやつよ」
公爵はちょっと考えていたが、やさしく人を感動させるような声で歌い始めた。

カスパル、メルヒオル、バルタザル
年に一度、年に一度
おれのお袋さんは踊って笑った
三王節の日の夜に

〈お袋さん、玄関をそっと叩くのは誰
お袋さん、階段をあがってくるのは誰〉
〈凜々しい王子さまがお出なの
黄金《きん》の冠を戴いて〉

メルヒオル、カスパル、バルタザル
年に一度、年に一度
王子さまは妻子に会いにくる

その名はキューーレヴィント

しかしイェクラインはこの歌に心あたりはなく、一度も歌ったことも聞いたこともなかった。どうやらこの歌詞も憂鬱なメロディーも公爵が自分でつくったものらしく、またこの歌詞で出生の秘密と、やんごとない父親、スペインでキューーレヴィント公と呼ばれた美男王フィリップのことを考えているようだった。

公爵が夢見るようなあどけない顔でこの歌を歌っているところに、イェクラインは近よってきて、公爵が唇を震わせ、父や母、孤独な幼年時代のことを思い出しているのを見ると、胸がいっぱいになった。しかしメンドーサは不意に歌うのをやめ、イェクラインのほうを腕でさすと荒々しく、「こいつの舌を引っこ抜け」と部下に命じたのだった。

イェクラインは蒼ざめ、体がぐらぐらしだしたが、すばやく気を取りなおすと、公爵に跳びかかって喉を絞めようとした。

だが時すでに遅かった。四方からスペイン兵が襲いかかってイェクラインを地面に引き倒したのである。そこへ突然ペドロ・カルボナーロが現われると、ガラガラ声で笑って、「そうだ、小僧、かつておれがお前の舌を抜くと約束したっけな」

一方グルムバッハは朝の薄明かりのなかを、もっとはやく走らせようと拳で必死に馬を殴っているコルテスを追っていた。だがコルテスの努力も空しく、グルムバッハが次第に追いついてきた。下の陣営にいたスペイン兵たちはやっとわれに帰り、グルムバッハめがけて銃を撃ち始めた。グルムバッハは左右をかすめていく弾丸をものともせず、まるで故郷のラインの山々で森をぬって歓声をあげながら狼を狩っているときのように、狩猟熱に取り憑かれていた。

だがそれにもかかわらず、いまやこの国の命運は自分の手中にあることを自覚していた。「この国の連中は踊り子と僧侶と子供からなり、敵から身を守る術を知らない。剣より銀の鈴をもつほうを好む。連中はみんなおかしな子供だ。だからおれがやつらにかわって戦うのだ」と考えていたのである。

スペイン人たちがくる前のこの国の姿が浮かびあがった。花屋が薔薇を山のように舟に積んで歌いながら運河を漕いでいく姿や、皮職人が皮を鞣《なめ》すのに使う人糞をいっぱい積んだ舟も見えた。また海の魚を生きたまま海岸から国王の食卓に届けるために駆けていく飛脚の姿、雨があがって道路に群り、海綿や雑巾を使って水溜りの水を捌《は》かしている召使の姿も見えた。誰もがこういう奇妙な仕事に従事しているインディオたちの真面目さ、仕事熱心さを思うと、微笑まずにはいられなかった。それにひきかえ、グルムバッハはただ一人、この国のために全スペイン無敵軍を敵に廻して戦っているのだ。

こう考えているうちにグルムバッハは、腕を伸ばせば触れるぐらいのところまでコルテスに接近していた。三発目は彼自身に命中するというノバロの予言が脳裡をかすめたが、その呪いを笑い飛ばし、もっとましな予言ができなかったものか、と心のなかで死んだノバロを嘲った。大いなる裁きをくだす時がきたからである。この時、人類の目が自分の手に注がれ、自分が放つ三発目の弾丸のことを全世界が知っているような気がした。走り過ぎてゆく傍らの木や灌木は、人間の顔をもち、自分を見送っているように思われた。空の雲にも人間の目があり、こちらを見おろしていた。陣営の鈍いもの音が「世界中ニ汝ノ名声ハ轟クダロウ」という言葉になり、叫びとなった。

ピューピューいう風の音、カッカッと鳴る蹄の音も、低い声や高い声で「世界中ニ汝ノ名声ハ轟クダロウ」と歌っているように聞こえた。

木も灌木も大地も、何もかもが「世界中ニ汝ノ名声ハ轟クダロウ」と唸っていた。

そしてグルムバッハは銃を構えた。

この瞬間、メルヒオル・イェクラインは下の陣営で普通の人間としての最後の悲鳴をあげていた。

そのときから何年もの歳月が流れ去った。だがわたしはいまでも恐怖と怒りに満ちたその顔、片手でわれわれを防ごうとし、もう一方の手で口を塞ごうとしていた絶望的な姿をまざまざと思い出す。しかしそれでも――

ああ、なんということだ《イエズス・マリーア》、あそこに彼がいる。ああ、なんということだ、あそこにメルヒオル・イェクラインがいる。そうだ、メルヒオル・イェクラインだ。どうやってドイツにきたんだろう。あんたは二十年以上も前に死んで葬られたとばかり思っていたぞ。おい、喚くな、怒るな、腕をふり廻すなよ。何もかもとっくにすんだことだ。わたしにグルムバッハと三発の弾丸の話をさせてくれ。

南無三宝、おれを撃つ気か。小銃を。小銃をあいつの手から取りあげろ。助けてくれ。

終曲——第三の魔弾

何が起こったのか。おれは地面に横たわっている。弾丸で馬から撃ち落とされたのか。ついいまし方まで馬でコルテスを追いかけていた。馬は泡を噴き、木や灌木、丸石などすべてがビュービューと音をたてて飛び去り、おれはコルテスのすぐ近くまで迫っていた……

おれは突然ドイツにいる。周りには幕舎があり、あの下側に河が、そしてその背後に城壁や塔や市門がある――そうだ、思い出したぞ。おれはハレ市近郊の皇帝の本営で、消えてしまった篝火のそばに横たわっていたのだ。疲れて眠ろうとしていたやさき、一人のスペインの騎兵がおれの生涯をみんなの前で語ってくれたのだった。新大陸で、おれが三発の弾丸でどうやってスペインの無敵軍と戦ったか、丘を越えてコルテスをどうやって追いかけていったかを。それからどうなったか――おれは知らないのだ。なぜ彼は黙っているのだ。最後まで話してくれ。

おや、小銃の銃声だ。誰かが撃ったんだ。悲鳴だ。甲高く、ながく、ぞっとするような。おれの話をしていたスペイン人の周りに人垣ができて、やかましく騒ぎ立てている。四方八方からスペイン人、ドイツ人が走ってくる。おれの部下のメルヒオルがその真ん中に立っている。顔を引きつらせて、舌のない口から恐ろしい叫び声を発し、煙の出ている小銃を両手でもってふり廻している。

そうか、わかったぞ。おれはここで一晩中寝ていたんだ。ザクセン選帝侯のルッター派の哀れな市参事会員たちがここを引き立てられていったのは、昨日の夕方のことだった。思い出したぞ。そのなかに血のにじんだ繃帯をしている老人がいた。ミュールベルク近郊でおれがサーベルで顔を殴った老人だ。おお、神よ、おれはなんてことをしたんだ。正気だったんだろうか。おれともあろうものが敬虔なルッター派の諸侯に逆らうよう、カトリックのスペイン人に利用されていたとは。こともあろうに、おれはミュールベルク近郊で新教を懲らしめるために剣をふるったのだ。スペインの支配欲、カトリックの坊主どもの熱意に奉仕したのだ。皇帝のために絞首台を建て、ルッター派の同胞をそれで縛り首にしたのだ。イエスよ、おれの頭はなんて狂っていたんだろう。メルヒオルのやつはなぜ誓いどおり、おれに憎しみと復讐を思い出させてくれなかったんだろう。

ああ、それは何もメルヒオル・イェクラインの罪ではない。誓いを忘れたわけじゃないのだ。新大陸で舌を引っこ抜かれていたのだ。スペイン人とカトリックのやつらに対するおれの憎しみをいつもでも聞かせてくれるはずだった舌を。おれがスペイン人や坊主の前に跪くたびに、イェクラインはしばしば拳を固め、歯を剝きだし、愚かにも絶望したような振舞いをして見せたが、それなのに彼がおれに何を要求しているのかわからなかったのだ。

だがまだ手遅れというわけじゃない。新教はまだ一敗地にまみれたわけではないのだ。ヴィッテンベルク、そしてエルフルト、ゴータもカトリックの坊主どもに屈服してはいない。皇帝軍のなかにいるルッター派の兵士を集めて、いっしょに叛乱を起こしてやる。明日、橋の上で新教の同胞たちをむざむざ斬首させたりはしないぞ。おれが叛乱を起こすのははじめてじゃない。それで皇帝から国外追放にされたし、法王から破門された。おれは領地の農民とともに諸侯の城を攻撃し、坊主どもの修道院を破壊したのだ。三発の弾丸でスペインの世界帝国に反抗し、コルテスを追いつめた。この件についてはそこにいるスペインの騎兵が知っている。話はそれからどうなったのか。コルテスと三発目の弾丸は？　いや、おれはその結末を知らないのだ。だがそこのスペインの騎兵は知っている。

辺りはひどく騒がしい。スペインとドイツの兵隊が衝突し、おれのそばを駆け抜け、喚き、罵り、銃を撃ち、斬り合っている。何が原因かはわからない。天幕の間の通路から続々と新手が現われ、丘を駆けおりながら戦っている群れのなかに突っ込んでゆく。

いまそこに一人、地面に倒れ、硬直して身じろぎ一つしない。流れる血で池になっている……おお、なんということだ、あのスペインの騎兵じゃないか。

おれの話をしていたスペインの騎兵は死んだ。もう二度と話してくれることはない。おれもコルテスと無敵軍をどうしたかという結末は永遠に聞けないだろう。ああ、おれはてっきり三発の弾丸の話はとっくに語る人もなく、忘れ去られてしまったものだとばかり思っていた。だが生きていたのだ。ながい歳月を経て、夜、一人の白髪の老騎兵のなかに生きていたのだ。おれの昔の姿は彼と並んで馬に乗って走り、彼と並んで篝火の前に横たわり、毎晩、彼の夢のなかで罵ったり、荒れ狂いながら世界の元首どもに反抗していたのだ。生身のおれはその間に疲れ果てた老人になってしまったというのに。

そしてあの莫迦のメルヒオル・イェクラインのやつがその老騎兵を撃ったのだ。かつてメンドーサの天幕でダリラを撃ち殺したように、なんの意味もなく。それと同時に、やつはおれの過去に弾丸を命中させ、若い頃の姿を滅茶苦茶にしてしまったのだ。本当にガルシア・ノバロの呪いは今日、実現した。そうだ、三発目の弾丸はおれ自身に命中したのだ。

事実いま、おれは皮剝ぎ人の手から逃げてきた駄馬のように疲れ、なんの役にも立たずにこうして横になっている。おれの背後に続く過去はまだ見えてはいるが、それももう薄れかかっている。黄昏どきのはるかな風景のようだ。そのなかにおれの知っている連中がいる。コルテスと若いメンドーサ、コルテスが絞首刑にしたシェルボック、公爵の天幕で死んだ美しいダリラ、イェクラインたちに銃を取られたあの悪党の名はなんといったっけ。ああ、もうその連中の顔立ちも消え始めた。もはやしっかり摑んでおくことができない。体験したさまざまな時の黄昏の光のなかに消え去り、我等ノ父ヨを唱えおわらないうちに、雲散霧消しようとしている。

人の群れはこんがらがった糸玉となって山からザーレ河のほうへと転げ落ちていく。その下のほうでは依然としてスペイン人とドイツ人が斬り結んだり、銃撃戦をやったりしている。自分たちでもなぜ戦うのかわからずに。莫迦者どもめが。

だが、なんでおれがやつらを笑えよう。おれも昔はあんなに阿呆だったのだ。スペインの新大陸侵略など、おれになんの関係があるのか。コルテスがあの国のインディオに戦争を挑んだことなど、畜生め、なんの関係があるんだ。時と運命が奇妙にもつれ合っていたものだから、おれがその戦いに巻き込まれたこともまた本当だ。コルテスを必死に追いかけたあのとき、おれの弾丸をやつの頭に撃ち込もうなぞと、なんて気違いじみた考えに襲われたことか。あれは本当におれだったのだろうか。それからあの夜の奇怪な行動は自分でももう理解できないし、またおれがあのように邪悪で残忍な意志に取り憑かれていたことに、われながら啞然とせざるを得ない。あの高貴なモンテスマ王よ、市の城壁の上に立ったとき、おれは自分の銃弾で撃ち落としたが、いったい王がおれにどんな悪事を働いたというのか。ああ、おれたちの肉はいつもサタンに憑かれているのだ。おれが世界を股にかけた戦いから、疲れた骨と瘤《こぶ》と刀傷と義眼《いれめ》しかもって帰らなかったのも当然なのだ。

夜はふけてゆく。だが眠りはやってこようとしない。いまはもう下の喧嘩騒ぎもやんだ。人々の話では、皇帝が目を覚まし、市の城壁の前へ馬を乗りつけて、スペイン人とドイツ人の関係《なか》を調停したという。だがドイツ人というやつはなんて莫迦なんだ。スペイン人とは断じて仲良くなろうとしない。あそこの下で行なわれた喧嘩はむごく恐ろしいものだった。皇帝の弟君、オーストリアのフェルディナント公は満身創痍で、皇帝のスペインの従兄弟とか親戚とかが撲殺されたという。こういったことは何もかも、おれの部下のメルヒオル・イェクラインがお喋りなスペインの老騎兵を射殺したために起こったことだ。そいつはほかの仲間にたわいもないおとぎ話をしていた。三発の弾丸をもち、最初の一発でモンテスマ王を、二発目でインディオの少女を撃った男の――頭が濁ってきた。どこで知った話なんだろう。ひょっとして、くだらぬ小説『アマディス』か『騎士レーヴ』で読んだのかもしれない。

さて、陣営にはまた静けさが戻ってきた。空が白んできた。義眼《いれめ》の大尉よ、お前は疲れているのだ。さあ、手足を伸ばして、一、二時間なり眠れるかやってみたらどうだ？――

おれはどこにいるのだ。周りに人影は見えない。もう正午に違いない。太陽が中天高くかかっている。ながいこと眠り、支離滅裂な夢を見たが、すべてどこかへ飛んでいってしまって、貝殻を耳にあてたような遠いざわめきと潮騒の音しか頭に残っていない。

周囲の地面は踏み荒らされ、踏みにじられている。革の破れた太鼓と折れた桴《ばち》が並んで転がっている。まるで誰かが一晩中果てしない曲を叩き続け、牛の革が破れ、桴の木が粉々に砕け散ったようではないか。

ドイツよ。お前はなんと荒涼とした悲しい国だろう。森や野原、牧場、すべてが霜で覆われている。おれは心が痛むが、なぜだかわからない。

メルヒオルはどこにいる。なぜ朝のスープを運んできて、外套を肩にかけ、馬に手綱をつけてくれないのだ。メルヒオル・イェクラインまでがおれを忘れたとしたら、もう人間の忠誠なんてこの世にないのだ。

卯月の空と
乙女の愛と雲雀の歌と
薔薇の花びらと

すべてはいと甘く、——

こん畜生め。なんでこんな恋歌が耳に入ってくるのだ。この歌を最後に聞いたのがいつだったか、忘れてしまった。

あそこの下の市の城壁のところで人々が大きな群れとなって、河のほうへむかっていく。大変《イエズス》だ、あやうく忘れるところだった。今日の正午に橋の上で、おれがミュールベルク近郊でつかまえ、護送を手伝ったルッター派の叛逆者たちが処刑されるのだ。すぐむこうへいって、刑吏がやつらの首を斬るのに立ち会わねばならん。こら悪党どもめ、お前たちはなんで性懲りもなく反抗的で強情だったんだ。叛逆せずにはいられなかったのか。いまこそ褒美をもらえるのだ。これにまさる褒美はないぞ。

後ろで三人の男が馬に乗ってくる音が聞こえる。さあ、義眼《いれめ》の大尉よ、急いで脇へよれ。あれはお偉方だ。おれはよく知っている。部下を従えたスペインの公爵、ファン・ディ・メンドーサ閣下だぞ。三日前から陣営に逗留しておられる。皇帝が総理大臣に取り立てるという噂を聞いた。いま横を通っていかれる。頭《ず》が高いぞ、義眼の大尉、深く身をかがめろ。地面につくほど帽子をふって会釈しろ。ひょっとしたら畏れ多い一瞥を給わるかもしれないぞ。

「閣下、恭しくご挨拶申しあげます。閣下、あなたの召使から、衷心よりご挨拶を申しあげます」

解説　レオ・ペルッツの幻想的歴史小説

汝等が言葉として形造る記号のなかに世界の運行を維持している様々の偉大な力がある。地上で言葉となるすべてのものは、天上にその痕跡《あと》を残すものと知れ。

——天使アサエルがラビ・レーヴに。

『夜、石造りの橋の下で』より。

前川道介

ドイツ文学はドイツ語で書かれた文学という意味をもっているので、従来、オーストリア、スイスなど、ドイツ語を用いる国の人々の業績まで収録したものが、ドイツ文学史の名で十把ひとからげにされ、それぞれの国の文化的伝統や社会的環境からくる微妙かつ重要な相違を見逃がしてしまうことがよくあります。とくにこうした国々に住み、ドイツ語を用いるユダヤ系の作家のものを読む場合、単語ひとつとっても、その内に秘められている複雑で屈折した感情を汲みとるためには、慎重な配慮が必要となります。明治以降、わが国に紹介されたドイツ文学のうち、広く愛読され、多少なりともわが国の文学に影響を与えた作家たちが純粋のドイツ人よりはむしろオーストリア人、あるいはユダヤ系の人々であったことは驚くほどです。

ドイツの小説《ロマーン》の特徴をもっともよくあらわしているものは、教養小説《ビルドウングスロマーン》であるといわれます。個人の内面的成長に焦点をあわせ、もの静かで受動的、内向的なそれらの作品に一種燻《いぶ》し銀のような魅力があるのは事実ですが、対象の色と匂いまでとらえ、劇的な展開に富み、読んで無条件に楽しい冒険小説や推理小説などの分野で世界的な評価を得た作品は皆無といっていいでしょう。またドイツ文学には、悲劇作家はそれこそ掃いて捨てるほどいるが、モリエールのような喜劇の巨匠は一人もいないといわれるのも、とかく観念《イデー》に執着し、人間社会の現実の観察から浮き上がってしまう国民性のあらわれとして、大いに考えさせられるところです。いずれにせよ、ながい間、文化的にイタリア、フランス、イギリスなどの後塵を拝してきたコンプレックスのなせるわざか、ドイツでは文学の世界でも、真面目なもの、教養主義的なものを尊び、遊びの要素の強いものは故意に無視する傾向があり、純文学と大衆文学を必要以上に区別し、そのために両者とももうひとつ伸び悩むという悪循環がいまだに続いているといっても過言ではないでしょう。

したがって幻想的歴史小説の傑作である本書のような作品は、ドイツ文学ではきわめて稀少価値があるものです。しかしあとで申し述べるような特別な事情から、この作者レオ・ペルッツは戦後ながく忘却の淵に沈み、むこうの学界でディートリヒ・ノイハウス氏のこの作家についての研究が本にまとめられ発表されたのは、つい二年ほど前（一九八四年）のことです。それでも伝記的事実については不明な点があり、困っていたところ、わが国の新進ゲルマニスト村山雅人氏が、既に一九七九年、この作家の研究をウィーン大学に博士論文として提出されていることを知り、氏の御好意によりその論文を拝借し、しばしば誤り伝えられている伝記的事実や本書以外の作品についても、種々有益な教示を得たのは、本当にありがたいことでした。

さて、本書の作者レオ・ペルッツはユダヤ系のオーストリア人でした。先祖はスペインのトレド市に住み、ペレスと名乗っていましたが、十七世紀の末に、ユダヤ人迫害《ポグロム》の嵐が吹き荒れたとき、一家はドイツを経てチェコスロバキアに逃れ、姓をペルッツと改めました。レオが製作した系図にみられるもっとも古い祖先のナータン・ペルッツは、一七三五年、チェコのラコニッツ市に定住しています。レオの祖父のヨーゼフはこの町の市会議員を勤めたほど成功した商人でした。父のベネディクトは一八四七年生まれで、兄二人がプラハで織物工場を経営しだしたのにひかれ、彼自身もこの都にでて、同じ道を歩くことにしました。このベネディクトと妻エミーリエの長男として一八八二年十一月二日に呱々《ここ》の声をあげたのが、われわれの作家レオ・ペルッツです（従来の文学辞典やブックカバーなどでよく一八八四年生まれになっているのは誤り）。のちに弟が二人、妹が一人できましたが、弟たちは後年、それぞれイスラエルやアメリカで家業の紡績業を営むようになります。

ともあれ、レオは高等中学卒業まで、オーストリア＝ハンガリー二重帝国の第二の都であり、近世初頭では神聖ローマ帝国の都としてマニエリズム文化の中心地だったプラハで過しております。年老いてから彼は『夜、石造りの橋の下で』Nachts unter der steinernen Brücke（邦訳『夜毎に石の橋の下で』）という長篇をプラハの思い出に捧げ、ルードルフ二世とユダヤ人の富豪の娘との恋を描き、ラビ・レーヴを登場させましたが、ゴーレム伝説でわが国でも知られたこのラビが住んでいたこの町のシナゴーグとその周辺の、今世紀初頭に近代化される前のごみごみしたゲットーのたたずまいを心に彫《え》りつけて育ったことは、自分の出自をはっきりと意識し、先祖伝来の信仰を生涯維持するうえで、大きな力となったものと思われます。

しかし当時、この町には、フランツ・ヴェルフェル、マクス・ブロート、フランツ・カフカ、グスタフ・マイリンク、ライナー・マリーア・リルケなど、後世、文学史に名を残した作家たちが、ほとんど同年輩の少年として、文学への若々しい情熱を燃やしており、とりわけマイリンクとカフカとは親しかったといいますから、彼の文学への愛も既にこのころから芽生えていたと考えられます。

前世紀末にペルッツの一家は、父の職業上の理由からウィーンにでて、モーゼル通り《ガッセ》八番地に住むことになりました。しかしレオ本人は一九〇二年から九年まで、ポルツェラン通り《ガッセ》三十七番地に住み、ある運送会社の支配人になっていますが、おそらく一時的な性格の気楽な勤めで、もっぱら文学に傾倒し、この方面の友人との交際に明け暮れていたものと思われます。

十九世紀末から二十世紀初頭にかけてウィーンは、次第に忍び寄ってくる大戦の危機などさらに気づかず、西欧文明の爛熟しきった物憂いまでに快い雰囲気にどっぷり首までつかって、束の間の歓楽を追う人々に満ち溢れておりました。

ウィーンのカフェと文学者との縁は切っても切れないものですが、ペルッツはとくにカフェ・ヘレンホーフという有名な文学カフェに通って、ペーター・アルテンベルクやアルトゥール・シュニッツラーなど畏敬する先輩の話に聞き入ったり、同輩と文学論に熱中したりして、一九〇七年には新聞に短篇をひとつ採用されるところまで漕ぎつけました。

ところが十九世紀半ばからドイツ第二帝国が加わったため、一段と激しさを加えた列強の帝国主義的競争は、ついに一九一四年六月、第一次大戦を惹き起こし、オーストリアと結んだドイツは全世界と戦う破目になりました。

この戦争が始まって二年目にペルッツは、志願して東部戦線で戦い、一九一六年には、ロシア軍が行なったブルシーロフ攻勢の際、胸に貫通銃創をおって肺の半分を失い、ウィーンに後送され、見習い士官になって兵役を免除されました。そのまま、一九一八年、祖国の降伏とそれに伴う帝国の解体と民主主義共和国の誕生という社会的大変動を迎えたわけですが、ハプスブルク家出身の皇帝を統治者に戴いて、包含する多数の民族と国家の共存共栄をスローガンにしていたオーストリア帝国に、代々中流市民として同化してきた一族の末裔としての彼にとって、この帝国の消滅は存在の基盤を一挙に失ったかと思われるほどの大きなショックでした。そのため戦後誕生した共和国のモラルや制度のすべてに異和感を覚え、成り上がりものの金力にものをいわせる政権争奪戦に嫌悪と危惧の念しか感じなかった彼は、その不満と怒りを既に一九一五年に出版することができた本書のような幻想的な小説を多く書き続けることによって解消し、自分の存在理由を確認するために作家としての道を歩み始めたのでした。

パウル・フランクとの共作『マンゴーの樹の奇蹟』Der Mangobaumwunder（一九一八年）は、生物を驚くほどの短時間で成長させるインドの魔法をめぐる犯罪小説で、最初の本となった『第三の魔弾』と同じくミュンヘンのアルベルト・ランゲン社から出版されました。ついで奇篤な学究ではあるが、社会的適応性が皆無で、大学図書館から借り出した稀本を売りとばしたことから警察に追われ、屋根裏部屋から舗道に飛び降りて死ぬまでの間に、この学生の脳裡を逆流していく記憶を描いた『九時と九時の間』Zwischen neun und neun（一八年）をだし、この年、医師の娘イーダ・ヴァイルと結婚しています。彼はイーダを熱愛し、熊《ベーア》という奇妙な愛称で呼び、二人の娘に恵まれ、いたって幸福でした。一九二〇年には長篇の『ボリバル侯爵』Der Marques de Bolibar と短篇「霰弾屋」Das Gasthaus zur Kartätsche を、二一年には中篇『悪魔《アンチ・クリスト》の誕生』Die Geburt des Antichrist、二三年には長篇『最後の審判の巨匠』Der Meister des Jüngsten Tages、二四年には長篇『テュルルパン』Turlupin、二七年には再びパウル・フランクとの共作で長篇『コザックとナイチンゲール』Der Kosak und die Nachtigall を出版しています。

　一九二五年から二六年説もあるようですが、おそらく二六年から二七年にかけて、ペルッツはロシアを訪れています。これは彼が大戦後、帝政が崩壊し社会主義のソビエト政府が誕生する経過に他人《ひと》事ではない関心をよせていたためで、内戦状態にある白軍と赤軍の両陣営を探訪したといわれますが、このときは既にソビエト政府の基礎が不動のものになりつつあったときでした。『コザックとナイチンゲール』につづいた長篇『小さなリンゴよ、どこへ転がっていく?』Wohin rollst du, Äpfelchen?（二八年）も明らかにこのロシアへの関心と旅行の収穫と考えられます。

だがこの一九二八年に愛する妻イーダが、長男フェリックスを生むと同時に亡くなって彼を絶望の淵に突きおとしました。これが誇張でない証拠に、彼は霊媒にすがって亡き妻の霊と交信しようとしました。だがこれが不可能事であることが分ったとき、今度は悲しみの反動で猛然と女漁《あさ》りを始め、いろいろな恋の冒険ののち、グレーテ・フンブルガーという娘ほどにも若い女性と結婚して世人を驚かせました。幸いこの結婚は成功して、再びおちつきと気力を取り戻し、三〇年には短篇集『主よ、我を憐みたまえ！』Herr, erbarme dich meiner を（この中の一篇「月は笑う」Der Mond lacht は、一九八四年、『ハヤカワ・ミステリマガジン』八月号に筆者の訳によって掲載されました。おそらくペルッツの邦訳の最初のものと思われます）、三三年には長篇『害虫大発生』St. Petri-Schnee（邦訳近刊『聖ペテロの雪』）、三六年には彼の会心の作だった長篇『スウェーデンの騎士』Der schwedische Reiter を発行することができました。そしてアルフレート・ポルガー、アレクサンダー・ローダ＝ローダ、リヒアルト・ベーア＝ホフマンなどと知己となり、とくにヨーゼフ・ヴァインヘーバー、ブルーノ・ブレーム、アレクサンダー・レルネット＝ホレーニアのように自分を慕ってくる若い文学者たちには、親切な先輩として忠告を惜しまなかったといわれます。

さて処女長篇の本書『第三の魔弾』は発行した年のうちに五版を重ね、一九二八年にはほかの出版社から装いをあらたにして出版されました。『マンゴーの樹の奇蹟』は一九二三年までに十三版を重ね、『ボリバル侯爵』と『悪魔《アンチ・クリスト》の誕生』は一九二二年に映画化されました（このほかのものでは、『コザックとナイチンゲール』が一九三五年に映画化されています）。『小さなリンゴよ、どこへ転がっていく?』は、はじめ新聞に連載されたもので、すぐ仏英両語に訳されています。

まだ不完全なものと自ら認めておられますが、ノイハウス氏の書誌によれば、『第三の魔弾』を除き、長篇のほとんどが、英、仏、スペイン、ハンガリーの諸語に訳されており、村山氏によれば、『テュルルパン』は出版の翌年、露語に訳されています。

こうしたところから考えると、第二次大戦前のペルッツは、まだ世界的名声とはいかないまでも、ウィーンでは充分知られている作家だったといえます。

ナチスに追われるまで、彼はウィーンの文学カフェでは、チェスとブリッジと座談の名手としても有名でした。とくに文学仲間に対する寸鉄人を刺す警句で知られ、たとえばあの人道主義のラッパ手フランツ・ヴェルフェルが『バルバーラ、あるいは敬虔』という長篇をだしたとき、カトリックに改宗した作者への反感もあったのでしょうが、あれは『バルバーラ、あるいは退屈』だよ、といってのけました。またペルッツとよく似た幻想的犯罪小説を書いていたオットー・ゾイカとは無二の親友でありながら、会うと互いの近作を口をきわめて酷評しあうのが常でした。またカバラなど、ユダヤの神秘思想に詳しいというだけの理由で、『ゴーレム』の作家マイリンクを引き合いにだされることに激しい嫌悪の情を表明するのが常でした(文体と構成の点からみても二人に大きな相違があることを思えば、この憤慨もうなずけます)。先輩作家の中ではとくにシュニッツラーを尊敬し、一九三一年、この作家が他界したときは、われわれの世代のオーストリアはなくなってしまった、と嘆いています。

第一次大戦に参加し、重傷を負った身で内戦のロシアを探訪したことからも分るように、彼は決して青白い皮肉屋ではなく、冬はスキー、夏は波乗りなどで鍛えたスポーツマンで、いい齢をしてただ相手の女性を歓ばせるために、ホテルの壁を三階までよじ登ってその女性の部屋へ忍び込んだことさえあります。

ウィーンの彼の書斎にはジャワの影絵人形が飾られていました。たてつづけに煙草をふかしながら談論風発し、興に乗ると自作の朗読を聞かせました。

従来の伝記では大学で数学と歴史を専攻したとなっていますが、村山氏によれば、数学はまったく独学で、歴史は考古学のことだったようです。

数学に関しては次のように面白い逸話があります。のちに『特性のない男』で世界的な名声を博したローベルト・ムージルが、「ペルッツさん、あなたの数学的才能は有名ですが、例の相対性理論でいま評判のアインシュタインについて、ぼくの新聞に何か書いていただけませんか?」「えっ? 何ですって? わたしには相対性理論なんか、とてもじゃないが分りませんよ」「いや、いや、そうかたくお考えにならないで結構です。とにかく最近は数学と倫理に人気があるんです。だからこのふたつに触れるようなエッセイでいいんですが」とムージルが食いさがったところ、憮然としたペルッツは、いきなり、「よろしい! では明日中に『二等辺三角形の道徳的基礎』という題で書いてあげましょう」以上は『プラーガー・プレッセ』紙に載った逸話ですが、後年、ムージルが、あれは全部ペルッツの創作だといったというおまけまでついています。

このたわいない逸話だけでも、第一次大戦前後のウィーンの文学カフェの雰囲気が伝わってくるような気がします。しかしこの町で画家になろうという希望をくだかれて浮浪者の境界におち、恨みを呑んでミュンヘンに逃がれ、大戦に参加し、政治家になることを決意したヒトラーが、宣伝とテロリズムとを駆使して、一九三三年、ついにドイツ国宰相の地位をかち取りました。彼が常々口にしていた反共、反ユダヤ主義のプログラムは、あまりに過激で、国民の大半が、いや党員でさえ、まさか本気だとは思わなかったポグロムを大々的にやりだすに及び、公職はもとより、市民権さえ奪われたユダヤ人たちの前途は暗澹として、亡命のつてのある人々は続々とドイツを離れていきましたが、そのなかには世界的な名声をもつ学者、芸術家、文学者が多く含まれていたことは申すまでもありません。

戦後の風潮すべてを快く思わず、Contra torrentem（激流ニ逆ラッテ）という銘のある指輪をはめていたペルッツは、深い憂慮をもっていまや国全体が強制収容所と化したようなドイツにおける同胞の運命を見守っていました。だが、オーストリア国内にも見る見るナチ・シンパが増え、政治テロが公然と行なわれるに及んで、ヒトラーは一九三八年、オーストリアの無血占領、いわゆる独墺併合《アンシュルス》に成功します。

もはやこれまでと思ったペルッツは、この年、テル・アヴィヴに一家とともに移住、数学の才能を生かして英国資本の保険会社に勤め、暮していくことになりました。もちろんナチの支配の及ぶドイツ語圏で彼の本が読まれるわけはなく、レオ・ペルッツの名は急速に忘れられていきました。しかし若い頃から計画していた『夜、石造りの橋の下で』を孜々《しし》として書き進め、最晩年の一九五三年に、フランクフルト社から生前最後の本として出版しましたが、期待していたほど評判にならず、文学で再起する望みをほとんど失い、考古学に気をまぎらす晩年でした。戦後の一九四七年以降、毎年、妻といっしょにいまは亡きオーストリアの幻を求めてウィーンを訪れ、有名な保養地バート・イシュルで休暇を過すことにしていましたが、一九五七年八月二十五日、この地で心臓発作を起こして亡くなりました。享年七十五歳でした。墓はバート・イシュルにあります。

死後、筐底から見つかった長篇『レオナルドのユダ』は未完でしたが、最後まで彼の忠実な弟子であり、友人であったレルネット＝ホレーニアが完成し、一九五九年、ショルナイ社から出版されました。

本書『第三の魔弾』は、『テュルルパン』、『ボリバル侯爵』、『スウェーデンの騎士』、『夜、石造りの橋の下で』、『レオナルドのユダ』と、彼がもっとも好んで書き、佳作が多い六篇の幻想的歴史小説の第一作をなすもので、後の作品に現われる特徴のすべてを含んでいるものです。この作品を書きあげるのに約五年かかったといっていますので、出版年から逆算すると、二十八歳ぐらいのときから書きだしたことになります。

歴史小説とは史実を背景にしてつくられるものですが、史実よりは作者の空想の展開に重点がおかれているもので、人間の社会と文化とに重要な関係をもつ事件のみを取りあげる歴史とはまったく異なっています。だがいかに空想を尊ぶとしても、周知の史実をまったく無視したり、設定した時代の文化や風俗、習慣などの描写で途方もない誤りを犯しているものは、娯楽文学として書かれたものであっても、歴史小説の名に価しません。したがって史実と不即不離の関係を保ちながら、作者の主観と空想が展開する物語を専門の歴史家にも興味深く読ませるのが歴史小説のすぐれたものということになります。ペルッツの場合、これに幻想的とつけてあるのは、史実に触発された作者の空想がヴィジョンと呼びたいほど強烈なためであり、強いてオカルト的要素を連想する必要はありません。

たしかに本書では悪魔も秘薬も呪術も重要なモチーフとして使われていますが、歴史好きの読者に何よりも快い不意打ちとなるのは、スペインの征服者たちの前に、宗教改革の嵐で旧大陸を逃れ、アステカ王国に一足早く到着していたラインの暴れ伯グルムバッハに率いられていたドイツの農民がたちふさがるという奇想天外だが、決してあり得ないことではない着想の素晴しさです。『テュルルパン』も十七世紀のフランスで中央集権体制をつくりあげた大宰相リシュリュー公が、実は貴族階級の専横と腐敗を憎み、かれらを一網打尽にして皆殺しにすることを計っていたという奇想に基づく物語です。したがって幻想歴史小説の本質とその興味は、学問的に承認され秩序づけられている史実に作者が独自の強烈なヴィジョンによって亀裂を入れ、読者に思わず快哉を叫ばせる離れ業《サルト・モルターレ》であるといっていいでしょう。

こうしたいわゆる史実にショックを与え、亀裂を入れる作業にもっとも適した時代が旧体制から新体制への転換期、即ち保守勢力と革新勢力、権力と反権力、旧道徳と新道徳などというまったく相反する力が激突する動乱の時代であることは誰しも考えることで、本書はイタリアではルネッサンスの華が咲き、未知の世界を求めて未曾有の大航海に白人が乗りだす一方で、宗教改革運動が起こり、ドイツでは騎士戦争、農民戦争が行なわれた時代です。さらに『ボリバル侯爵』はナポレオン軍を迎え撃つスペインのゲリラ戦を、『スウェーデンの騎士』では一七〇〇年から二十一年も続いたスウェーデンとロシア・ザクセン同盟軍の間の北方戦争を、『夜、石造りの橋の下で』は、神聖ローマ帝国のルードルフ二世、『レオナルドのユダ』は〝イル・モーロ〟と綽名されたミラノのルドヴィコ・スフォルツァ公の手からようやく権力が離れおちようとしている物情騒然とした時代を背景にしているのも決して偶然ではありません。

本書におけるペルッツの離れ業をよく観賞するために、コルテスのテノチティトラン（メキシコ）市攻略の史実を知りたい人には、すぐ入手できるものに『大航海時代叢書第二期⑫　サアグン、コルテス、ヘレス、カルハバル・征服者と新世界』（岩波書店）、増田義郎氏の『古代アステカ王国』（中公新書）、石田英一郎氏の『マヤ文明』（中公新書）などがありますので、ここでは登場人物とそのモデルと思われる人物に関してのみ簡単にお伝えしておきます。

フェルディナンド・コルテス（一四八五―一五四七）は一獲千金を夢見てまずエスパニョーラ島に渡り、ついでフェルディナンディナ島（キューバ）の総督ディエゴ・ベラスケスの側近となり、三十二歳で初めてその存在を知ったアステカ王国征服の途につき、辛苦の末、一五二一年八月十三日、テノチティトラン市を攻略して、新エスパニア（メキシコ）総督に任じられましたが、スペイン官僚機構に掣肘《せいちゅう》され、副王としてアントニオ・デ・メンドーサが赴任してきたとき、本国へ還り、カルロス王に悶々たる胸中を打ち明けようとしましたが成功せず、失意のうちに亡くなりました。

カルロス（ドイツ語ではカール、一五〇〇―五八）はオーストリア大公フィリップとスペインの王女の間にゲント（ガン）市で生まれ、六歳でネーデルラント及びブルグントを相続、並ぶもののない筋目のよさから一五一六年、スペイン国王となってカルロス一世を称し、一九年には対立候補となったフランス王フランソワ一世を破って神聖ローマ帝国皇帝に選ばれ、カール五世を称しました。折しも宗教改革の口火を切ったルッターを、二一年、ヴォルムスの国会に招き、自説の撤回を求めて容れられず、その公民権を停止します。もともと彼はシャルルマーニュ大帝の後継者たることを理想としていたので、当然カトリックを擁護しなければならなかったのですが、その新教弾圧政策はかならずしも一貫しませんでした。というのは、フランソワ一世がイタリアの支配権をめぐり、トルコと結んで彼に抵抗したからです。このため一五二一年から四四年の間に四回も戦争があり、結局、カールが勝ったものの、そのときの戦局に応じて新教徒の力を借りたかと思えば、一変して弾圧したりしていたのです。それでドイツの新教諸侯はシュマルカルデン同盟を結成して彼にあたり、彼のほうでも人文主義者の力を借りて教会の分裂を避けるよう働きかけましたが、不調におわり、シュマルカルデン戦争（一五四六―四七）では勝ったものの、新教の力はもはやどうしようもないほど強いものとなっていました。そのうちザクセン侯が新教を奉じ、フランスと結ぶに及んで、ついにアウクスブルクにおいて新教を公認せざるを得ないはめに追い込まれました。ときに一五五五年のことです。これにすっかり失望落胆した彼は、王位を弟と息子に譲って、スペインの修道院に入って間もなく逝去しました。その在位中にコルテスとピサロの新大陸進出があり、内憂外患に苦しみながらも、この空前の大帝国の頂点にあり続けた彼はやはり一代の奇傑の名に価する人物でした。

主人公グルムバッハのほうはフィクション上の人物と受けとるべきですが、作者がその性格づくりにヒントを得たと思われる歴史上の人物に、フランケン地方の帝国騎士ヴィルヘルム・フォン・グルムバッハ（一五〇三―六七）がいます。人文主義者でルッターを支持したウルリヒ・フォン・フッテンの娘と結婚して、農民戦争（一五二四―二五）の指導者フローリアン・ガイエルの義父となった人物です。新教を奉じたザクセン侯ヨーハン・フリードリヒに仕え、ヴュルツブルクの大司教と長年にわたって抗争を続けましたが、きわめて怒りやすく、また怨みはいつまでも忘れないタイプだったようで、一五六三年、公民権を停止され、ザクセン侯といっしょにゴータで捕えられ、侯の宰相とともに四つ斬りの極刑に処せられています。このほか既述のフッテンやフランツ・フォン・ジッキンゲンなど、己の特権を喪うことを恐れ、新教を奉じて皇帝と戦って破れた騎士たちの面影も主人公の性格に投影されているとみていいでしょう。

このグルムバッハの異母兄弟に設定されているメンドーサ公は、名前のヒントこそメキシコ副王になったアントニオ・デ・メンドーサから得ているのでしょうが、まったく架空の人物です。ふるいつきたいほどの美貌に恵まれているくせに、性残忍で捕虜の舌を抜くことを好み、触れる女をことごとく娼婦にするという彼は、スペイン人の倨傲《きょごう》と邪智を象徴しており、直情径行で権力にたてつき、憐れなドイツ農民やインディオの味方をするくせに、帝位を窺う野心もあり、目的のためには自分たちを親切に迎え入れてくれたモンテスマ王を射殺することすら辞さない矛盾に満ちたグルムバッハは、ドイツ人の象徴であり、一顰《いっぴん》一笑を惜しむ鉄のようなコルテスは、スペイン帝国主義の非情さと勝利の象徴であります。

キリスト教広布の大義名分のもとに、異民族の伝統と文化を頭から否定し、かれらの財産を奪い、抵抗するものは遠慮なく皆殺しにして、生き残ったものは奴隷としたスペインの征服者《コンキスタドール》たちの蛮行は、ナチのユダヤ人大虐殺とともに白人種の歴史の汚点として永遠に語り継がれるべきことですが、ペルッツがこの点について正しい認識をもっていたことは、グルムバッハ・メンドーサ、コルテスといった主役たちに、刑吏としてスペイン軍に従軍している悪魔とそれぞれ契約を結ばせていることではっきりと分ります。

ペルッツはオーストリア帝国を熱愛した保守主義者でした。そして第一次大戦後の共和国の現実が、いかなる大義名分のもとで行なわれようとも、すべての革命行為は人間の獣性を解き放ち、社会に混乱と破滅しかもたらさないという信念を強めさせ、以後の作品のいずれもが、オーストリアの保守主義の、この世界は神によって創りだされ、神によって維持されているのみならず、神はこの世界のすべてのものを予め決定されている目的に導くという伝統的世界観を色濃く打ちだしていくことになります。だがこれが憎むべき反動主義や頭のネジが弛んだ老人たちの昔はよかった式のたわいない詠嘆と決定的に異なる点は、いかに安定と繁栄を謳われた時代でも一皮めくってみると、その裏ではかならず眼を覆いたくなる差別、虐待、欺瞞、掠奪、暴行といった地獄図が展開されていた人間の歴史の実体を見据え批判する目が光っていることでしょう。またメンドーサは例外ですが、グルムバッハにせよ、コルテスにせよ、そのほかのペルッツの作品の主人公たちの心の片隅に最後の審判、即ち神の裁きへの恐れが、己の犯した罪への戦きがあるように描かれていることは、オーストリアの保守的文学の伝統に立つペルッツとしては当然のことでしょうが、わが国でまだまだ混乱している娯楽文学という概念を考えなおす際に重要な手がかりとなるでしょう。

フランクフルト学派のテオドール・W・アドルノとヴァルター・ベンヤミンは、いちはやくペルッツ作品の与えるスリルとスピード感溢れる文体を賞讃する文章を残していますが、これらの魅力を生みだす基盤は、数学が得意だった彼らしくいかにも緻密に考えられ組み立てられている構成なのです。既に本篇を読了された読者には余計なことかも知れませんが、序曲と終曲はシュマルカルデン戦争を終結させたミュールベルクの戦い(一五四七年)の皇帝軍の陣営になっています。序曲ではかつてテノチティトラン市の攻略に参加したスペインの古兵《ヴェテラン》がたった三発の魔弾をもってスペインの無敵軍《アルマダ》に鬼神のごとくたちむかったラインの暴れ伯グルムバッハの話をします。それを聞いているのは記憶喪失に悩み、皇帝の錬金術師から秘薬をもらって、何とか過去の記憶を取り戻そうとしている義眼の大尉です。波瀾万丈の物語がいよいよ大団円に入って、逃げていくコルテスをめがけて発射された最後の一発がどうなったか——というところで、語り手の老兵はあえなく射殺されてしまい、これはどうやら自分の過去らしいぞ、と次第にアイデンティティを取り戻しつつあった義眼の大尉即ちグルムバッハは再び記憶喪失の闇に陥ってしまいます。怒り狂って老兵を射殺したのはグルムバッハと新大陸で苦難をともにし、メンドーサによって舌を抜かれて唖になっていた郎党イェクラインだったとは、なんという皮肉でしょう。この事件の翌朝、またスペイン軍の義眼の大尉に戻ったグルムバッハが、異母兄弟でありながら、恋人を奪い、部下を虐殺した仇敵メンドーサ公に最敬礼を捧げる無惨な光景で終曲の幕が引かれます。

序曲と終曲は一五四七年のドイツが舞台で、その間に二十六年ほど前に遥かな新大陸で展開された凄絶なテノチティトラン市攻略に関する奇譚が語られるという二重構成をとっていることが、十六世紀という遠い激動の時代の雰囲気を読者により身近に味わわせてくれるのです。地の果てのアステカ王国で苦闘しながら、この国と同じように皇帝軍に理不尽に蹂躙されている祖国ドイツへ注がれるグルムバッハの熱い想いはなんと感動的なことでしょう。

グルムバッハ、コルテス、メンドーサの三人の性格や無辜の自然児ダリラの描き方など、図式的といえば図式的ですが、これはエンターティンメントとしての小説に欠くべからざる手法であり、極限状況における民族性の描き方にやはり作家ペルッツの目が光っているようです。ついでにいわせていただければ、女子どもにも分る（！）類型と明快な構成とをもって人間社会の種々相を描出することこそ小説というものの原点だったので、いつの間にかこのことが忘れられたところに、こんにちの純文学の衰退があるのではないかと思われます。

この小説を書くためにペルッツがコルテスのカルロス五世に宛てた報告書などの基本資料に目を通しているのは当然としても、十六世紀のヨーロッパの風俗をよく調べているのはさすがです。頻出する罵倒語や感嘆詞ひとつをとっても訳者の乏しい語彙では到底訳し分け、よくニュアンスをお伝えすることは不可能でした。また形象象徴もうまく使われており、たとえばグルムバッハが潰された眼をかくすために大きな帽子を目深にかぶり、マントを着ているのは、ゲルマン神話の主神ウォータンが人間の世界に現われるときの姿をとったもので、彼がドイツ精神の典型的人物であることを示しています。また刑吏カルボナーロになっている悪魔がびっこで、瀝青と硫黄の臭いをたてており、契約した三人に実は騙されている間抜けな一面をもっているように描かれているのは、ヨーロッパにおける民間伝承を活用しているのです。

ノイハウス氏によれば、ペルッツはユダヤ民族に伝わる数の神秘学ともいえるカバラをよく研究しており、その知識を作品に生かしています。本書は各章に番号が付けられていませんが、序曲と終曲の間に二十二章あって、三発の弾丸にノバロの恐ろしい呪いがかけられるのは第十二章「呪い」の章で、グルムバッハの悲運はここで決定されるのですが、序曲から数えると第十三章という不吉な章になっていることが分ります。また三は三位一体など、完全をあらわす数とされますが、悪魔の小麦と称される蔦が生えてから三日目の夜、グルムバッハは小銃を手に入れます。『ボリバル侯爵』では三度目の合図でゲリラの大蜂起が始まり、『夜、石造りの橋の下で』では、ラビ・レーヴとカバラの話がでてくるのは、第一、第六、第七の三章においてです。三つの先端をもつヘブライ語のשׁ（シン）という文字は全知全能の神の名の象徴あるいはシュマ・イスラエルという祈りの冒頭の字として、ユダヤ人の家の戸口の柱にはられる羊皮紙の護符に書かれる文字、あるいはユダヤの伝説でいつの世もかならず存在する七人の義人の額に書かれている文字です。七は聖なる数字で、神をあらわす三と世界をあらわす四の合計と考えられていますが、黙示録では神の怒りをあらわし、『ボリバル侯爵』で主人公の侯爵が銃殺され、以後の筋の展開に重大な発端となる第六章は序章から数えれば第七章にあたり、題も「神は来ませり」となっています。また『スウェーデンの騎士』の主人公の幸福は七年間だけ続きます。九は死をあらわす数字ですが、『九時と九時の間』の主人公はこの時刻に身を投げ、『最後の審判の巨匠』でもこの時刻に自殺が行なわれます。

数秘学は当然暗号と関係がありますが、『レオナルドのユダ』の最初の四章の冒頭の字を拾うと、I・D・A・Wとなり、先妻 Ida Weil に捧げられた作品であることが分ります。この小説の実際上の主人公であるドイツの商人ヨアヒム・ベーハイムは自分の権利をすべてに優先させ、恋人さえ犠牲にして、折しも「最後の晩餐」を製作中で、ユダのモデルを探しあぐねていたレオナルド・ダ・ヴィンチによって恰好なモデルにされ、永遠の恥をさらすことになります。ところがノイハウス氏によれば、ヨアヒムの名は中世の思想家で千年王国の到来を予言し、それを第三帝国と呼んでいたヨアヒム・フォン・フィオーレの名からとっており、ベーハイムという姓のほうは、ヘブライ語にすると、ベヘモート（悪魔）となります。一九四二年、気鋭のフランツ・ノイマンという政治学者が、『ベヘモート——ナチズムの構造と実際』（邦訳『ビヒモス』岡本友孝、小野英祐、加藤栄一訳、みすず書房）という本を書いて評判になりましたが、この本を読んだ作者がベヘモートをベーハイムとして永遠に救われないドイツの商人の名前にしたのでした。

カフカの親友としても知られる小説家マクス・ブロートが戦後、テル・アヴィヴにペルッツを訪ねたときの思い出に、「この孤高の人に近づくためには千古の密林に斧を入れねばならなかった」とか、「千もの城壁を巡らせている人」とか書いています。しかし大戦中、ヨーロッパを離れ、無数の同胞が虐殺されているのを知りながら、筆をもって戦うにも既に忘れ去られた作家であった彼の苦衷がどのような逆説と韜晦をもってしても慰められないものであったことは、察してやらねばならないでしょう。

しかし、『レオナルドのユダ』にいたるまで、彼の作品のすべてに作家としての士気の衰えや徒《いたず》らに晦渋なところなどまったくなく、体力と知力の限りを尽して目的を追求する男たちの汗と涙が感じられるのは素晴しいことです。かれらは前途に待ち受けるものが死であり破滅であるとはっきり予感しても、絶対ためらったり、退却したりしない、いや、しないというよりできないのです。なぜならかれらはペルッツそのひとの分身であり、かれらの戦いはペルッツその人の失われた自己発見、自己復権の戦いだったからです。

この作家が没後いままで受けた唯一の表彰は、一九六二年、フランスですぐれた幻想文学に与えられるLe Prix Nocturne（夜想賞）で、独墺では依然、不当に忘れられた作家のひとりということができますので、わが国における評判が気になるところです。

本書を海外の幻想文学紹介に画期的な貢献をした国書刊行会の幻想文学大系第三期の最終配本に入れることに力を貸してくださった編集部の村川透氏、浄書を引き受けて、村川氏とともに翻訳技術の上でいろいろ有益な助言を与えてくださった若き友人竹内節氏に衷心より感謝を捧げます。

（一九八六年六月十二日）

レオ・ペルッツ邦訳リスト

長篇

Die dritte Kugel（1915）『第三の魔弾』※本書

Zwischen neun und neun（1918）『追われる男』梶竜夫訳、『中学生の友二年』別冊付録（1963年1月、小学館）※『九時と九時の間』の中学生向け抄訳リライト版

Der Marques de Bolibar（1920）『ボリバル侯爵』（垂野創一郎訳、国書刊行会）

Der Meister des Jüngsten Tages（1923）『最後の審判の巨匠』（垂野創一郎訳、晶文社）

St. Petri-Schnee（1933）『聖ペテロの雪』（垂野創一郎訳、国書刊行会近刊）

Der schwedische Reiter（1936）『スウェーデンの騎士』（垂野創一郎訳、国書刊行会）

Nachts unter der steinernen Brücke（1953）『夜毎に石の橋の下で』（垂野創一郎訳、国書刊行会）

Der Judas des Leonardo（1959）『レオナルドのユダ』（鈴木芳子訳、エディションq）

Mainacht in Wien（1996）『ウィーン五月の夜』（小泉淳二・田代尚弘訳、法政大学出版局）※未刊短篇・長篇中絶作・旅行記を収録した拾遺集

短篇

Der Mond lacht「月は笑う」前川道介訳（『ミステリマガジン』1984年8月号／『書物の王国4月』国書刊行会、1999／『独逸怪奇小説集成』国書刊行会、2001、所収）

本書はレオ・ペルッツ『第三の魔弾』（前川道介訳、国書刊行会〈世界幻想文学大系〉第三十七巻、一九八六年）の復刊です。

なお、本書中には今日の人権意識に照らして不適切と思われる語句を含む文章もありますが、作品の時代的背景にかんがみ、また文学作品の原文を尊重する立場から、そのままとしました。

――編集部

著者紹介

レオ・ペルッツ　Leo Perutz

1882年、プラハ生まれのユダヤ系作家。18歳でウィーンに移住、文筆活動を始める。コンキスタドール時代の新大陸を舞台にした歴史小説『第三の魔弾』(1915) で注目を集め、『ボリバル侯爵』(20)、『最後の審判の巨匠』(23)、『聖ペテロの雪』(33)、『スウェーデンの騎士』(36) など、幻想的な歴史小説や冒険小説で人気を博した。1938年、ナチス・ドイツがオーストリアを併合するとパレスティナへ亡命。戦後の代表作に『夜毎に石の橋の下で』(53) がある。1957年死去。ボルヘス、カルヴィーノ、グレアム・グリーンらが愛読し、近年、世界的な再評価が進んでいる。

訳者略歴

前川道介（まえかわ・みちすけ）

1923年、京都市生まれ。京都大学文学部卒業。同志社大学名誉教授。ドイツ文学者。2010年没。《ドイツ・ロマン派全集》全20巻別巻2（国書刊行会）を責任編集。著書に『ドイツ怪奇文学入門』(綜芸舎)、『アブラカダブラ奇術の世界史』(白水社)、『愉しいビーダーマイヤー』(国書刊行会)、訳書にデュレンマット『約束』『嫌疑』(以上早川書房)、エーヴェルス『吸血鬼』、シュトローブル『刺絡・死の舞踏』(以上創土社)、クーゼンベルク『壜の中の世界』、『独逸怪奇小説集成』(以上国書刊行会) などがある。

編集＝藤原編集室

本書は1986年に国書刊行会より刊行された。

白水uブックス　201

第三の魔弾

著　者　レオ・ペルッツ
訳者©　前川道介
発行者　及川直志
発行所　株式会社白水社
東京都千代田区神田小川町3-24
振替　00190-5-33228　〒101-0052
電話（03）3291-7811（営業部）
（03）3291-7821（編集部）
http://www.hakusuisha.co.jp

2015年7月1日印刷
2015年7月25日発行
本文印刷　株式会社精興社
表紙印刷　三陽クリエイティヴ
製　　本　加瀬製本
Printed in Japan

ISBN978-4-560-07201-1

乱丁・落丁本は送料小社負担にてお取り替えいたします。

白水uブックス